ハヤカワ文庫 FT
〈FT418〉

エレニア記①

眠れる女王

デイヴィッド・エディングス
嶋田洋一訳

早川書房
5894

THE DIAMOND THRONE

by

David Eddings

Translated by

Yoichi Shimada

Published 2006 in Japan by

HAYAKAWA PUBLISHING, INC.

This book is published in Japan by

arrangement with

RALPH M. VICINANZA, LTD.

through JAPAN UNI AGENCY, INC., TOKYO.

エレーナーとラルフに
勇気と誠意に
わたしを信じなさい

目次

ペロス海
ゼモック海
メージュク川
メージュク
アパリア
アーガ
エノタ
ドロカ
メージュク湾
ヴィレタ
ゼモック
ロシア国
ヴェンネ
ヴェンネ湖
パレル
タリス川
アルバク
ヴェルドス
アグナク
ランデラ
アエラ川
ランデラ湖
ヴラーデン
フォラカク
ガナ・ドリト
カネアス
ラモーカンド国
ゼモック国
ラモーカ
ラモーク湖
ベラク
スンダ
ガンダ
モテラ
カドゥム
クドゥ川
ダク川
エブラシュ
カダク
ヴェッラ
ヴェッラ湖
カモリア湖
ハルガ
オナド
アルネク
カモリア
外の海
ボラッタ
ゲラス川
レブロス川
カム川
カモリア国
ゼンガ
ランドクス
マデル
ミラスカム
レブロス
サリニウム
ザハール
イオシア大陸
内の海
キップリア
国境
街道
道路と航路
マイル 25 50 75 100 200 300 400 500
リーグ 8 17 25 33 67 100 133 167

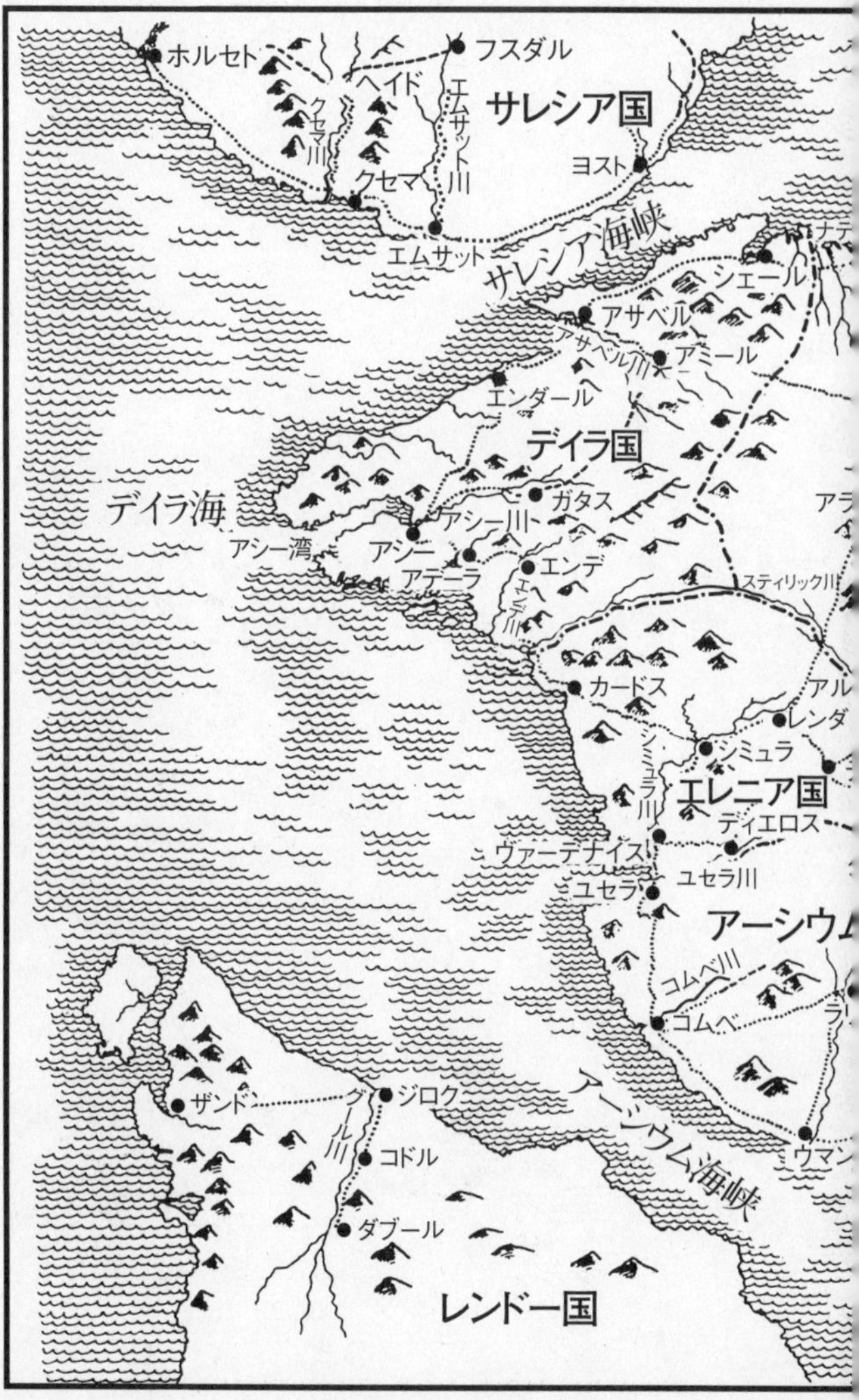
ホルセト
フスダル
ヘイド
クセマ川
エムサット川
サレシア国
ヨスト
クセマ
エムサット
サレシア海峡
シェール
アサベル
アサベル川
アミール
エンダール
デイラ国
ガタス
デイラ海
アシー川
アシー湾
アシー
アテーラ
エンデ
エンデ川
スティリック川
カードス
レンダ
シミュラ
シミュラ川
エレニア国
ディエロス
ヴァーデナイス
ユセラ
ユセラ川
アーシウ
コムベ川
コムベ
ザンド
ジロク
グール川
コドル
ダブール
アーシウム海峡
ウマン
レンドー国

眠れる女王

登場人物

スパーホーク…………エレニア国のパンディオン騎士。エラナ女王の擁護者
ヴァニオン……………パンディオン騎士団長
カルテン………………パンディオン騎士。スパーホークの幼馴染
ベリット………………パンディオン騎士見習い
エラナ…………………エレニア国の女王
アルドレアス…………今は亡き前国王。エラナの父
アリッサ………………アルドレアスの妹。エレニア国の王女
リチアス………………エレニア国の摂政の宮
アニアス………………シミュラの司教
セフレーニア…………パンディオン騎士の教母。スティリクム人
タレン…………………シミュラの盗賊の少年
フルート………………スティリクム人の謎の少女
クリク…………………スパーホークの従士
アブリエル……………アーシウム国のシリニック騎士団長
ドレゴス………………アーシウム国王
ダレロン………………デイラ国のアルシオン騎士団長
オブラー………………デイラ国王
コミエー………………サレシア国のジェニディアン騎士団長
ウォーガン……………サレシア国王
オサ……………………ゼモック国の皇帝
クラヴォナス…………総大司教
ドルマント……………大司教
マーテル………………元パンディオン騎士
クレイガー
アダス }…………マーテルの部下

序章

グエリグとベーリオンである。

——『トロール神伝説』の一節

黎明《れいめい》の時代、スティリクム人の祖先などまだ毛皮をまとい、棍棒《こんぼう》を振りまわしながらゼモックの山々や森の中を徘徊《はいかい》し、イオシア中央の平原には降りてきてもいなかったころ、サレシア北部の万年雪に埋もれた深い洞窟《どうくつ》の奥に、歪《ゆが》んだ矮軀《わいく》のトロールが棲《す》んでいた。その名をグエリグという。醜さとあまりの貪欲《どんよく》さがあだとなって一族のもとを逐《お》われたグエリグは、独り大地の底深く黄金と貴重な宝石を探し求め、見つけ出したものをがめつく自分の宝物庫に貯《た》めこんでいた。やがて凍りついた大地の表面のはるか奥底で、グエリグは地下の洞窟を掘り当てた。洞窟の中で揺れる松明《たいまつ》の炎に照らし出されたのは、拳《こぶし》よりも大きな、群青色に輝く、まるで壁にはめこまれたような一個の宝石だった。ねじれ節くれだった四肢を興奮に震わせながら、グエリグは洞窟の床に座りこみ、欲望にぎらつく瞳で巨大な宝石を見つめた。何世紀もかけて宝物庫に蓄えてきた宝石と黄金の値打ちをすべて合わせても、この宝石の値打ちにはかなわないだろう。グエリグは細心の注意を払って一かけら一かけら周囲の石を欠き落とし、天地開闢《かいびゃく》以来ずっと収まっていた場所から宝石を掘り出しにかかった。やがて宝石が岩の中からだんだんと姿を現わすにつれ、その特異な形がよくわかるようになってきた。するとグエリグの中で一つの思いが強まりはじめた。この宝石を無傷で取り出すことができたら、慎重に彫刻を施し、形を際立たせるように磨き上げて、その価値を何千倍にも高めることができるのではなかろうか。

岩の中からやっと取り出した宝石を、グエリグはまっすぐ自分の洞窟に運びこんだ。そこには工房と宝物庫があった。グエリグは宝物庫のすばらしいダイアモンドを打ち砕き、その破片を使って、見つけたばかりの宝石を細工するための道具を作った。

それから何十年ものあいだ、くすぶる松明の光の下で、グエリグは慎重に宝石をカットし、磨き上げていった。善悪取り混ぜてトロールの神々のあらゆる力を宝石に込めるため、口ではつねに呪文を唱えつづけた。ようやく彫刻の作業が終わったとき、宝石は濃いサファイア・ブルーの薔薇《ばら》の形に姿を変えていた。矮軀のトロールはそれに〝宝石の花”を意味するベーリオンという名をつけた。これさえあれば、もはやグエリグにできないことは何もないはずだった。

ところがベーリオンは、トロールの神々のあらゆる力を内に秘めているはずなのに、醜く歪んだ持ち主のためにちっともその力を発揮しようとはしなかった。グエリグは怒りのあまり、拳を洞窟の石の床に叩きつけた。それから神々にたっぷりと金銀の貢ぎ物をしてお伺《うかが》いを立てた。神々から返ってきた答は、たまたまベーリオンを手にした者が気紛れにその力を解放したりすることがないよう、鍵をかける必要があるというものだった。そして神々は、彫刻された宝石の支配者となるためにグエリグがなすべきことを教えてくれた。作業中、気づかないうちに足元の埃《ほこり》の中に落ちた宝石の破片を使って指輪を作る。台は最高の純金製とし、ベーリオンの破片は卵型に磨き上げておく。できあがったら左右の手に一つずつ指輪をはめ、サファイアの薔薇を捧《ささ》げ持つ。すると指輪にはめこまれた石の群青の輝きがベーリオンに飛び戻り、グエリグの指を飾る宝石は、どちらも色を失ってダイアモンドのようになった。宝石の花を捧げ持つと、力が流れこんでくるのが感じられた。自分の彫り上げた宝石が呼びかけてきているのだと知って、グエリグはとても嬉しくなった。

何世紀という歳月にわたって、グエリグはベーリオンの力でさまざまな不思議を行なった。だがやがてスティリクム人が、とうとうトロールの土地にまで侵入してきた。スティリクムの古き神々は、ベーリオンのことを知ると誰もがそれを我がものとしたがった。しかし抜け目のないグエリグは呪文で洞窟の入口を封印してしまい、ベーリオンを奪おうとする試みをことごとく撃退した。

やがて時が至り、スティリクムの若き神々は額を集めて相談した。ベーリオンがもたらす力の大きさは、誰が宝石を手にするかにかかわらず、神々のあいだに不安を醸すにじゅうぶんなものだったのだ。そして得られた結論は、そのような危険物を地上に野放しにするわけにはいかないというものだった。ベーリオンを無力化することで衆議一決した神々は、仲間の中からアフラエルというすばしこい女神を選んで任務を託した。北に向かったアフラエルはとても細身の女神だったので、グエリグが封印するまでもないと思ったごく狭い岩の割れ目から中に忍び入ることができた。洞窟に入りこんだアフラエルは、とても美しい声で歌を歌った。その歌声のあまりの甘美さに、グエリグはすっかり女神に心を許してしまった。アフラエルは子守り歌を歌って聞かせ、矮軀のトロールが笑みを浮かべて寝入ってしまうと、その右手の指から指輪を抜き取り、ごく普通のダイアモンドをはめこんだ指輪とすり替えた。指が引っ張られるのを感じたグエリグは目を開いたが、手を見ると指輪はちゃんとはまっていたので、そのままふたたび身を横たえ、なおも女神の歌声にうっとりと聞き入った。トロールがまた気持ちよさそうに目を閉じてしまうと、すばしこいアフラエルは続いて左手にはめてあった指輪を抜き取り、こちらも同じようにダイアモンドの指輪とすり替えた。グエリグはまたしても驚いて起き上がり、左手を眺めた。しかしそこには、やはり〝宝石の花〟のかけらから作ったのとそっくりの指輪がはまっていた。アフラエルはトロールがすっかり眠りこんでしまうまで歌を歌いつづけた。それから忍び足で、ベーリオンの力を引き出す鍵である二つの指輪を握ったまま、そっとその場から立ち去った。

さて、その後しばらくして、グエリグは水晶の台座に安置してあるベーリオンを取り上げ、その力を呼び出そうとした。しかしベーリオンは応《こた》えようとしなかった。鍵となる指輪がなかったからだ。怒り心頭に発したグエリグは山を下り、指輪を取り戻そうと女神アフラエルを探したが、見つけだすことはできなかった。それでも矮軀のトロールは、何世紀も何世紀もアフラエルを探しつづけた。

探索はスティリクム人がイオシアの山々と平原を支配するあいだずっと続いたが、やがて東からエレネ人が乗りこんできた。エレネ人は数世紀のあいだイオシアじゅうを放浪して、その一部は遠く北方のサレシアにまで至り、スティリクム人とその神々を駆逐した。やがてグエリグとベーリオンの話を聞き及んだエレネ人は、サレシアじゅうの山山と谷間に分け入って矮軀のトロールの洞窟を探し求めた。もっとも、エレネ人を突き動かしていたのは、ただ計り知れない価値のある伝説の宝石をわがものにしたいという欲望でしかなかった。その宝石の群青の花弁に秘められた力のことは何も知らなかったのだ。

やがて古代の英雄のうちでも群を抜く勇者、サレシアのアディアンがこの世に現われ、謎《なぞ》を解決するに至った。アディアンは魂の失われる危険を冒してトロールの神々に助言を求め、供物を捧げた。神々はそれを嘉《よみ》して、グエリグが盗まれた指輪を取り戻すべく、スティリクムの女神アフラエルを探して世界を経めぐっていることをアディアンに教えたが、指輪の持つ本当の意味については何も語らなかった。アディアンは遠く北方まで旅して、六年のあいだ毎朝グエリグの訪れを待ち受けた。

やがてとうとう矮軀のトロールがやってくると、アディアンは何食わぬ顔で近づいて、アフラエルの居所に心当たりがある、兜《かぶと》いっぱいの黄金と引き換えにその場所を教えてもいいと申し出た。グエリグはころりと騙《だま》されてしまい、アディアンを隠された洞窟の入口に案内すると兜を脱がせ、宝物庫に入ってあふれるほどの黄金をその兜に満たした。ふたたび外に出て背後で洞窟の入口を閉ざすと、グエリグはアディアンに黄金を手渡した。アディアンはまたしても矮軀のトロールを欺《あざむ》いて、アフラエルはサレシアの西岸、ホルセトの地に見出されるだろうと告げた。グエリグは女神を探しだそうと、急ぎホルセトの地に向かった。ここでアディアンはふたたび魂の失われる危険を冒してトロールの神々に助力を求め、グエリグの魔法を破って洞窟の中に入らせてくれと頼んだ。気紛れなトロールの神々はこれに応じ、グエリグの魔法は破れた。

薔薇色の曙光《しょこう》が氷原を炎の色に染め上げるころ、ベーリオンを腕に抱えたアディアンがグエリグの洞窟から姿を現わした。アディアンはまっすぐエムサットにある居城に戻り、王冠を作ってベーリオンをはめこんだ。

グエリグの無念の思いは尽きるところを知らなかった。何の収穫もなく洞窟に戻ってみると、ベーリオンの力を解き放つ鍵を失ったばかりか、今やベーリオンそのものさえなくなってしまっていたのだ。その後グエリグは夜になるとエムサットに近い原野や森に出没して宝を取り戻す機会をうかがったが、アディアンの子孫は厳重にベーリオンを守り、矮軀のトロールを近づけようとはしなかった。

そのころのこと、スティリクムの古き神々の中のアザシュという神が、長年にわたり望んでいたベーリオンとその力を解放する指輪を手に入れるべく、ついにゼモックから軍団を送り出した。これに対して西方の王たちは教会騎士団とともに立ち上がり、ゼモックのオサと黒幕であるスティリクムの神アザシュに対抗の兵を挙げた。サレシアのサラク王は数人の忠臣とともに船を仕立て、エムサットから南に向かった。親衛隊は後に残って、集結したサレシア全軍とともに、伯爵たちの指揮で国王のあとに続くことになっていた。しかしながらサラク王は、ラモーカンドの戦場まで行き着くことはかなわなかった。ペロシアのヴェンネ湖付近で起きた小競り合いのさなか、ゼモック兵の槍《やり》に斃《たお》れたのだ。忠臣の一人は自らも深手を負いながら、亡き国王の王冠を取り上げて湖の東岸の沼地まで逃げ延びた。死にかけて切羽詰まったその男は、あろうことか、サレシアの王冠を泥炭の沼の底に沈めてしまった。失われた宝を取り戻そうとずっと追ってきていたグエリグは、泥炭の沼のそばに身を隠して、失意のうちにその光景を見つめていた。サラク王の首を挙げたゼモック兵たちは、すぐさま褐色の泥沼の捜索をはじめた。王王冠を見つけてアザシュのもとに凱旋《がいせん》しようというのだ。それを阻んだのは、ラモーカンドの戦いに合流すべくデイラから進軍してきたアルシオン騎士団だった。騎士たちはゼモック兵に襲いかかり、たちまち皆殺しにしてしまった。サレシア王の忠実な家臣は丁重に埋葬され、アルシオン騎士たちは、ヴェンネ湖の濁った水底にサレシアの王冠が眠ることなど知るよしもないまま、進軍を続けていった。

今もなおペロシアでささやかれる噂によると、月のない夜、死ぬことのない矮軀のトロールが沼の岸辺をうろつく姿が見られるという。そのねじれた四肢ゆえに、グエリグは水に潜って湖の底を探索することができず、ただ沼のまわりを這《は》いまわってベーリオンに呼びかけ、何らの応《いら》えもないことに身もだえするばかりなのだとか。

第一部　シミュラ

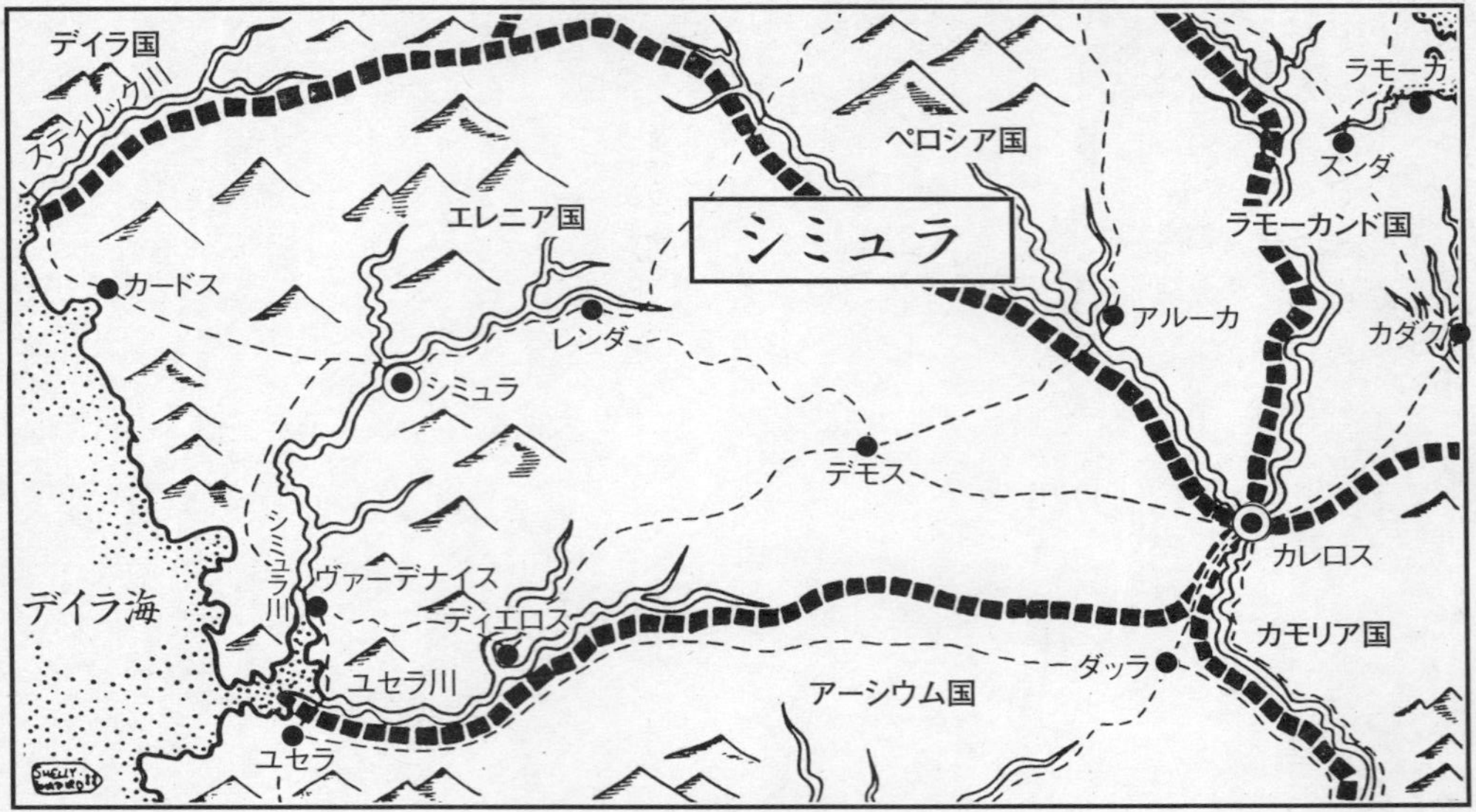
シミュラ
デイラ国
スティリック川
エレニア国
ペロシア国
ラモーカ
スンダ
ラモーカンド国
カードス
レンダー
アルーカ
カダク
シミュラ
デモス
シミュラ川
ヴァーデナイス
ディエロス
デイラ海
カレロス
カモリア国
ダッラ
ユセラ川
アーシウム国
ユセラ

1

雨が降っていた。夜空から霧のように舞い落ちてくる柔らかな銀の雨が、シミュラの街のずんぐりした物見やぐらを包みこみ、広い門の両脇で燃える松明《たいまつ》に当たってしゅうしゅうと音を立てながら、市街地に続く石畳の道を黒く光らせていた。その街に騎馬の孤影が近づきつつあった。黒く重い旅のマントをまとった男が、大型の毛深い葦毛《あしげ》の馬を駆っている。馬の鼻面は長く、無表情な目には酷薄な光があった。男も大柄だが、それは肉付きがいいというよりも、骨太の身体に筋肉がみっしりとついている感じだった。黒い髪はごわごわで、鼻には折れた痕跡《こんせき》がある。楽々と馬を駆っていくその姿には、しかし訓練された戦士に特有の緊張感があった。

男の名はスパーホーク。見た目より少なくとも十歳は年長で、長年にわたり酷使された肉体には、顔を見ただけではわからない半ダースほどの小さな傷痕《きずあと》や、湿気の多い日にはしくしくと痛みだす、紫色の大きな切り傷がいくつか残っている。このような夜にはいやでも年齢を意識させられ、目ざす場末の宿の暖かいベッドにもぐりこみたい気持ちがいや増した。スパーホークは十年ぶりに故郷に戻ってきたところだった。これまでずっと別の名を名乗り、ほとんど雨の降らない国で暮らしてきたのだ。陽射《ひざ》しがハンマーとなって、脱色された砂や岩や堅焼き粘土の鉄床《かなとこ》の上に叩きつけてくる土地で。かの地では暑熱を防ぐために建物の壁は白く厚く造られ、顔を黒いベールでおおった優美な女たちが、銀色に輝く早朝の陽射しの中、大きな陶器の瓶《かめ》を肩で支えて井戸へと出かけていく。

大型の葦毛馬は無意識に身を震わせて毛深い毛皮から水滴を振り落とし、そのまま街の門へ近づくと、門番小屋の前を丸く照らし出す赤い松明の光の中で足を止めた。無精髭《ぶしょうひげ》を生やした門番が、錆《さび》の浮いた胸当てと兜《かぶと》を着け、つぎのあたった緑のマントを片方の肩からだらしなく垂らして、おぼつかない足取りでスパーホークの行く手をさえぎった。

「名前を聞こうか」酒で呂律《ろれつ》の怪しくなった口調で門番が尋ねる。

スパーホークはしばらく相手を見つめてからマントの前を開き、鎖で首から下げた護符を示した。

ほろ酔いの門番はわずかに目を見開き、一歩退いた。

「失礼しました、閣下。お通りください」

別の門番が小屋から顔をのぞかせた。

「どちらさんだい、ラフ？」

「パンディオン騎士だよ」最初の門番が落ちつかなげに答える。

「シミュラに何の用だ」

「パンディオン騎士に質問なんかできるかよ、ブラル」ラフと呼ばれた男は答えると、スパーホークに向かって愛想笑いをした。「すいません、新入りなもんで」と親指で肩越しに同僚を指差し、「じきに覚えるでしょう。ほかにご用は」

「別にない」スパーホークは答えた。「だが、ありがとう。小屋の中に入っていたほうがいい。風邪をひくぞ」そう言って小銭を緑のマントの門番に握らせると、騎士は馬を進めて門をくぐり、蹄鉄《ていてつ》の音を建物のあいだに響かせながら、狭い石畳の通りをゆっくりと進んでいった。

門の近くはうらぶれた街区で、崩れかけた貧相な家々が軒をこするように建ち並び、その二階部分はごみだらけの濡れた街路に張り出していた。錆びた鉤《かぎ》にかけられた粗末な看板が夜風に揺れてきいきいと音を立て、通りに面した鎧戸《よろいど》をしっかりと閉ざした店の商いを示している。濡れそぼった哀れな姿の野良犬が、鼠《ねずみ》のような尻尾《しっぽ》を足のあいだに巻きこんでこそこそと道を横切る。それを除けば、暗い街路に動くものの姿は何一つ見当たらなかった。

スパーホークの行く道と別の道が交差する十字路で、一本の松明が弱々しく燃えていた。具合の悪そうな若い娼婦《しょうふ》が一人、痩《や》せた身体をみすぼらしい青いマントに包んで、青ざめ怯《おび》えた亡霊のように、火明かりの下にもの欲しげに立っている。

「お楽しみはいかがです、旦那《だんな》」女が哀れっぽく声をかけてきた。目をおどおどと見開き、その顔は飢えにやつれている。

スパーホークは馬を止め、鞍の上で身をかがめて、いくばくかの小銭を女の垢《あか》じみた手の中に落とした。

「家に帰りなさい、娘さん」と優しく声をかける。「夜も遅いし、こんな天気だ。今夜はもう客もないだろう」身を起こし、先を急ぐ騎士の背中に、女は感謝と驚きの視線を注いだ。馬が角を曲がって暗い路地に入ると、雨に煙る前方の影の中に慌ただしい足音が聞こえた。どこか左手の闇の奥から、すばやくささやき合う声が聞こえる。

葦毛が鼻を鳴らし、両耳をうしろに伏せた。

「興奮するほどのことじゃない」スパーホークは馬に言い聞かせた。大男の声は柔らかく、かすれたささやきのようだった。誰もが耳を傾けたくなる声だ。その声がぐっと大きくなって、闇にひそむ二人の追い剝《お》ぎ《は》に向けられた。「お付き合いしてやってもいいんだが、今夜はもう遅いし、軽く遊びたい気分でもないんでな、隣人《ネイバー》。狙《ねら》うなら酔っ払った若い貴族か誰かにして、明日もまた盗みが働けるように、ここは命を大切にしたらどうだ」その言葉を強調するように、スパークホークは濡れたマントをうしろに払い、脇に下げた飾り気のない大剣《ブロードソード》の、革を巻いた柄《つか》をあらわにした。

暗い街路に驚いて息を呑んだような沈黙があり、慌てて逃げだす足音が響いた。

大きな葦毛が嘲《あざけ》るように鼻を鳴らす。

「まったく同感だ」とスパークホークはうなずき、マントを元に戻した。「では行こうか」

雨を受けてしゅうしゅうと音を立てる松明に囲まれた大きな広場では、極彩色の天幕の露店のほとんどが、店先に垂れ布をおろしてすでに店じまいしていた。それでも熱心な二、三の商人はわずかな期待を込めてまだ店を開けており、雨の夜更けに家路を急ぐ無関心な通行人に向かって耳障りな大声を張り上げていた。がさつな若い貴族の一団が安酒場から千鳥足で現われるのを見て、スパークホークは馬を止めた。酔漢たちがわめき合いながら広場を横切るのをやり過ごし、その姿が路地に消えるのを待って、用心深く、警戒するように周囲を見まわす。

ほとんど往来の途絶えた広場にもう少し人がいたら、スパークホークの訓練された目をもってしても、クレイガーに気づくことはできなかったろう。男は中背で、皺《しわ》だらけの服を着て、ぼさぼさの頭をしていた。ブーツは泥だらけで、栗色のケープを喉元《のどもと》で無造作に留めている。色あせた髪が貧相な頭に濡れて貼りついていた。男は前かがみで広場を横切っていく。水っぽい近眼の目を懸命に凝らして、まばたきしながら雨の中を見通そうとしている。スパーホークははっと息を呑んだ。クレイガーの姿を見るのは、キップリアのあの晩以来ほぼ十年ぶりだ。相手はずいぶんと老けこんでいた。顔色が悪く、むくんでいるように見える。とはいえ、あれがクレイガーであることは間違いなかった。

急に動けば注意を引いただろうが、スパーホークの行動は慎重だった。ゆっくり馬を下り、栗色のケープの近視の男と自分のあいだに馬が来るように手綱を引きながら、食料品を商っている露店の緑の天幕に近づく。

「こんばんは」騎士は押し殺した声で、茶色い服を着た店主に話しかけた。「すまないが、ちょっと仕事を済ませてこなくてはならんのだ。金は払うから、この馬を見ていてもらえないかな」

無精髭の店主の目がぱっと輝いた。

「妙な考えは起こさないことだ」スパーホークは釘を刺した。「どんな手を使おうとも、この馬がおまえについていくことはない。だがわたしは、どこまでも追いかけていく。そうなれば困ったことになるぞ。だから礼金だけ受け取って、馬を盗もうなどとは考えないことだ」

大男の厳しい顔を見た店主はごくりと唾《つば》を飲みこみ、ぎこちなく頭を下げた。

「お言葉のままに、閣下」店主は舌をもつれさせながら慌てて同意した。「この立派なご馬匹《ばひつ》はしっかりとお守りさせていただきます」

「立派な、何だって」

「ご馬匹——ご乗馬のことで」

「ああ、なるほど。よろしく頼んだぞ」

「ほかに何かご用はございますか」

スパーホークは広場の向こうにいるクレイガーの背中に目をやった。

「針金がないかな——このくらいの長さの」そう言って両手で三フィートほどの長さを示す。

「あると思います。鰊《にしん》の樽《たる》が針金で留めてあったはずで。見てまいりましょう」

スパーホークは腕を組んで鞍にもたれかかり、馬の背中越しにクレイガーを見つめた。焼けつくような太陽、早朝の容赦ない陽射しの中を井戸に向かう女たち。そんな過去の日々は消え去って、まったく突然、スパーホークはキップリアのはずれにある家畜処理場に戻っていた。あの時の、身体にしみついた糞《ふん》と血の悪臭。口の中に広がった恐怖と憎悪の味。剣を持った追っ手に追われる中、身を苛《さいな》んだ傷の痛み。

そんな記憶を心から振り払って、騎士はゆっくりと、今この瞬間に意識を集中した。店主が針金を見つけてくるのを期待して待つ。針金はいい。音もなくきれいにやれるし、わずかな時間で異国風に——スティリクム人かペロシア人あたりの仕業に見せかけることができる。クレイガーにふさわしい死にざまだ。緊張と興奮が高まるのを感じながら、スパーホークはそう思った。クレイガーはしょせん小物であり、マーテルの腰巾着《こしぎんちゃく》に過ぎない。あれば便利なもう一対の手というだけのものだ。もう一人の部下のアダスが、マーテルにとってはただの武器でしかないのと同じこと。重要なのは、クレイガーの死がマーテルにある種の影響を与えずにはおかないという点だ。

「こんなものしか見つからなかったんですが」油じみたエプロンをつけた食料品店の主人は、天幕の奥から戻ってくると、ぺこぺこしながら錆びた軟鉄の長い針金を差し出した。「どうもすいません。これじゃあお役に立ちませんか」

「それでいい」スパーホークは答えて、針金を受け取った。両手の間でぴんと張ってみる。「うむ、これなら問題ない」それから馬に向き直り、「ここにいろ、ファラン」

馬は歯を剝《む》き出してみせた。スパーホークは小さく笑うと外に出て、クレイガーの背後からやや距離を置いて広場に忍び入った。あの近眼男がどこかの暗い戸口で、首と足首を針金で縛られて背中を弓なりに反らし、黒ずんだ顔から目玉を飛び出させているか、あるいは裏通りの公共厠桶《かわやおけ》に顔を突っこんでいるのが発見されれば、マーテルは不安を感じ、傷ついて、怯えさえするかもしれない。いずれにしても姿を現わさずにはいないだろう。スパーホークはマーテルが姿を見せたところを捕まえようと、もう何年も機会をうかがいつづけていた。両手をマントの下に隠して針金の束をほどきながら、騎士は慎重に獲物に近づいていった。

感覚は異常なまでに研ぎ澄まされていた。広場の端に沿って並ぶ松明の火が風になびく音がはっきりと聞こえ、石畳の水たまりに映るオレンジ色の炎の揺らめきもくっきりと見える。水に映る炎が、なぜかとても美しく思えた。いい気分だ——たぶんこの十年のうちで最高の気分だった。

「騎士殿——サー・スパーホーク、あなたなのか」

スパーホークは驚いて、小さく悪罵《あくば》を吐きながらさっと振り返った。声をかけてきたのは、長い金髪を優雅な巻き毛にした男だった。サフラン色の胴衣《ダブレット》にラベンダー色のズボンをはき、青林檎《りんご》の色のマントをまとっている。濡れた栗色の靴は丈が長く先が尖《とが》っており、頰《ほお》には紅をさしていた。腰に帯びた役立たずの小剣と、羽根飾りの垂れたつばの広い帽子を見れば、男が廷臣の一人であることはすぐにわかった。害虫のように宮廷にはびこっている、おべっか上手な小役人だ。

「シミュラに戻って何をしている」伊達男《だておとこ》が女のような甲高い声で詰問した。「あなたは追放の身のはずだろう」

スパーホークは急いで尾行の相手に目をやった。クレイガーは広場から延びる一本の街路の入口に近づいている。すぐにも視界から消えてしまうだろう。しかし今ならまだ間に合う。目の前の着飾った蝶々《ちょうちょう》をすばやい一発で眠らせてしまえば、まだクレイガーに追いつくことができる。と、苦い落胆がスパーホークの口の中を満たした。衛兵の分遣隊が重々しい足取りで広場を行進してきたのだ。誰の注意も引かずにこの邪魔なおしゃべり男を片づけるのは、もはや不可能だった。行く手を阻んだ香水臭い男に、スパーホークは怒りに満ちた険しい顔を向けた。

廷臣は不安そうに後じさると、露店の戸締まりを調べて歩いている兵士たちをすばやく一瞥《いちべつ》した。

「なぜシミュラに戻ってきたのか、その説明を要求する」男が精いっぱいの威厳を込めて言った。

「要求する？　おまえが？」スパーホークの声は軽蔑《けいべつ》にあふれていた。

廷臣はまた兵士の方に視線を投げ、それで安心したのか、大胆にも胸を張った。

「スパーホーク、おまえを逮捕する。おとなしくしろ」そう宣告して、スパーホークの腕をつかむ。

「触るな」スパーホークは吐き出すように言って、相手の手を叩いた。

「やったな！」痛みに手を押さえて、廷臣があえぐ。

スパーホークは片手で男の肩をつかみ、ぐいと引き寄せた。

「もう一度触ってみろ、腸《はらわた》を引っこ抜いてやる。いいから消えろ」

「衛兵を呼ぶぞ」気取り屋は脅しにかかった。

「そんなことをして、長生きできると思っているのか」

「脅したって無駄だ。わたしには地位の高い友人がいるんだ」

「だがここにはいないだろう。一方、おれはこうして目の前にいる」スパーホークは嫌悪感とともに相手を突き放すと、背を向けて広場を歩きだした。

「パンディオン騎士だからって、いつまでもでかい態度ができると思うなよ。今のエレニアには法があるんだ」伊達男が金切り声で叫んだ。「まっすぐハーパリン男爵のところに駆けこんで、おまえがシミュラに戻ったことも、わたしを叩いて脅したことも、みんな報告してやるからな」

「好きにすればいい」スパーホークは振り返りもせずに答えた。歩きつづけるうちに苛《いら》立《だ》ちと失望はどんどん大きくなり、歯を食いしばって耐えなくてはならないほどになった。その時いいことを思いついた。くだらない、子供っぽいとさえ言えそうなことだが、こんな場合にはぴったりのように思える。騎士は立ち止まって背筋を伸ばし、スティリクムの言葉を小さくつぶやきながら、指で目の前の空間に複雑な図形を描いた。腫瘍《しゅよう》を意味する言葉を探しながらわずかにためらい、結局はできものでがまんすることにする。軽く振り返って邪魔者を見つめると、騎士は呪文を投げかけた。ふたたび男に背を向け、独りで小さく笑いながら広場を歩きつづける。確かにつまらない真似だ。だがスパーホークは時としてそういう真似をしてしまうことがあった。

食料品店の主人にファランを見ていてもらった礼金を払い、鞍にまたがる。粗織りの毛のマントに身を包んだ大男は、気難しい顔の葦毛の馬にまたがり、霧雨のそぼ降る広場を横切っていった。

広場を過ぎると通りはふたたび暗く人気《ひとけ》がなくなり、十字路ごとに松明が音を立てながら、煤《すす》けたオレンジ色の光を投げかけるばかりになった。ファランの蹄鉄の音が無人の街路に大きく響く。スパーホークは鞍の上で小さく身じろぎした。ほんのかすかな感覚で、両肩のあいだから首のうしろにかけて鳥肌が立った程度だったが、騎士はすぐにそれと気づいた。誰かに見られているのだ。友好的な相手ではない。もう一度、鞍ずれで乗り心地が悪いとしか見えないように気をつけて身じろぎする。マントの中に忍ばせた右手は剣の柄を探っている。殺気はいよいよ高まってきていた。と、次の十字路の松明を行き越した先の闇の中に、フードで顔を隠したローブ姿の人影が見えた。濃い灰色の衣は煙る雨と影の中に溶けこんで、ほとんどわからないくらいだ。

葦毛が身体を強張《こわば》らせ、耳を動かした。

「わかってる」スパーホークは小さな声で答えた。

石畳の上を進みつづけ、松明のオレンジ色の光の輪の中を過ぎ、暗い街路に入る。目が闇に慣れるころには、フードをかぶった人影はどこかの路地に入ったか、通りに沿って並ぶ狭い戸口に吸いこまれたか、すでに姿を消していた。見られているという感覚も消え、街路はすでに危険な場所ではなくなっていた。ファランは蹄鉄の音を濡れた敷石に響かせながら歩きつづけた。

目指す宿は目立たない裏通りにあった。中庭の正面にある門は頑丈な樫《かし》の扉で閉ざされている。外壁はことさらに厚く高くそびえていた。たった一つ灯《とも》った薄暗いランタンの横では、長く風雨にさらされた木の看板が雨まじりの夜風に吹かれ、陰気な音を立てて揺れている。スパーホークはファランを門のそばに寄せ、鞍にまたがったまま身体をうしろに反らし、雨に濡れて黒ずんだ門扉を、拍車のついたブーツで力強く蹴《け》りつけた。その蹴り方には一定のリズムがあった。

そのまま待つ。

やがて門がきしんで小窓が内側に開き、黒いフードをかぶった影のような門番が外をのぞいた。門番は小さくうなずき、門を開いてスパーホークを迎え入れた。巨漢の騎士は雨に濡れる中庭に馬を乗り入れ、ゆっくりと鞍から下りた。門番は門を閉めて閂《かんぬき》をかけ、フードを取った。兜をかぶった頭が現われる。男は振り向いて一礼した。

「ようこそ」うやうやしくスパーホークに挨拶《あいさつ》する。

「こんな夜更けに礼儀作法もあるまい、騎士殿」スパーホークは小さく会釈を返しながら答えた。

「騎士道は礼に始まり礼に終わるのですよ、サー・スパーホーク」門番が皮肉っぽく言い返す。「わたしはその実践を心掛けているんです」

「お好きなように」スパーホークは肩をすくめた。「馬を頼めるかな」

「もちろんです。従士のクリクが来ていますよ」

スパーホークはうなずいて、鞍に結びつけてあった二つの重い革袋をはずした。

「わたしが運びましょう」と門番。

「それには及ばない。クリクはどこに？」

「階段を上がって最初の部屋です。夕食はどうなさいます」

スパーホークはかぶりを振った。

「風呂と暖かいベッドがあればいい」そう答えて振り返ると、馬はもう居眠りを始めていた。片方の後足をわずかに上げているのは、蹄《ひづめ》をいたわっているのだろう。「起きるんだ、ファラン」スパーホークは馬に声をかけた。

ファランは目を開け、不満そうな冷たい視線を騎士に向けた。

「この騎士殿についていけ。噛《か》んだり、蹴ったり、尻《しり》で厩《うまや》の壁に押しつけたりするんじゃないぞ——足を踏むのもなしだ」

大きな葦毛は両耳をちょっと後ろに倒し、ため息をついた。

スパーホークは笑った。

「少し人参《にんじん》をやっといてくれ」

「こんな根性悪とよくつきあっていますね」

「相性が最高なのさ。いい旅だったぞ、ファラン。ご苦労さん。温かくして寝るといい」


馬が背を向けると、スパーホークは門番に声をかけた。

「しっかり外を見張っていてくれ。ここへ来る途中、じっとわたしを見ている者がいた。どうも単なる好奇心ではなさそうな感じだった」

門番の騎士の顔が緊張した。「気をつけます」

「頼む」スパーホークは踵《きびす》を返し、濡れて光っている中庭の石を踏んで、二階の屋根つき外廊下に続く階段を上っていった。

この宿の秘密を知る者は、シミュラでもほんのわずかだった。表向きは十何軒かあるほかの宿と変わるところはないが、ここを所有し運営しているのはパンディオン騎士団なのだ。街の東のはずれにあるパンディオン騎士館を何らかの理由で利用できない仲間たちに、この宿は安全な避難場所を提供していた。

階段を上りきったスパーホークは足を止め、最初の部屋の戸を指先で軽くノックした。一瞬の間があってドアが開いた。現われたのはがっしりした体格の男だった。鉄灰色の髪をして、短く刈りこんだこわい髭をたくわえている。ブーツとズボンは黒い革製で、同じ素材の長いベストを着ていた。腰帯には重そうな短剣を吊るし、手首には鋼鉄の手甲をつけ、厚く筋肉のついた腕と肩をむき出しにしている。男前とは言えない顔の中で、目が瑪瑙《めのう》のような硬い光を放っている。

「遅かったですね」男が平板な声で言った。

「途中ちょっと邪魔が入った」スパーホークはそっけなく答えて、蠟燭《ろうそく》の明かりが灯る暖かい部屋に入った。肩をむき出した男はドアを閉め、がちゃんと音をさせてボルトを差した。スパーホークは男に目を向けた。

「元気だったか、クリク」会うのは十年ぶりだった。

「まずまずですよ。濡れたマントを脱いでください」

スパーホークは顔をほころばせ、鞍袋を床に置くと、水のしたたる毛のマントの留め金をはずした。「アスレイドと子供たちはどうしてる」

「大きくなりましたよ」クリクはマントを受け取り、うなるように答えた。「息子どもは縦に、アスレイドは横にね。農場暮らしが性に合っているらしい」

「太めの女が好みだったじゃないか。それでアスレイドと結婚したんだろう」

クリクはまたうなり声を上げ、主人の痩せた身体に批判的な目を向けた。

「まともな食事をしていませんね」

「母親みたいなことを言うなよ」樫材の大きな椅子の中で手足を伸ばし、あたりを見まわす。部屋は床も壁も石でできていた。天井は低く、太くて黒い梁《はり》に支えられている。アーチ型の暖炉の中では炎がはじけ、その光と影の舞いが室内を満たしていた。テーブルの上では二本の蠟燭が燃え、二台の小さな簡易寝台が左右の壁に押しつけてある。しかし最初にスパーホークの目を引いたのは、青いカーテンがかかった一つしかない窓の横の、どっしりとした棚だった。棚には黒く輝くエナメル引きの甲冑《かっちゅう》一式が置かれている。その横の壁に立てかけてあるのは大きな黒い盾で、表面には家の紋章である、燃え立つ翼を持った鷹《たか》が鉤爪《かぎづめ》に槍《やり》をつかんでいる図柄が銀で打ち出してあった。さらにその横には、柄に銀を巻いた重そうな大剣が鞘《さや》のまま立てかけられていた。

「出発の前に油を引いておくのを忘れたでしょう」クリクが非難がましく言った。「錆を落とすのに一週間もかかったんですよ。足を出してください」従士は身をかがめると、まず片方の乗馬ブーツを、次いでもう片方を脱がせた。「どうしていつも泥の中を歩くんです」暖炉のそばにブーツを放り出す。「隣の部屋に風呂の用意ができてます。服を脱いでください。とにかく傷を見ておきたいですから」

スパーホークは弱々しくため息をついて立ち上がった。ぶっきらぼうな従士の優しい手を借りて服を脱ぐ。

「中までずぶ濡れですね」スパーホークの濡れた背中にごつごつした手を当ててクリクが言った。

「雨に降られれば、そうなることだってあるさ」

「この傷、医者には見せたんですか」従士は両肩と左脇腹にある大きな紫色の傷痕にそっと手を触れた。

「いちおうな。縫合のできる医者がいなかったんで、自然治癒に任せた」

クリクはうなずいた。

「そんなことだろうと思いました。風呂に入っててください。何か食べ物を持ってきます」

「腹は減ってない」

「だめですよ。まるで骸骨《がいこつ》じゃないですか。戻ってきた以上、そんな状態で歩きまわらせるわけにはいきません」

「何をかりかりしてるんだ、クリク」

「怒ってるんですよ。死ぬほど心配したんですからね。十年も姿をくらましていて、たまに便りがあったかと思えば、悪い知らせばかりなんですから」無骨な男の目にふと柔らかい光が宿り、クリクは軟弱な男なら膝《ひざ》をついてしまいそうな乱暴さで、スパーホークの両肩をつかんだ。

「ようこそお帰りなさい」低い声でつぶやく。

スパーホークも乱暴に友人を抱きしめた。

「ありがとう、クリク。戻れて嬉しいよ」その声も同じように低かった。

「いいでしょう」クリクはふたたび厳しい表情に戻った。「じゃあ風呂に入ってください。何だかにおいますよ」そう言うと、従士は踵を返してドアに向かった。

スパーホークは微笑みながら隣の部屋へと歩いていった。木製の浴槽にのんびりと身を沈める。別の名前を使って別人に――マークラという男に――なりきって暮らした歳月はあまりに長く、風呂に入ったくらいでその人格を洗い流すことはとてもできなかったが、それでもこうして緊張を解き、熱い湯とざらざらした石鹸《せっけん》で、陽射しの厳しい乾燥した海辺の街の垢を落とすのは心地よかった。傷痕だらけの細い手足を洗いながら、スパーホークは夢想をさまよわせた。レンドー国のジロクで、マークラとして過ごした日々が甦《よみがえ》ってくる。強烈な陽射しが向かいの建物の厚く白い壁にまぶしく照り返す中、名もない一市民のマークラが、真鍮《しんちゅう》の水差しや甘い砂糖菓子や異国の香水を売っていた、あの涼しい小さな店。角の小さな酒場ではとりとめもない会話が交わされ、マークラは樹脂を含んだレンドー産の酸っぱいワインを飲みながら、何時間もそこに居座ってさまざまな情報を集めたものだった。レンドーにおけるエシャンド派の活動の活発化、砂漠にある秘密の武器庫、ゼモック皇帝オサが放った間諜《スパイ》の行動。スパーホークは細心の注意を払ってそうした情報を集め、それを友人のパンディオン騎士ヴォレンに伝えていた。さらには不機嫌な妻リリアスの香水の匂《にお》いがまとわりつく、甘く暗い夜々の記憶。目が覚めれば窓辺に寄って、夜明け前の鉄灰色の光の中を井戸に向かう女たちの姿を眺めた一日の始まり。スパーホークはため息を洩らし、小声で自分に問いかけた。「今のお前は何者だ、スパーホーク。真鍮製品や砂糖菓子や香水を売る商人でないことは確かだ。ではまたパンディオン騎士に戻ったのか。魔術師に。女王の擁護者に。たぶんそうじゃない。くたびれた、ただの男になっただけだ。他人よりも少しばかり年齢と傷痕が多く、いささか多すぎる戦闘を経験したというだけの」

「レンドーにいる間、頭を何かで覆っておこうとは思わなかったんですか」ドアを開けたクリクが渋い顔で尋ねた。たくましい従士の手には、ローブときめの粗いタオルがあった。「独り言を言うなんて、太陽に長くあたりすぎた証拠ですよ」

「もの思いにふけってただけさ。長く故国を離れていたんだ、現状に慣れるには時間がかかる」

「そんな時間はないかもしれませんよ。戻ってきたことを誰かに気づかれませんでしたか」

広場で出会った伊達男を思い出して、スパーホークはうなずいた。

「ハーパリンの腰巾着の一人に、西門近くの広場で会った」

「それですね。明日は王宮へ挨拶に行かなくちゃならんでしょう。さもないと、リチアスがシミュラじゅうの石をひっくり返してでも探しだそうとしますよ」

「摂政《せっしょう》の宮──アリッサ王女と、酔っ払いの船乗りだか、縛り首を免れた掏摸《すり》だかの間に生まれた私生児です」

「リチアス？」

スパーホークは厳しい目つきになって居ずまいを正した。

「少しばかり説明してもらいたいな。エラナという女王がいるのに、なぜ王国に摂政の宮が必要なんだ」

「いったい今までどこにいたんです、スパーホーク。月世界ですか。エラナはひと月前に病に倒れたんですよ」

「亡くなったのか」スパーホークはふいに胃が落ちていくような感覚に襲われた。耐えがたい喪失感が募ってくる。思い出の中のエラナは、勇敢で真面目で灰色の瞳をした、色白の美しい少女だった。スパーホークはその少女時代を見守りつづけ、一種特別な愛情を感じるようになっていた。アルドレアス王からレンドー国への追放を言い渡されたとき、少女はまだほんの八歳だったのだが。

「いえ、お亡くなりではありません。でも死んだも同然ですよ」クリクはきめの粗い大判のタオルを取り上げた。「風呂からお上がりなさい。食べているあいだに事情を説明しましょう」

スパーホークはうなずいて立ち上がった。クリクはタオルで荒っぽく身体を拭《ふ》き、やわらかなローブを着せかけた。隣の部屋のテーブルには料理の皿が並び、グレービーソースの中を泳ぐ湯気の立った薄切り肉や、ぼそぼそした黒パンの塊、楔《くさび》形のチーズ、冷たいミルクを入れた水差しなどが用意されていた。

「お食べなさい」クリクが言った。

「いったいどういうことになってるんだ」テーブルについて食べはじめると、スパーホークは改めて尋ねた。急に腹がぺこぺこであることに気がついて、ちょっと驚く。「最初から話してくれ」

「わかりました」クリクは短剣を抜いて、パンの塊を厚く切りながら話しはじめた。「あなたが発《た》ったあと、パンディオン騎士団がデモスの騎士本館に留め置かれたことは知っていますね」

スパーホークはうなずいた。

「その話は耳にした。アルドレアス王はかならずしも騎士団を快く思っていなかったからな」

「それはあなたの父上のせいですよ。王は妹君をたいそう気に入っていたのに、あなたの父上が無理にほかの女性と結婚させたんですから。それで王は騎士団そのものを疎《うと》んじるようになったんです」

「王のことをそんなふうに言うべきではないな」

クリクは肩をすくめた。

「もう死んだ人ですからね。何を言っても今さら傷つくことはありませんよ。妹君に抱いていた想いにしても、どのみち誰もが知っていることです。王宮の従者なんか、見たがるやつから金を取って、上の通廊を裸で兄上の寝室に向かうアリッサ王女を見物させてたくらいです。アルドレアスは暗愚の王だったんですよ、スパーホーク。アリッサ王女とアニアス司教の手で、完全に操られていたんです。パンディオン騎士団がデモスに蟄居《ちっきょ》させられてからは、アニアスと部下のやりたい放題でした。あのころこの国にいなくて幸いでしたよ」

「かもしれん」スパーホークはつぶやいた。「アルドレアス王の死因は」

「癲癇《てんかん》だと言ってますが、王妃が亡くなってからアニアスはしょっちゅう王宮に娼婦を引き入れて、王の相手をさせてましたからね。それで消耗したんじゃないかと思います」

「おまえの噂話には婆《ばあ》さん連中もまっ青だな」

「わかってます」クリクは穏やかに認めた。「不徳のいたすところですよ」

「それでエラナが女王の座についたわけだな」

「そうです。それから事態が変わりはじめました。アニアスとしては、アルドレアスを操ったみたいに女王も軽く手玉に取るつもりだったんでしょう。ところが女王はすぐさまやつを遠ざけて、代わりにデモスの騎士本館からヴァニオン騎士団長を呼ぶと、相談役に据えたんです。アニアスには引退の準備をしろと言い渡して、僧院で聖職者にふさわしい徳とはなんであるかをよく瞑想《めいそう》してみるようにと命じました。もちろんアニアスは青くなって、すぐさま計画を練りはじめました。アリッサ王女が幽閉されてる尼僧院とのあいだには、何人もの使者が蠅《はえ》みたいにひっきりなしに飛び交ってたもんです。あの二人は古くからの友人だし、利害が一致する部分もありましたからね。とにかくアニアスは、私生児である従兄《いとこ》のリチアスと結婚するようエラナに勧めて、女王はそれを一笑に付したというわけです」

「いかにもエラナらしいな」スパーホークは笑みを浮かべた。「わたしがこの手でお育てして、王族にふさわしい態度というものをお教えしたんだからな。それで、その病気というのは」

「父上の死因になったのと同じ病気のようです。発作を起こして倒れたまま、意識が戻らないんです。宮廷の医師たちは一週間もたないだろうと口をそろえていたんですが、そこへヴァニオンが現われました。セフレーニアと十一人のパンディオン騎士を引き連れてね。騎士たちは全員が甲冑を身に着け、兜の面頬《めんぼお》を下ろしていました。ヴァニオンは女王のお付きを解任すると、意識のない女王をベッドからおろして正装に着替えさせ、頭に王冠をかぶせました。それから大広間に運んで玉座に座らせると、扉に鍵をかけたんです。中で何があったのかは誰にもわかりません。ふたたび扉が開いたとき、玉座に座るエラナ女王の身体はクリスタルの中に封じこめられていました」

「何だって」スパーホークが声を上げた。

「硝子《ガラス》みたいに透明で、鼻のあたりの雀斑《そばかす》まで一つ一つよく見えるんですが、そばに近づくことはできないんです。しかもダイアモンドより硬くて、アニアスが職人を呼んで五日間ハンマーで叩かせたんですが、傷一つつきませんでした」クリクはスパーホークを見つめ、興味深そうに尋ねた。「あなたにもそういうことができるんでしょう」

「わたしに？　どうすればそんなことができるのか、見当もつかないよ。セフレーニアが教えてくれるのは基本的な術だけで、まあセフレーニアに比べれば、パンディオン騎士は赤ん坊みたいなもんだ」

「とにかく、どんな術を使ったにせよ、おかげで女王は生きつづけています。鼓動もちゃんと聞こえるんです。太鼓みたいに玉座の間に鳴り響いてますよ。最初の一週間かそこらは、それを確かめようとする人たちで大混乱でした。これは奇跡だという声が上がって、玉座の間《ま》を神殿にすべきだなんて話まであったんですから。でもアニアスは扉に鍵をかけてしまい、私生児リチアスをシミュラに呼び寄せて、摂政の宮の座に就かせたというわけです。それが二週間ほど前のことですね。以来アニアスは教会兵を使って、これが政敵を片っ端から逮捕させてます。大寺院の地下牢《ちかろう》は逮捕者で満員状態ですよ。

今の状況というわけです。実にいい時を選んで帰ってきましたね」クリクは言葉を切り、騎士の顔をまっすぐに見すえた。「キップリアでは何があったんです、スパーホーク。受け取った知らせだけじゃ、簡潔すぎて何のことやら」

スパーホークは肩をすくめた。

「それほどいろいろあったわけじゃない。マーテルを覚えてるか」

「ヴァニオンに騎士の称号を剝奪《はくだつ》された、あの白い髪の男ですか」

スパーホークはうなずいた。

「そのマーテルが二人の手下といっしょにキップリアに現われて、十五人か二十人ばかりの殺し屋を雇ったのさ。夜道でそいつらの待ち伏せを食らった」

「傷はそのときに？」

「ああ」

「でも切り抜けたわけですね」

「そういうことだ。レンドーの殺し屋は気が小さくてね。石畳や壁に飛び散った血がまたま自分のだったりすると、それだけで震え上がってしまうんだ。一ダースかそこら斬って捨てると、残りの連中は呆然《ぼうぜん》と立ちすくんでるんだからな。そのあいだを突っ切って街はずれまで逃れた。傷が治るまで僧院に匿《かくま》ってもらって、ファランを取り戻し、ジロクに向かう隊商に紛れこんだ」

クリクが鋭く目を光らせた。

「その件にアニアスが一枚噛んでいる可能性はありませんか。あいつはあなたの一族を煙たがっていますし、アルドレアスがあなたを追放したのも、裏であいつがそそのかしたに決まってるんですよ」

「わたしも同じことを考えた。アニアスとマーテルは昔からの付き合いだしな。いずれにせよ、司教猊下《げいか》とは少し話し合う必要がありそうだ」

その口調に気づいて、クリクはまじまじとスパーホークの顔を見つめた。

「面倒なことになりますよ」

「あの襲撃にアニアスが関わっていた証拠さえつかめれば、向こうの思いどおりにはならんさ」スパーホークは姿勢を正した。「ヴァニオンと話がしたい。まだこのシミュラにいるのか」

クリクはうなずいた。

「街の東のはずれの、騎士館におられます。でも今からじゃ無理ですよ。東門は日没とともに閉鎖されますから。それに夜が明けたら、すぐに王宮へ行ったほうがいいと思います。追放命令に背いたとして無法者の烙印《らくいん》を押すことくらい、アニアスならすぐに思いつくでしょうからね。罪人みたいに引っ立てられるくらいなら、自分から姿を現わしたほうがましですよ。それでも地下牢入りを免れるには、かなりの弁舌が必要になるでしょう」

「そうでもないさ。帰国するようにと書かれた、女王の署名のある文書を持っているんだ」スパークホークは皿を押しのけた。「字は少々子供っぽくて、涙の跡もついているが、まだ効力は失われていないはずだ」

「涙の跡ですか。女王が泣き方を知っているとは思いませんでした」

「まだ八歳の子供だったんだぞ。それにどういうわけか、わたしは大のお気に入りだった」

「あなたにはそういう魅力があるんですよ。わかる人は少ないが」クリクはスパークホークの皿に目をやった。「もういいですか」

スパークホークがうなずく。

「じゃあ、ベッドに入ってください。明日は忙しい一日になりそうですからね」

その夜の深更、暖炉で燃える石炭のオレンジ色の光がほのかに室内を照らし、部屋の反対側の寝台からクリクの規則正しい寝息が聞こえる中、遠くいくつか街路を隔てたあたりの閉め忘れた鎧戸《よろいど》が風にあおられて鳴りつづけ、ばかな犬がその音に向かって吠《ほ》えたてるのを聞きながら、スパークホークは横になってまどろんでいた。吠えつづける犬が雨に濡れそぼって、あるいはお楽しみに疲れはてて、犬小屋に戻るのをじっと待ちつづける。

広場で見かけた男がクレイガーだったからといって、マーテルがシミュラにいるとは限らなかった。クレイガーはただの使い走りで、マーテルとは大陸の半分ほども離れることがよくある。雨の広場にいたのが粗暴なアダスのほうだったなら、マーテルもほぼ確実にこの街にいただろう。アダスはそばに置いて手綱をつけておかないと危なくて仕方がないのだ。

クレイガーを見つけだすのはそう難しいことではない。ひ弱な男で、ありがちな悪癖を持ち、たやすく行動を予測できる。スパーホークは闇の中で冷たい笑みを浮かべた。クレイガーは簡単に見つけられる。マーテルのいそうな場所も知っているだろう。あの男から情報を引き出すのは造作もないことだ。

眠っている従士を起こさないように、スパーホークは静かにベッドから足を下ろし、音を立てないように部屋を横切って窓辺に歩み寄った。眼下に見えるランタンに照らされた人気のない中庭に、雨が斜めに降りしきっている。気がつくと、騎士は甲冑の隣に立ててある大剣の、銀を巻いた柄を握っていた。いい感触だった。まるで古い友人の手を握っているようだ。

聞き覚えのある鐘の音が、いつものようにかすかに聞こえてきた。あのキップリアの夜にたどったのと同じ鐘の音だ。不安と傷の痛みと孤独の中、糞のにおいが漂う夜の家畜処理場をよろめき抜けたスパークホークは、なかば這《は》うようにして、鐘の鳴っている方角を目指した。やがて壁に突き当たって、今度はその古びた石面に無事な方の手を当てて身体を支えると、壁に沿って歩きつづけた。そしてようやく門前にたどり着いたところで地面にくずおれたのだった。

スパークホークはかぶりを振った。あれは遠い昔のことだ。あの鐘の音を今もはっきり覚えているのが不思議だった。剣に手を置いたまま窓の前に立ち、今しも明けようとする夜を眺めながら、スパークホークは雨を見つめ、鐘の音を思い起こしつづけた。

2

スパークホークは礼装用の甲冑《かっちゅう》に身を包み、蠟燭《ろうそく》を灯《とも》した室内をがしゃんがしゃんと歩きまわって身体を慣らしていた。

「こいつがこんなに重かったなんて、すっかり忘れていた」

「身体がなまってるんですよ」クリクが答える。「鍛え直すには、演習場で一、二か月かけないとだめでしょう。本当にそれを着ていくんですか」

「公式の場に臨むわけだからな。公式の場には公式の装いをしていく必要がある。それにわたしが乗りこんでいったとき、誰かを戸惑わせたりしたくないんだ。女王の擁護者である以上、女王の前に出るときは甲冑を着けているのが当然だからな」

「会わせてくれるでしょうか」主人の兜《かぶと》を手にしてクリクが疑念を口にした。

「会ってみせるさ」

「ばかな真似はしないでくださいよ。向こうに行けば孤立無援なんですから」

「レンダ伯はまだ評議会にいるんだろう」

クリクはうなずいた。

「年をとって、大した力を持ってるわけでもないんですが、何しろ尊敬を集めてますからね。さすがのアニアスも解任できずにいるようです」

「では、一人は味方がいるわけだ」スパーホークは従士から受け取った兜をかぶり、面《めん》頰《ぼお》を押し上げた。

クリクは窓に近づき、スパーホークの剣と盾を手に取った。

「雨は上がりそうですね。明るくなってきました」剣と盾をテーブルに置き、銀色の外《サー》衣《コート》を取り上げる。「腕を上げてください」

スパーホークが大きく両腕を開くと、クリクはその肩に外衣《サーコート》を着せかけ、両端の紐《ひも》を結んでから、長い剣帯を取って主人の腰に二重に巻きつけた。スパーホークは剣を鞘《さや》ごとつかんで尋ねた。「砥《と》いでおいてくれたか」

クリクの目つきが険しくなった。

「悪かった」スパーホークは剣帯についている重い鋼の鋲《びょう》に鞘を留め、剣が左腰にくるよう位置を直した。

長い黒のケープを甲冑の肩のプレートに留めると、クリクは数歩退がって惚《ほ》れ惚《ぼ》れと騎士の姿を眺めた。

「上出来だ。盾はわたしが持ちましょう。急いだほうがいい。王宮の朝は早いですからね。敵に仕掛けをする時間を与えないようにしないと」

二人は部屋をあとにして階段を下り、中庭に出た。本降りだった雨はほぼ上がりかけ、朝の強い風に吹かれた名残りの雨がときどきばらばらと落ちてくる程度になっていた。夜明けの空はまだちぎれ雲に覆われていたが、東方の空は黄色っぽく染まりはじめている。

門番の騎士が厩《うまや》からファランを連れ出し、クリクと二人でスパーホークを鞍に押し上げた。

「王宮にお入りになったら注意なさってください、閣下」そばに他人がいるときの改まった口調でクリクが警告した。「正規の衛兵はまず中立と考えて大丈夫ですが、アニアスは教会兵を送りこんでおります。赤い制服を着ている兵士は、まず敵と考えたほうがよろしかろうと思います」従士は紋章を打ち出した黒い盾を差し出した。

スパーホークは盾を留め金で固定した。

「騎士館のヴァニオンに連絡を頼む」

クリクはうなずいた。「東門が開きましたら、ただちに」

「王宮の用事を片付けたらわたしも行くつもりだが、とりあえずここに戻って、待っていてくれ」スパーホークはにやりと笑った。「慌てて町を逃げ出すことになるかもしれんからな」

「あまり無茶をなさいませんように、閣下」

スパークホークは門番からファランの手綱を受け取った。

「よし、それでは騎士殿、門を開けてくれ。私生児リチアスにご挨拶《あいさつ》申し上げてこよう」

門番が笑って門を開いた。

ファランは誇らしげな速足《トロット》で駆けだした。蹄鉄《ていてつ》を打った足を大げさに上下させ、濡れた石畳にスタッカートのリズムを刻んでいく。この大きな馬には劇的な事態を嗅《か》ぎつける特別な勘が備わっていて、黒の甲冑に身を包んだスパークホークを乗せると、いつも乱暴なくらい派手な歩き方をする。

「おれもおまえも、派手に行進するにはいささか年だと思わんか」スパークホークが皮肉っぽく問いかける。

ファランは聞こえないふりで、意気揚々と歩を進めた。

この時間、シミュラの街に人影はほとんどなかった。たまに見かけるのは、たいていが疲れた労働者か、眠そうな顔の商店主たちだった。街路は雨に濡れ、店先にかかった色鮮やかな木の看板が強い風にあおられてきしみながら揺れている。ほとんどの窓はまだ暗く閉ざされたままで、それでもぽつりぽつり見える黄金色の蠟燭の光が、早起きの住人のいる部屋を示していた。

スパーホークの甲冑は早くもにおいはじめていた。鋼と油と、何年も汗を吸いつづけてきた革紐《かわひも》のにおいだ。ジロクの灼熱《しゃくねつ》の太陽と、店先の強烈な香辛料の香りに慣れきってしまって、ほとんど忘れかけていたにおいだった。懐かしいシミュラの街の景色よりもなお、そのにおいは故郷に帰ってきたことを実感させてくれた。

ときおり犬が道に出てきて吠えかかったが、ファランはそれを悠然と無視して、石畳の上を軽やかに進んでいった。

王宮は街の中央に位置していた。豪壮な建造物で、先の尖《とが》った塔がいくつも、まわりの建物よりはるかに高くそびえ立っている。塔の頂きでは色染めの旗が雨に濡れて重そうにはためいていた。王宮は胸壁つきの外壁によって街とは隔てられている。その昔、あるエレニア国王の命令によって、外壁の表面はすべて白い大理石で覆われていた。しかしその外壁の白さも、この地の気候と、ある季節になると街を厚く閉ざしてしまう浸食性の霧のために、今では汚い灰色の縞《しま》模様に変わっていた。

王宮の門はどれも大きくて、それを六人の衛兵が守っている。門を守る衛兵は紺色の制服を着ていて、これが正規の宮廷警護隊員である証《あかし》だった。

「止まれ!」スパーホークが近づくと、兵士の一人が大声で叫んだ。槍の穂先をわずかに上げて、門前に立ちふさがる。スパーホークはその声が聞こえたというそぶりも見せず、ファランは門衛を押しのけた。「止まれと言っているのだ、騎士殿!」門衛がくり返す。と、別の門衛が飛び出してきて同僚の腕をつかみ、道を開けさせると大声でたしなめた。

「この方は女王の擁護者だ。二度と行く手をふさいだりするんじゃない」

中庭の中央についたスパーホークは、甲冑の重みと盾に邪魔され、少しぎこちない動きで馬を下りた。槍を構えて衛兵が近づいてくる。

「おはよう、ネイバー」スパーホークは穏やかに声をかけた。

衛兵がためらいを見せる。

「馬を見ていてくれ。長くはかからないはずだ」スパーホークはそう言ってファランの手綱を衛兵に託し、広い階段を上りはじめた。その先には王宮の中へと続く二枚の扉があった。

「騎士殿」背後から衛兵が呼びかけた。

スパーホークは振り向きもせず、階段を上りつづけた。上には紺の制服の衛兵が二人いた。二人とも年配で、スパーホークは見覚えがあるような気がした。一方の男が目を丸くして、にやりと笑みを浮かべた。

「お帰りなさい、サー・スパーホーク」衛兵はそう言って、黒い甲冑の騎士のために扉を開いた。

スパーホークは衛兵にゆっくりと片目をつぶって見せ、磨き上げられた敷石に鋼鉄のブーッと拍車の音を響かせながら建物の中に入った。扉をくぐると、巻き毛を整髪油で整えた、栗色の胴衣《ダブレット》姿の役人に出くわした。

「リチアスに用がある。案内してくれ」スパーホークは感情のこもらない声で言った。

男はかすかに青ざめたが、足を止め、尊大な表情を取り繕った。

「しかし――どうしてあなたが――」

「聞こえなかったのかね、ネイバー」

栗色の胴衣を着た男は怯《おび》えたように後じさった。

「た、ただいま、サー・スパーホーク」口ごもりながら答えると、男は踵《きびす》を返して広い中央廊下を進みはじめた。肩が目に見えるほど震えている。役人の案内しようとしている先が玉座の間ではなく、アルドレアス王がいつも相談役と話し合うのに使っていた評議会室であることにスパーホークは気づいた。大男の唇にほのかな笑みが浮かぶ。クリスタルに包まれて玉座に座っている若き女王の存在が、王位を狙うリチアスの努力に水をさしているらしい。

評議会室の前まで来てみると、二人の男が扉を警護しているのがわかった。着ているのは教会兵の赤い制服――アニアス司教の手の者だ。二人は反射的に槍を交差させて室内への道をはばんだ。

「女王の擁護者が摂政の宮とお会いになる」役人が震える声で二人に告げた。

「女王の擁護者をお通しせよとの命令は受けていない」兵の一人が答える。

「では、今ここで命令する。扉を開けろ」スパーホークが言った。

栗色の胴衣《ダブレット》の役人は急いで走り去ろうとしたが、その腕をスパーホークがすばやくつかんだ。「まだ仕事が残ってるぞ」そう言って二人の警備兵に視線を戻す。「扉を開けろ」

長い間があった。教会兵はスパーホークを見つめてから、不安そうに顔を見合わせた。一人がごくりと唾《つば》を飲みこみ、槍を取り落としそうになりながら扉の把手《とって》に手を伸ばした。

「到来を告知してもらわないとな」スパーホークは籠手《こて》を着けた手でしっかりとつかまえている男に言った。「いきなり入っていって、驚かせたりしたら悪いじゃないか」

男はわずかに目を血走らせながら、開いた戸口をくぐると咳払《せきばら》いをした。つっかえながら、それでも大声で呼ばわる。

「女王の擁護者、パンディオン騎士、サー・スパーホークが参りました」

「ご苦労だった、ネイバー。もう行っていいぞ」

役人はたちまち姿を消した。

評議会室はかなりの広さがあり、絨毯《じゅうたん》とドレープ・カーテンは青で統一されていた。巨大な枝付き燭台《しょくだい》が壁に沿って並び、部屋の中央の磨き上げられた長いテーブルの上には、さらにたくさんの蠟燭が灯っていた。テーブルの前には四人の男がいて、三人は書類を前に腰をおろし、あとの一人は椅子から腰を浮かしかけていた。

立ち上がったのはアニアス司教だった。最後に会った十年前に比べるとずいぶん痩《や》せ細り、顔色も悪く、衰えが目立つ。うしろで束ねた髪にも白いものが混じっている。アニアスは裾《すそ》の長い黒の法衣を着て、シミュラの司教の地位を表わす宝石をちりばめたペンダントを、太い金の鎖で首にかけていた。部屋に入ってきたスパーホークを見て、目を丸くして驚き、警戒しているようだ。

これと対照的なのが七十歳を超える白髪の老人、レンダ伯だった。明るい灰色の胴衣《ダブレット》に身を包み、大きな笑みを浮かべて、皺《しわ》だらけの顔の中で淡青色の瞳を輝かせている。悪名高い男色家のハーパリン男爵は、驚愕の表情で腰をおろしていた。色の取り合わせがめちゃくちゃな服を身につけている。その隣の太りすぎの赤い服の男には、スパーホークも見覚えがなかった。

われに返ったアニアスが鋭い声を上げた。

「スパーホーク！　ここで何をしている」

「わたしをお探しと思いましたので、猊下。手間を省いて差し上げようと考えたまでです」

「追放命令に背いたことになるのだぞ、スパーホーク」アニアスは怒りもあらわに叫んだ。

「その点も話し合う必要がありそうですな。聞くところによると、私生児リチアスが摂政の宮として、女王陛下が健康を回復なさるまで政務に就いているとか。ここに呼んでくれば二度手間にならずにすむと思いますが」

アニアスはショックと怒りに目をむいた。

「私生児と申し上げたのがお気に障りましたか。ですが、あの男の出自は周知の事実です。今さら奇麗事を言っても仕方がない。たしか呼び鈴の紐がそのあたりにあったはずですな。紐をお引きなさい、アニアス。取り巻きをやって、摂政の宮を呼んでくるといい」

レンダ伯があからさまに、小さく声を上げて笑った。

アニアスは怒ったように老人を睨《にら》みつけ、奥の壁の前に二本ぶら下がっている呼び鈴の紐に近づいた。手が二本の紐のあいだでためらっている。

「お間違えのないように、猊下」スパーホークが釘を刺した。「そこの扉から召使ではなく兵士の一団が現われたりしたら、ひどく面倒なことになるでしょうからな」

「さあさあ、アニアス」レンダ伯が急《せ》き立てる。「わしは老い先短い身だ。騒ぎのうちに永眠するのもまた一興というものかもしれんな」

アニアスはぐっと歯を食いしばり、赤い紐ではなく青い紐を引っ張った。すぐに扉が開き、制服姿の若い男が入ってきて一礼した。

「お呼びでしょうか、猊下」

「摂政の宮に、すぐこちらにおいでいただきたいとお伝えしてくるように」

「しかし――」

「すぐにだ!」

「かしこまりました」召使は慌てて出ていった。

「どうです、簡単でしょう」アニアスにそう声をかけてから、スパーホークは白髪のレンダ伯に近づき、籠手をはずして老人の手を握った。「お元気そうで何よりです、閣下」

「まだ生きとったのかと言いたいのだろう」伯爵は笑った。「レンドーはどうだったね、スパーホーク」

「暑くて、乾燥していて、ひどく埃《ほこり》っぽいところでした」

「あそこはいつもそうだった。ちっとも変わらんな」

「一つ質問に答えてもらえるかな」アニアスが言った。

「いえ、猊下」スパーホークは片手を上げ、うやうやしく答えた。「私生児の摂政が来るまでお待ち願います。礼儀は守らねばなりませんからな」そこで片眉を上げ、いかにもふと思いついたような調子で、「ところで、摂政の宮の母君はどのようにしておいでです。お元気か、という意味ですよ、もちろん。アリッサ王女のご乱行について、まさか聖職者の口からお聞かせいただけるとは思っておりませんから。シミュラの誰もが知っていることではありますがね」

「口が過ぎるぞ、スパーホーク」

「ではご存じないと？　やれやれ、もう少し世の中のことに関心を持たれたほうがよろしかろう」

「何と無礼な！」ハーパリン男爵が、太った赤い服の男に向かって声を上げた。

「きみに理解できるような話ではなかろうよ、ハーパリン」スパーホークは男爵に言った。「きみの趣味は別の方面に向いているそうじゃないか」

扉が開いて、にきび面の若者が入ってきた。泥で汚れたような金髪で、口許《くちもと》はだらしなくゆるんでいる。白貂《しろてん》の毛皮をあしらった緑のローブをまとい、頭には小さな金冠を戴《いただ》いていた。

「ぼくに用だそうだな、アニアス」鼻にかかった、甘えるような声だ。

「国事にございます、殿下」アニアスが答えた。「大逆罪に関わる問題につき、殿下のご判断を賜わりとうございます」

若者はぽかんとして、瞬《まばた》きをくり返している。

「これなるはサー・スパーホーク、殿下の今は亡き伯父上アルドレアス王より受けた命令に、故意に背いた者でございます。この者はレンドー国に追放され、王室より召喚あるまで、国に戻ることまかりならんと申し渡されておりました。エレニア国内にいること自体が罪になるのです」

リチアスはそれとわかるほどはっきりと、黒い甲冑をつけたいかめしい顔の騎士から身を引いた。目を丸くして、口をぽかんと開いている。「スパーホークだって」その声には怯えが感じられた。

「まさしくスパーホークです」騎士は答えた。「ところで、司教殿の話は少しばかり大《おお》袈裟《げさ》なようだ。わたしは祖先より続く王室の擁護者という地位を引き継いだとき、国王の——あるいは女王の——お命が危険にさらされた場合は、それをお守りするという誓いを立てている。この誓いは勅命も含めて、ほかのあらゆる命令に優先することになっているんだ。今は明らかに女王のお命が危険にさらされているわけだからな」

「そのようなもの、ただの形式だ」アニアスが切り口上で答える。

「いかにも。しかし法の精神とは形式を遵守《じゅんしゅ》するところにある」

レンダ伯が咳払いをした。

「わしはこうした問題を研究してきたが、サー・スパーホークが述べたことは真実だ。王室を守るという誓いは、確かにあらゆる法令に優先する」

リチアスはテーブルの反対側に回って、スパーホークとの間にじゅうぶんな距離をおいた。

「ばかげてるね。エラナはただの病気だ。実質的な危険にさらされてるわけじゃない」

そう言って司教の隣に腰をおろす。

「女王だ」スパーホークが若者の言葉遣いを直した。

「何だって」

「正しい呼称は〝女王陛下〟であり、簡単に言うにしても〝エラナ女王〟でなくてはならない。呼び捨てにするなど、不敬もはなはだしい。これもまた形式だと言われるかもしれないが、わたしには実質的な危険だけでなく、無礼な態度からも女王をお守りする義務がある。この点についてはやや解釈に迷うところもあるので、古き友人であるレンダ伯のご判断に従うつもりだが、次第によっては今の問題につき、殿下に決闘を申しこませていただくことになる」

リチアスの顔がまっ青になった。「決闘？」

「くだらん真似はよせ」アニアスが声を上げた。「決闘の申しこみも、その応諾もありはせん」ずるそうに目を細めて、「しかし摂政の宮のお言葉は的を射ておる。スパーホークは禁を犯した正当な理由が欲しくて、はかない言い訳にしがみついておるだけのことだ。召喚の文書を証拠として持っているのでなければ、大逆罪に問わなくてはなるまい」司教は薄笑いを浮かべた。

「何も訊《き》かれなかったものでね、アニアス」スパーホークは剣帯の下に手を差しこみ、きちんと折りたたんで青いリボンをかけた羊皮紙を取り出した。リボンをほどいて紙を広げる。指輪にはめられた血のように赤い石が、蠟燭の明かりにきらめいた。「形式は整っている」と文書を確認して、「女王の署名と押印があり、わたしへの指示も明確なものだ」腕を伸ばしてレンダ伯に文書を差し出す。「ご意見をお聞かせいただけますか」

老人は文書を受け取って調べた。

「確かに女王陛下の印璽だ。筆跡も間違いない。自分が即位したらすぐに戻るようにとスパーホークにお命じになっておられる。有効な勅命だな」

「見せてもらおう」アニアスが嚙《か》みつくように言った。

レンダ伯はテーブル越しに文書を手渡した。

司教は歯嚙みしながらすばやく目を通した。「日付さえないではないか」

「司教殿には失礼ながら、王室の決定や命令書に日付がなければならないという法令上の規定はないのだ」伯爵が解説する。「日付を入れるのは単なる慣習でな」

「どこでこれを手に入れた」司教が顔をしかめて尋ねた。

「前から持っていたのだよ」

「女王が即位する前に書かれたものだ」

「見ればわかるだろう」

「こんなものに効力はない」司教は羊皮紙を両手で持って引き裂こうとした。

「伯爵、王室の命令書を破棄した場合、刑はどのようなものになるのですか」スパーホークが穏やかに尋ねた。

「死刑だ」

「だろうと思いました。いいから破ってしまいたまえ、アニアス。刑の執行は喜んでやらせてもらうよ。面倒な法的手続きにかかる時間と費用の節約にもなる」スパーホークは正面からアニアスの目を見つめた。一瞬の間があって、司教は腹立たしげに羊皮紙をテーブルの上に投げ出した。

リチアスは徐々に悔しそうな表情を募らせながらこのやりとりを眺めていたが、やがてやっとあることに気づいたらしく、例の甘えるような声で言った。

「サー・スパーホーク、その指輪はおまえの職務を表わす記章だな」

「ある意味では、そうとも言えるな。実はこの指輪と女王の指輪は対になっていて、王家とわが家の結びつきを象徴している」

「ぼくによこせ」

「断わる」

リチアスは目を丸くして叫んだ。「これは勅命だ！」

「いいや、単なる個人的な要求だ。きみに勅命を発する権限はない。なぜなら、きみは王ではないからだ」

リチアスは困ったように司教を見たが、アニアスは小さくかぶりを振った。若者のにきび面がまっ赤になる。

「摂政の宮はただその指輪を調べたいと言っておられるだけだ、サー・スパーホーク。アルドレアス王がはめておられた対の指輪を探しているのだが、どこにも見当たらなくてな。どこにあるか、心当たりはないかね」

スパーホークは両手を広げた。

「わたしがキップリアに発ったときには、王は指にはめていらした。あの指輪はつねにはずさない習慣のものだ。亡くなったときにもはめていらしたと思うが」

「いや。なくなっていた」

「では女王がお持ちだろう」

「調べてみたが、見つからなかった」

「指輪がいるんだ。ぼくの権威を示すために」リチアスが声を張り上げる。

スパーホークは面白がるような顔でリチアスを見て、無遠慮に尋ねた。

「どんな権威を？　指輪はエラナ女王に属するものだ。それを奪おうとする者がいるなら、わたしの出番ということになる」と、かすかに肌が粟立《あわだ》つような感覚が襲ってきた。

黄金のシャンデリアの蠟燭がゆらめいたように思え、青いカーテンに覆われた評議会室がはっきり暗くなったのを感じる。スパーホークは即座に口の中でスティリクム語を唱え、対抗呪文を編み上げた。同時にテーブルを囲んでいる顔を見まわして、誰がこの未熟な魔法を使っているのか確かめようとする。対抗呪文を放つと、アニアスがたじろいで、苦い笑みを浮かべるのがわかった。スパーホークは居ずまいを正し、きっぱりした口調で言った。「さて、本題に入りましょう。実際のところ、アルドレアス王の身に何が起きたのです」

レンダ伯がため息をつき、悲しげに答えた。

「癲癇《てんかん》の発作だ、サー・スパーホーク。何か月か前に最初の発作があったのだが、それ以後だんだんと頻度が増して、陛下は徐々に衰弱し、とうとう――」伯爵は肩をすくめた。

「わたしがシミュラを発ったとき、陛下は癲癇など患ってはいらっしゃらなかった」

「急な発作だった」アニアスがそっけなく答える。

「そのようだな。噂では、女王も同じ病に倒れたとか」

アニアスがうなずいた。

「誰も変だとは思わなかったのか。王室にこのような病の歴史はないし、そもそもアルドレアス王が四十代に入るまで何の症状もなく、その娘がわずか十八歳で発病するなど、あまりにも奇妙すぎる」

「わたしには医学知識がないのでな、スパーホーク」アニアスが答える。「そうしたければ宮廷医師に話を聞いてもいいが、われわれにわからなかったことをきみが発見できるとは思えんね」

スパーホークはうなり声を発し、評議会室をぐるりと見渡した。

「ここで話し合うべきことはすべて話し合ったようだ。わたしはこれから女王陛下に拝謁する」

「絶対にだめだ！」リチアスが叫んだ。

「きみに頼んでなどいないぞ、リチアス」大柄な騎士はきっぱりと言って、司教の前に置かれたままの羊皮紙を指差した。「それを取っていただけるかな」

手紙を取り戻すと、スパーホークはすばやく目を走らせた。すぐに探していた文句が見つかる。

「ここだ。〝シミュラに帰着次第、ただちにわたくしの前に出頭するよう命じる〟――議論の余地などないと思うが」

「何を企《たくら》んでいるのだ」司教が疑わしげに尋ねる。

「勅命に従うだけですよ、猊下。女王陛下に出頭を命じられたので、そうしようとしているだけだ」

「玉座の間のドアには錠前がかけてあるんだ」とリチアス。

スパーホークの顔に浮かんだ笑みは、温かいとさえ言えそうだった。

「構わんよ。鍵ならここにある」そう言うと、銀をあしらった剣の柄《つか》に思わせぶりに手をやる。

「止めてみるかね」

「させるものか！」

アニアスが咳払いをした。

「殿下、一言よろしゅうございますか」

「もちろんだ、猊下」リチアスは即座に答えた。「国王たる者、教会の助言と忠告にはつねに耳を傾けなくてはな」

「国王？」スパーホークが聞きとがめる。

「言葉のあやだよ、サー・スパーホーク」アニアスが弁解した。「女王が執務不能となって以来、リチアス殿下はもう長いこと国王の職務を代行しておられるのだ」

「わたしにとっては、そうではない」

アニアスはリチアスに向き直った。

「教会としては、女王の擁護者のいささか乱暴な要求を承認なさいますよう助言いたします。われわれが無礼な態度を取ったなどと言われないためにも。さらに教会は、摂政の宮と評議員全員が、サー・スパーホークとともに玉座の間へ同行なさることを助言いたします。サー・スパーホークはある種の魔法に通じているとの評判ですからな。女王陛下のお命をお守りするためにも、宮廷医師の意見をじゅうぶんに聞くことなく、むやみな魔法を使うことを許すべきではありません」

リチアスはその意見を検討しているような振りをしてから、おもむろに立ち上がった。

「司教猊下の助言を容《い》れることとしよう。サー・スパーホーク、われわれを同行させるよう命令する」

「命令?」

リチアスはそれを無視すると、国王気取りで扉に向かった。

スパーホークはハーパリン男爵と赤い服の太った男をやり過ごし、うしろに続くアニアス司教の横に並んだ。くつろいだ微笑を見せているものの、食いしばった歯のあいだから洩《も》れる抑えた低い声は、とても陽気とは言いがたいものだった。

「あんな真似は二度としないことだな、アニアス」

「何の話だ」司教はきょとんとしている。

「魔法だよ。あんたにはそもそも才能がない。それにわたしとしては、素人の手慰みにいちいち対抗して呪文をかけるのは煩わしいんだ。記憶に間違いがなければ、聖職者が魔法に手を出すのは禁じられているはずだろう」

「証拠でもあるのかね、スパーホーク」

「証拠など必要ないんだよ、アニアス。パンディオン騎士としてのわたしの宣誓だけで、民事裁判だろうが教会裁判だろうが、じゅうぶんに通用するんだ。まあ、この話はこれまでということにしよう。二度とわたしのいるほうに向かって魔法など使わないことだな」

リチアスを先頭にした評議員とスパーホークたちは、蠟燭の明かりに照らされた廊下を通って、玉座の間の大きな二枚扉の前に向かった。扉の前に着くと、リチアスは胴衣《ダブレット》の隠しから鍵を取り出して錠前をはずした。

「ほら、開いたぞ。女王陛下にご挨拶してくるがいい」

スパーホークは腕を伸ばし、廊下の壁に突き出している銀の燭台から蠟燭を一本取って、扉の奥の暗い部屋に入っていった。

玉座の間はひんやりと湿っていて、空気はかび臭いにおいがした。スパーホークは壁ぎわの蠟燭に一本ずつ火を点《つ》けていき、さらに玉座に近づいて、その横に配置された美しい枝付き燭台の蠟燭に明かりを灯した。

「そんなに明るくする必要はないだろう、スパーホーク」戸口でリチアスが苛々《いらいら》した声を上げる。

スパーホークはそれを無視して、玉座を囲っているクリスタルの表面にためらいがちに手を当てた。クリスタルを通して、セフレーニアの懐かしいオーラが感じられる。騎士はゆっくりと顔を上げ、エラナの若い、透きとおるような顔を見やった。子供のころに芽吹いていたものが、今では見事に花開いていた。ほかの若い女性たちと違って、エラナはただ可愛いというだけではなかった。美しいのだ。容貌《ようぼう》は神々しいまでに整い、長く伸ばした白に近い金髪が顔をふわりと縁どっている。女王は公式の衣装を身にまとい、頭には金色の重たげなエレニア国王の冠をかぶり、ほっそりした手を玉座の肘掛《ひじか》けに置いて目を閉じていた。

幼い姫の世話をせよとアルドレアス王に命じられた時のことを、スパーホークは思い出していた。はじめはひどく憤慨したものだったが、すぐに姫がただのつまらない子供ではないことがわかった。それどころかエラナは、鋭く強い心を持ち、世界に対する好奇心に満ちあふれた、真面目な若い貴婦人だった。最初のはにかみが消えると、少女は宮廷内の事情について詳しく尋ねるようになり、結果としてスパーホークは、国政や宮廷内での複雑な駆け引きに関する教育を行なうことになった。数か月のうちに、二人はとても親しくなっていた。いつしか騎士は少女と交わす日々の個人的な会話を楽しむようになり、そんな中で、未来のエレニア国女王にふさわしい人間となれるよう、優しく少女を育て導いていったのだった。

そんなエラナが、今は死んだようにクリスタルの中に閉ざされている。スパーホークにとっては心臓を鷲《わし》づかみにされるような苦しみだった。エラナの健康と玉座を回復できるものならば、この世を二つに引き裂いてもいいとさえ思った。その姿を見ていると、なぜか無性に腹が立った。大暴れして周囲のものに当たり散らしたいという欲求が突き上げてくる。純粋に肉体的な力によって、女王の意識を取り戻せるとでもいうように。

そのときそれが聞こえてきた。肌にも感じられた。その音は一瞬ごとに大きく、はっきりしてくるようだった。規則的な、力強いリズム。太鼓の音というと少し違うが、変化したり途切れたりすることなく、部屋の中に谺《こだま》している。音は着実に大きさを増して、部屋を訪れる者にエラナの心臓がまだ鼓動しつづけていることを教えていた。

スパーホークは剣を抜いて女王に敬礼した。深い敬意とある種の愛情を感じさせる動きで片膝《かたひざ》をつき、身体を前に傾けて硬いクリスタルにそっと口づけする。その目にいきなり涙があふれた。

「帰ってきましたよ、エラナ」小さな声でつぶやく。「何もかも元どおりにして差し上げますからね」

まるでその言葉が聞こえでもしたかのように、女王の鼓動が大きくなった。

ドアの前からリチアスの嘲《あざけ》るような忍び笑いが聞こえてきた。いずれ機会があれば、女王のあの忌々しい従兄にはとことん嫌な目を見せてやる。スパーホークはそう誓いながら立ち上がり、ドアの前に戻った。そこにはにやにやと笑みを浮かべたリチアスが立っていた。玉座の間の鍵はまだその手の中だ。横を通り過ぎながら、スパーホークは手を伸ばして鍵を取り上げた。

「もう必要ないだろう。わたしが帰ってきた以上、この鍵もわたしが管理する」

「アニアス」摂政の宮が甲高い声で抗議する。

しかしアニアスは女王の擁護者のいかめしい顔をちらりと見ただけで、この件は深追いしないことにしたようだった。

「持たせておきなさい」

「でも――」

「持たせておきなさいと言ったのです」司教はぴしゃりと決めつけた。「どのみちわれわれには必要ないものです。女王の寝室の鍵は女王の擁護者に持たせておけばいい」アニアスの下品なほのめかしに、スパーホークは籠手をはめた左手の拳《こぶし》を固めた。

「評議会室までいっしょに行ってくれんかね、サー・スパーホーク」レンダ伯が甲冑に覆われた騎士の腕に、なだめるように手を置いた。「どうもこのごろ足許がおぼつかなくてな。そばに頑丈な若者がついていてくれれば心丈夫だ」

「もちろんです、閣下」スパーホークは拳を開いた。リチアスが評議員を引き連れて、会議室まで廊下を戻っていく。スパーホークはドアを閉め、錠前をおろした。その鍵を味方の老評議員に手渡す。「代わりに持っていていただけませんか」

「もしできれば、玉座の間にはいつも蠟燭を灯しておくようにしてください。女王が闇の中に独りで取り残されたりしないように」

「いいとも、喜んで」

「わかった」

二人は廊下を歩きはじめた。

「それにしてもスパーホーク、きみという男は、いくつになっても角が取れて丸くなるということがないのだな」

スパーホークはにやりと笑ってみせた。

「しかも心を決めてしまうと、とことん無礼な振る舞いができる」

「そう心掛けていますからね」

「シミュラではじゅうぶんに注意したまえ」老人は声をひそめ、真顔で注意した。「アニアスは国じゅうに間諜《スパイ》を放っている。リチアスなど、やつの許可がなければくしゃみ一つできんような状態だ。エレニアの真の支配者は司教なのだよ。しかもやつはきみを嫌っておる」

「わたしだって、あの男が大好きだというわけではありません」ふと気になったことがあって、スパーホークは尋ねた。「今日はいろいろと味方をしていただきましたが、このせいで伯爵に危険が及ぶようなことはないでしょうね」

レンダ伯は微笑んだ。

「それはなかろう。わしはもう歳だし、権力もない。アニアスにとっては脅威でも何でもないのだ。ちょっとした癪《しゃく》の種ではあるだろうが、計算高いあの男がその程度でことを起こすとは思えんな」

評議会室の扉の前で二人を待ち受けていた司教が、冷たくスパーホークに声をかけた。

「評議会は現状について討議してきたわけだが、女王陛下が危険な状況にないことは明らかだ。心臓は力強く鼓動しているし、周囲のクリスタルは堅牢《けんろう》この上ない。今のところ、特別な擁護が必要な状況ではないのだ。したがって評議会は、きみにこのシミュラの所属の騎士館に帰還し、別命あるまで待機するよう命令する」冷たい笑みに唇を歪《ゆが》めて、

「あるいは女王陛下ご自身がきみを召喚するまでだな、もちろん」

「もちろん」スパーホークはよそよそしく答えた。「ちょうどわたしもそう提案しようと思っていたのですよ、猊下。一介の騎士にすぎないわたしにとって、ブラザーたちと騎士館にいるほうが、王宮にいるよりもずっと心が休まりますからな」スパーホークは笑みを浮かべた。「宮廷には場違いな人間なのでね」

「気がついていたよ」

「だろうと思った」スパーホークはレンダ伯の手を握って別れを告げた。それからまっ

すぐにアニアスを見つめ、「ではまたお会いするときまで、猊下」

「また会うことがあればな」

「あるとも、アニアス。きっとある」スパーホークは踵を返し、廊下を遠ざかっていった。

3

シミュラのパンディオン騎士館は、街の東門を出てすぐのところにあった。それはあらゆる意味において一つの城であり、胸壁つきの高い外壁に囲まれ、四隅には塔が屹立《きつりつ》していた。周囲には鋭い杭《くい》の突き出した深い濠《ほり》があって、中へ入るには跳ね橋を渡るしかない。橋は下ろされているが、軍馬にまたがった黒い甲冑姿の四人のパンディオン騎士によって守られていた。

スパーホークは橋の手前で手綱を引いて、ファランを止めたまま待っていた。パンディオン騎士館の中に入るには、一定の形式を踏んだ手続きを経なければならない。不思議なことに、そのような手続きを面倒だと感じたことは一度としてなかった。見習い騎士時代から生活の一部だったということもあるが、古くからある儀式的な手順を踏むことで、自分が新たに生まれ変わり、強化されるような気がするのだ。誰何《すいか》の儀式を待つあいだに、焼けつくような陽射しを受けるジロクの街や、鉄灰色の朝の光の中を井戸に向かう女たちの姿は、心の中で少しずつ遠のき、ほかの雑多な記憶の合間にその居場所を見つけて消えていった。

甲冑をつけて馬にまたがった二人の騎士が、重々しい足取りで近づいてきた。厚さが一フィートもある橋板に、軍馬の蹄の音が虚《うつ》ろに反響する。二人はスパーホークの目の前で馬を止めた。

「神の戦士が館に足踏み入れんとするは何者ぞ」一方の騎士が朗々と詠唱する。

スパーホークは兜の面頬を上げた。これは友好的な意思を象徴する行為だ。

「こはスパーホーク、神の戦士にして騎士団が一員なり」

「そを証《あかし》する術《すべ》はいかに」もう一人の騎士が問う。

「これなる護符こそ証なれ」スパーホークは外衣《サーコート》の襟元に手を入れ、鎖で首に下げている重い銀の護符を引っ張り出した。パンディオン騎士は全員これを持っている。

二人はじっくりとそれを検分する格好を見せた。

「こはまさしくわが騎士団が一員、サー・スパーホーク」最初の騎士が宣言する。

「いかにも」二人めが同意する。「さればこの者を――ええと――」騎士はそこでつっかえてしまい、眉根《まゆね》を寄せて考えこんだ。

「『さればこの者をして、神の戦士が館に足踏み入れせしめん』」スパーホークが助け船を出す。

二番めの騎士は顔をしかめると、小声でこぼした。

「どうもここんところが覚えられないんだよな。すまん、スパーホーク」咳払《せきばら》いをして、もう一度言い直す。「いかにも。さればこの者をして、神の戦士が館に足踏み入れせしめん」

最初の騎士がにやにや笑いながら先を続けた。

「騎士団が一員なれば、館に足踏み入るるに障りなし。よくこそ来たれ、サー・スパーホーク。願わくは館が壁の内、屋根が下にて平安ぞ見出さるべし」

「さればこなたとこなたがご同輩の、いずくに赴くも平安ぞあらむことを」スパーホークがそう答えて、儀式は終わった。

「おかえり、スパーホーク」最初の騎士が温かく言った。「長い旅だったな」

「まったくだ」スパーホークが答える。「クリクは来たか」

二番めの騎士がうなずいた。

「一時間かそこら前だ。ヴァニオンと話をして、また出ていった」

「とにかく中に入ろう」スパーホークが促す。「さっきの文句じゃないが、『平安』がたっぷりと必要なんでね。ヴァニオンにも会わなくちゃならんし」

二人の騎士が馬の向きを変え、三人はいっしょに橋を渡りはじめた。

「セフレーニアはまだここに？」スパーホークが尋ねる。

「ああ」二番めの騎士が答えた。「女王が病に倒れられたあと、ヴァニオンといっしょにデモスから飛んできたよ。それ以来、騎士館にこもりきりだ」

「よかった。セフレーニアにも話があるんだ」

三人は城門の前で足を止めた。最初の騎士が、門の前に残っていた二人の仲間に呼びかける。

「こは騎士団が一員、サー・スパーホーク。われらにて身元諾《うべな》いし者にて、パンディオン騎士館に足踏み入るるに障りなし」

「さればお通りあれ、サー・スパーホーク。館が内にこなたの平安ぞあらむことを」

「かたじけない。騎士殿にも平安を」

騎士たちが馬を脇に寄せると、ファランは合図も待たずに進みはじめた。

「儀式についてはおれと同じくらい詳しいってわけか」スパーホークがつぶやく。

ファランはぴくりと耳を動かした。

中庭に入ると、まだ儀礼用の甲冑や拍車を与えられていない見習い騎士が飛び出してきてファランの手綱を握った。

「ようこそ、騎士殿」

スパーホークは盾を鞍頭《くらがしら》にひっかけると、具足を鳴らしてファランの背から下りた。

「ありがとう。どこへ行けばヴァニオン卿《きょう》に会えるかわかるかね」

「南の塔にいらっしゃると思います」

「そうか、ありがとう」スパークは中庭を歩きだし、ふと足を止めて振り向いた。「そうそう、その馬には注意しろよ。嚙《か》みつくんだ」

見習い騎士はぎょっとした顔になって、陰険な顔つきの大きな葦毛《あしげ》からそろそろと離れた。それでも手綱だけは放さない。

馬が冷たい目でスパークを睨《にら》んだ。

「教えてやらなくちゃ不公平だろ、ファラン」スパークは馬に言い、すり減った広い階段を上って、数世紀を経た城内に入った。

騎士館の中はひんやりとして薄暗く、たまに廊下ですれ違う仲間の騎士たちは、この安全な建物内での習慣として、フードのついた長い修道服をまとっていた。ただ時折かちゃかちゃと金属的な音がして、慎ましい衣装の下に鎖帷子《くさりかたびら》を着け、武器を携行しているることがわかる。フードをかぶったパンディオン騎士たちは挨拶を交わすでもなく、頭を下げて顔を伏せたまま、それぞれの仕事に専念していた。

スパークはフードをかぶった騎士の一人の前に、広げた掌《てのひら》を差し出した。パンディオン騎士はあまり互いの身体に触れることをしない。

「失礼だが、ヴァニオンはまだ南の塔かな」

「そうです」相手が答えた。

「ありがとう、ブラザー。きみに平安のあらんことを」

「あなたにも、騎士殿」

スパーホークは松明《たいまつ》に照らされた廊下を進み、狭い階段の下に出た。階段は大きな石を積み上げただけの、漆喰《しっくい》も塗らない壁にはさまれて、螺旋状《らせんじょう》に南の塔の中を伸びている。上りきったところには重い扉があって、その前に二人の若いパンディオン騎士が陣取っていた。どちらもスパーホークの知らない顔だ。

「ヴァニオンと話がしたい。わたしはスパーホークだ」

「身分を証明できるのか」若者の一人が精いっぱいの威厳を込めて尋ねた。

「今してきたところだ」

二人の若い騎士はどう対処していいかわからず、右往左往している。スパーホークは少し手伝ってやることにした。

「扉を開けて、わたしが来たことを伝えてみてはどうかな。ヴァニオンの確認が取れればそれでいいし、取れなければきみら二人で、わたしを階段から蹴り落とせばいい」やれるものならやってみろ、という含みはとくに持たせなかった。

二人の若者は顔を見合わせたが、やがて一人が扉を開けて中を覗《のぞ》いた。

「お邪魔して申し訳ありません、ヴァニオン卿。スパーホークと名乗るパンディオン騎士が、話があると言ってきているのですが」

部屋の中から聞き覚えのある声がした。

「よかった、待っていたのだ。通してくれ」

二人は顔を赤らめ、スパーホークのために道をあけた。

「ありがとう。諸君に平安のあらんことを」スパーホークは小声でそう言い、戸口をくぐった。室内はかなり広い。壁は石造りで、小さな窓には暗緑色のカーテンがかかり、床には薄茶色の絨毯《じゅうたん》が敷かれている。奥にあるアーチ型の暖炉では炎がはぜ、部屋の中央には蠟燭《ろうそく》の灯《とも》されたテーブルが置かれていた。そのまわりにはどっしりとした椅子が並んでいる。テーブルには男女二人の姿があった。

パンディオン騎士団長であるヴァニオンは、この十年でそれなりに年を取っていた。髪と髭《ひげ》が鉄灰色に変わっているし、顔の皺《しわ》も増えたようだ。しかし衰えたという感じはなかった。鎖帷子を着て、銀の外衣《サーコート》をまとっている。スパーホークが部屋に入るとヴァニオンは立ち上がり、テーブルを迂回《うかい》して戸口に近づいた。

「救出部隊を王宮に送りこもうかと思っていたところだ」甲冑に包まれたスパーホークの両肩をつかむ。「単独で乗りこむなど、無謀すぎるぞ」

「かもしれませんが、うまくいきましたよ」スパーホークは籠手《こて》と兜をはずし、テーブルの上に置いた。さらに剣帯から剣をはずし、それもテーブルに並べる。「またお会いできてよかった、ヴァニオン」スパーホークは年長の男の手を握った。ヴァニオンは教師としてはきわめて厳格で、自分が教えた若いパンディオン騎士については、どんな欠点も許そうとはしなかった。

スパーホークも見習い騎士時代には大の苦手としていた相手だが、今ではずけずけと物を言う騎士団長を大切な友人の一人だと思っていた。二人は温かく、親愛の情のこもった握手を交わした。

次に大柄な騎士は女性のほうに向き直った。小柄な女性で、時として小柄な人々に見られる、独特の整った美を持ち合わせている。髪は夜のように黒く、瞳は深い群青色をしていた。顔立ちは明らかにエレネ人とは異なっていて、その不思議に異国的な雰囲気からスティリクム人であると知れた。柔らかな白いローブを身にまとい、目の前のテーブルに大きな本を広げている。

「お元気そうで何よりです、セフレーニア」スパーホークは温かく声をかけ、スティリクム人の流儀にのっとって両手を取ると、左右の掌に口づけをした。

「長い旅でしたね、サー・スパーホーク」答える声は穏やかで、奇妙な歌うような響きがあった。

「祝福を授けていただけますか、小さき母上」戦いをくぐり抜けてきた顔にほのかな笑みを浮かべて、スパーホークは教母の前にひざまずいた。〝小さき母上〟という呼びかけはスティリクム語に由来し、時のはじまりから続く師弟の親密な関係を反映した言葉だった。

「喜んで」セフレーニアはそっと両手で騎士の顔に触れ、スティリクムの言葉で儀式的な祝禱《しゅくとう》を唱えた。

「ありがとうございます」スパーホークは短く礼を言った。

と、セフレーニアがめったにしないことをした。騎士の顔に両手を添えたまま、身を乗り出して軽く口づけをしたのだ。

「よく戻ってきましたね、スパーホーク」

「戻れてよかった。会えないとなると寂しくて」

「子供のころはさんざん叱《しか》られたのにですか」セフレーニアが穏やかに微笑む。

「どうってことはありませんよ」スパーホークは笑い声を上げた。「叱られたことさえ懐かしかったくらいです」

「いい騎士が育ちましたね、ヴァニオン」教母は騎士団長に向き直った。

「最高のパンディオン騎士の一人ですよ。思うに、騎士団はこういう人間を育てるためにこそ創設されたのでしょう」

パンディオン騎士団におけるセフレーニアの地位は一種特別なものだ。かつてデモスの騎士本館にはスティリクム人の教師がいて、見習い騎士にいわゆる〝スティリクムの秘儀〟を教えていた。その教師が亡くなったとき、セフレーニアが騎士本館の門前に現われ、前任者の仕事を引き継いだのだった。誰に選ばれたわけでも、呼び出されたわけでもない。ただそこに現われたのだ。一般にエレネ人は、スティリクム人を見下すと同時に恐れてもいる。スティリクム人は山や森の奥に小さな村落を形成して原始的な生活を送る、不思議で異質な民族だ。奇妙な神々を崇拝し、魔法の力を備えている。比較的蒙昧《もうまい》なエレネ人のあいだには、スティリクム人がエレネ人の血と肉を使った残虐な儀式を行なっているという噂が何世紀も前から広まっていた。このため酔って暴徒と化した農民が、罪もないスティリクム人の村を襲って村人を虐殺するという事件が周期的に発生する。もちろん教会はそのような行為を厳しく糾弾しているし、異邦の教師と接することでスティリクム人に敬意さえ抱いている教会騎士団になると、教会の方針をさらに推し進める形で、スティリクム人の居住地に対するいわれなき攻撃はただちに残虐な報復を受けるという戒めを広く一般に知らしめていた。だがそうした組織的な擁護策にもかかわらず、エレネ人の村や街に足を踏み入れるスティリクム人は、しばしば罵詈《ばり》雑言《ぞうごん》を浴びせられ、石やごみを投げつけられた。デモスに現われたセフレーニアもそのような危険を冒してきたはずなのだ。そうまでしてなぜやってきたのか、はっきりした理由はわからない。ともあれセフレーニアは、年来にわたって忠実に職務を果たしていた。パンディオン騎士の面々は誰もが教母を敬愛している。騎士団長たるヴァニオンでさえ、しばしばその助言を求めるほどだった。

スパーホークは教母の前に置かれた書物に目をやった。

「あなたが本ですか、セフレーニア」と驚いたふりをして、「とうとうヴァニオンに説得されて、読み書きを習うことにしたと？」

「わたしが読み書きの技術をどう思っているかは知っているでしょう。ただ絵を眺めていただけですよ」セフレーニアはそのページに描かれている極彩色の挿絵を指差した。「鮮やかな色が好きなのです」

スパーホークは椅子を引いて腰をおろした。甲冑がきしむような音を立てる。

「エラナには会ったかね」ヴァニオンはテーブルの反対側に座りなおした。

「ええ」スパーホークはセフレーニアを見た。「どうやったんです」

「少し込み入っているのですが」教母は言葉を切り、鋭くスパーホークを一瞥《いちべつ》した。

「あなたなら大丈夫でしょう。いらっしゃい」つぶやきながら腰を上げ、暖炉に近づく。

スパーホークは戸惑いながら立ち上がり、セフレーニアの後を追った。

「炎の中を覗きこむのです、あなた《マイ・ディア》」教母はスパーホークを教えていたころの、奇妙なスティリクムの言葉でそっと呼びかけた。

その声に誘われるように、騎士は炎を見つめた。かすかにスティリクム語のつぶやきが聞こえる。と、セフレーニアの手がゆっくりと炎の中を横切った。スパーホークは無意識のうちにひざまずき、じっと暖炉の中を覗きこんでいた。

炎の中で何かが動いていた。身を乗り出し、炭になった樫《かし》の木の薪の端を舐《な》めるように踊っている青みがかった炎の、小さな渦に目を凝らす。青い色が広がり、どんどん大きくなり、やがて後光のように輝く青い光の輪の中に、炎の揺らめきに合わせて揺れる一団の人影らしいものが見えてきた。像が鮮明さを増し、人々の集まっているのが玉座の間だということがはっきりしてきた。何マイルも離れた王宮の中の光景が映し出されているのだ。甲冑を着けた十二人のパンディオン騎士が、若い女のほっそりした身体を運んで、石の床の上を歩いている。女が乗せられているのは担架ではなく、面頬をおろした黒い甲冑の騎士が十二人でしっかりと握った、輝く十二本の剣の平らな面の上だった。騎士たちが玉座の前で足を止めると、白いローブを着たセフレーニアの姿が影の中から現われた。片手を上げて何か言っているようだが、スパーホークには炎のはじける音しか聞こえない。と、恐ろしいほどの勢いで若い女が上体を起こした。エラナだ。顔は歪《ゆが》み、大きく見開かれた目は虚《うつ》ろになっている。

考えるよりも先に、スパーホークは手を炎の中に突っこもうとしていた。

「いけません」セフレーニアが鋭く叫んで、その手を引き戻した。「見るだけです」

どうしようもなく震えつづけるエラナの姿が、はじかれたように立ち上がった。白いローブをまとった小柄な女性の、無言の命令に従っているのだろう。セフレーニアが急いで玉座を指差すと、エラナはよろめき、足を引きずるようにしながら、階段を上って女王の座に腰をおろした。

スパーホークは泣いていた。もう一度女王に手を伸ばしかけたが、セフレーニアの手にそっと引き止められる。なぜかその手は鉄の鎖のようだった。

「見るのです、ディア」

十二人の騎士が玉座に着いた女王を囲んで円陣を作り、白いローブの女が玉座の脇に立った。騎士たちは手にした剣をうやうやしく差し伸べ、二人の女を鋼の輪で囲んだ。セフレーニアが両手を上げて何か言っている。スパーホークはその顔にはっきりと緊張感を見てとっていた。唱えている言葉のほうはまったく見当もつかない。

十二本の剣の切っ先が輝きだし、次第に明るさを増しはじめた。玉座がまばゆい白銀の輝きに照り映える。切っ先から発した光は、やがてエラナの座る玉座のまわりで一つに結ばれた。セフレーニアが一声叫んで、何かを切るような仕草で腕を振りおろす。一瞬にしてエラナの周囲の光が固体化し、あとには今朝スパーホークが玉座の間で見たのと同じ、クリスタルに封じこめられた女王の姿があった。玉座の脇でセフレーニアの姿が、力尽きたように床にくずおれた。

スパーホークの顔は涙に濡れていた。セフレーニアはその頭をそっと抱えこむようにして引き寄せた。

「簡単なことではありません」教母は騎士を慰めた。「このように炎を覗きこむと心が開かれ、人の本性があらわになります。あなたは見せかけようとしているよりもはるかに優しい人ですね」

スパークホークは手の甲で涙を拭《ぬぐ》った。「あのクリスタルはどれくらいもつのですか」

「あの場にいた十三人が生きているあいだだけです。エレネ人の時間の測り方で言えば、長くて一年でしょう」

スパークホークはじっと教母を見つめている。

「エラナの心臓を動かしているのは、わたしたちの生命の力です。季節がめぐるうちに、わたしたちは一人また一人と斃《たお》れていくでしょう。そのときは残った者の中の一人が、斃れた者の重荷を引き受けることになります。やがて全員が持てる力をすべて使いつくしたとき、あなたの女王も死ぬでしょう」

「そんな！」スパークホークは激しく声を上げ、ヴァニオンを見やった。「あなたもあの場に？」

ヴァニオンがうなずく。

「ほかには誰が」

「知ったところでどうにもできはしない。全員がみずから望んで、すべてを承知の上であの場に赴いたのだ」

「中の一人が斃れた者の重荷を引き受けると言いましたが、それは誰なんです」スパークホークはセフレーニアに尋ねた。

「わたしです」

「まだ結論は出ていないはずですよ」ヴァニオンが異を唱える。「あの場にいた者なら、誰であろうと引き受けられるはずでしょう」

「それには呪文を変更しなくてはなりませんよ」セフレーニアが澄まして答える。

「いずれはっきりさせますからね」

「では、それでどうなります」スパーホークが尋ねた。「恐ろしい犠牲を払って、死期を一年延ばしただけのことだ。しかも女王はそれに気づきもしない」

「病の原因を突き止めて治療法を見つけることができたら、呪文を解けばいいのです。死期を延ばすのは時間稼ぎのためですよ」

「解明は進んでいるのですか」

「エレニアじゅうの医者に調べさせている」とヴァニオン。「イオシアのほかの国の医者にも協力を要請した。セフレーニアは自然の病ではないかもしれないと考えている。それに妨害があってな。王宮医師団は協力を拒んできた」

「もう一度王宮に行ってきましょう」スパーホークは厳しい顔になった。「協力するよう説得できると思いますよ」

「それはもう考えた。だがアニアスの命令で、厳重な見張りがついているんだ」

「アニアスのやつ、何を企《たくら》んでいる」スパーホークはかっとなって叫んだ。「こっちはエラナを回復させたいだけなのに、どうしてあいつは邪魔ばかりするんだ。自分が王にでもなるつもりか」

「もっと大きな狙《ねら》いがあるのだろう。クラヴォナス総大司教は高齢で、健康を害している。自分こそ総大司教の宝冠にふさわしいとアニアスが考えたとしても、驚くには当たるまい」

「アニアスが総大司教？　ばかなことを言わないでください」

「人生とはばかなことの連続さ、スパーホーク。もちろん各騎士団はこぞって反対しているし、聖議会に対する騎士団の発言力も依然として大きい。だがアニアスはエレニアの国庫から金を引き出し放題に引き出して、賄賂《わいろ》をばらまいている。エラナがいればやつを国庫から遠ざけることもできたろうが、女王は病に倒れてしまったからな。アニアスがエラナの回復を望まないのは、そのあたりと関係があるのだろう」

「それでエラナの代わりに、アリッサの私生児を国王に祭り上げようというのか」スパーホークはますます怒りを募らせた。「リチアスには会ってきましたがね。アルドレアス王に輪をかけた、心の弱い、愚かな男だ。そもそも正嫡ではないから、王位継承権がない」

ヴァニオンは両手を広げた。

「王国評議会の投票で可決されれば、王位継承権は認められる。そして評議会はアニアスが牛耳っている」

「全員というわけではありませんよ。形の上では、わたしだって評議会の一員です。投票ということになれば、何票かはこっちに取りこめるはずです。一、二度決闘でもやれば、評議会も考えを改めるでしょう」

「軽率ですよ、スパーホーク」セフレーニアがたしなめる。

「怒っているんですよ。誰かをぶちのめしてやりたい気分なんです」

ヴァニオンがため息をついた。

「まだ決定を下せる状況ではないな」かぶりを振って話題を変える。「実のところ、レンドー国はどういうことになっているんだ。ヴォレンからの報告には、かなり言葉を選んで、レンドーが敵対勢力の手に落ちたようなことが書いてあったが」

スパーホークは立ち上がり、足首まである黒いローブを翻して、矢狭間《やざま》になっている細長い窓に歩み寄った。空はまだ黒っぽい雲に覆われ、シミュラの街はその下で、新たな冬に耐えるべく歯を食いしばって、じっとうずくまっているように見えた。

「暑い土地ですよ」まるで自分に語りかけるようにつぶやく。「乾燥していて、埃《ほこり》っぽい。日光が壁に反射して、目に突き刺さってくる。曙光《しょこう》が兆して、陽《ひ》はまだ昇らないけれど空が溶かした銀のような色になると、黒いローブに身を包んで顔をベールで覆った女たちが、素焼きの瓶《かめ》を肩に担いで街路を歩き、無言のまま井戸に水を汲《く》みにいくんです」

「あなたを誤解していたようです、スパーホーク」セフレーニアの音楽的な声が言った。

「意外と詩人ではありませんか」

「そういうわけではありませんがね。レンドーでの出来事を理解するには、あの土地の雰囲気を知っておく必要があるというだけのことです。日光はまるで脳天に打ちおろされるハンマーで、あまりにも暑くて乾燥しているために、ものを考えることなどできなくなってしまう。レンドー人は単純明快な答えを好みます。あの太陽の下では、あれこれ思いをめぐらすような余裕はないんです。そもそもエシャンドに何が起きたのかということも、これで説明がつくかもしれません。頭の中身を半分かた焼き上げられた単純な羊飼いに、深遠なる思想が宿るとは考えられませんからね。エシャンドの異端があれだけの勢力になった第一の要因は、あの焼けつくような太陽です。どこかに移動して日陰に入れるということであれば、連中はどんなばかげた教えだって受け入れたに違いないんですよ」

「イオシア全土を三世紀にわたる戦争に引きずりこんだ運動の解釈としては、新説だな」ヴァニオンが感想を述べた。

「経験してみないとわかりませんよ」スパーホークは自分の席に戻った。「ともあれ、同じく頭の中身を焼き上げられた狂信者が一人、ダブールに現われました。二十年前のことです」

「アラシャムか」ヴァニオンが先回りする。「噂だけは聞いているが」

「自分ではそう名乗っていますが、生まれたときの名前は別のものだったと思いますね。宗教の指導者というのは、信徒の好みに合わせてしばしば名前を変える傾向があるんです。わたしの理解する限りでは、アラシャムは無学文盲の垢《あか》じみた狂信者で、現実というものをほとんど理解していません。年齢は八十歳くらい、幻覚を見たり、幻聴を聞いたりしているようです。信徒連中は飼っている羊にも劣る知性の持ち主で、あれなら嬉《き》嬉《き》として北の諸王国に攻めこむかもしれませんが――それもどっちが北だかわかればの話ですね。この問題、今レンドーで大論争になってますよ。わたしも何人か見たことがありますが、カレロスの聖議会議員を夜ごとベッドの中で震え上がらせている異教徒というのは、実のところわめき散らす砂漠の修行者といった程度のものです。武器は貧弱だし、軍事的な訓練も受けていません。正直に言って、レンドーでエシャンドの異端が復活することよりも、次の冬嵐《ふゆあらし》のほうが心配なくらいですよ」

「ずいぶんだな」

「ありもしない危険のために十年を棒に振ったんですからね。多少の不平くらいはお許し願いたいものです」

「忍耐を学ぶことですね、スパーホーク」セフレーニアが微笑んだ。「そうすれば一人前です」

「もう一人前のつもりでしたが」

「まだやっと半人前ですよ」

スパーホークは教母に笑いかけた。

「あなたはおいくつになられました」

セフレーニアの顔にあきらめの色が広がる。

「パンディオン騎士はどうしてみんな同じことを訊《き》くのでしょうね。答えないとわかっているはずなのに。自分よりも年上だということだけを受け入れて、それで納得することはできないのですか」

「わたしよりも年上だからな」ヴァニオンが口をはさむ。「この部屋の扉を警護している者たちと同じくらいの年頃に、わたしはあなたから秘儀を習っていた」

「それほどの年寄りに見えますか」

「いやいや、セフレーニア、あなたは春のように若々しく、冬のように思慮深い。おかげでわれわれは骨抜きですよ。あなたに出会って以来、どんな美しい乙女を見てもまるで魅力を感じなくなってしまった」

「いい人でしょう」セフレーニアはスパーホークに笑いかけた。「これほど口のうまい人は、ほかにいません」

「わたしが槍で的を突き損なったときとはずいぶん違いますね」スパーホークは渋い顔で答え、重い甲冑の下で肩をすくめた。「ほかに何か変わったことは。久しぶりなので、情報に飢えているんですよ」

「オサが動きだしているそうだ。ゼモックからの情報では、東方のダレシア大陸とタムール帝国を狙っているということだが、これは少々疑わしいと思っている」

「少々どころではありませんね」とセフレーニア。「西方の諸王国でスティリクム人の放浪者が急増しているそうです。十字路で野営して粗悪なスティリクムの民芸品を呼び売りしているのですが、地元のスティリクム人にはどこの誰だかわからないというのです。どうやらオサ皇帝とその邪悪な主人が、わたしたちを監視するために送りこんできたようですね。アザシュは以前にもゼモック人に西方諸国を侵略させています。喉から手が出るほど欲しいものがあるのですよ。ダレシア大陸でそれを手に入れることはできません」

「ゼモックの動きは前々からのことでしょう」スパーホークは椅子に寄りかかった。

「実際に何かが起きたという話は、聞いたことがありませんよ」

「今度ばかりは少し様子が違う。これまでオサは、つねに国境線に兵力を集結させていた。そして四騎士団がラモーカンドに移動して対峙《たいじ》すると、敵は即座に解散した。こっちの力を試していただけなのだ。ところが、今回は山の陰に軍団を集結させている。いわばこちらからは見えないところにだ」

「来るなら来いですよ。五百年前にも食い止めたんだ。必要とあればまたやるだけのことです」

ヴァニオンは首を振った。

「ランデラ湖畔の戦いのあとで起きたことをくり返すわけにはいかない。一世紀にわたって飢饉《ききん》と疫病が蔓延《まんえん》し、社会は完全に崩壊してしまったんだぞ。だめだ。あんなことはたくさんだ」

「避けられればいいのですが」とセフレーニア。「わたしはスティリクム人ですから、古き神アザシュの邪悪さはあなたがたエレネ人よりもよく知っています。アザシュがふたたび西に侵攻してきたならば、何としても止めなくてはなりません。たとえいかなる犠牲を払おうとも」

「だからこそ教会騎士団があるのです」ヴァニオンが言った。「今のところは、オサから目を離さないようにするくらいしかできないが」

「そういえば思い出しました。ゆうべ街に馬を乗り入れたとき、クレイガーを見かけたんです」

「このシミュラで？」ヴァニオンは驚きの声を上げた。「マーテルもいっしょだと思うか」

「たぶんそれはないでしょう。クレイガーはマーテルの使い走りですからね。アダスのほうは、鎖につないで手元に置いておく必要があるでしょうが」スパーホークは顔をしかめた。「キップリアでの件は、どの程度までお聞き及びですか」

「マーテルがおまえを襲ったということだけだ」とヴァニオン。

「もう少しお話ししておいたほうがいいようですね。アルドレアスの命令でキップリアに赴いたわたしは、エレニア領事に到着の報告をすることになっていました。その領事というのが、いかなる偶然か、アニアス司教の従兄弟《いとこ》に当たる人物でしてね。ある晩遅く、わたしは領事に呼び出されました。それで領事館に向かっていると、途中でマーテルとアダスとクレイガーが、地元のごろつきといっしょに裏路地から襲いかかってきたんです。誰かから教えられでもしない限り、わたしがあの時あの道を通るなんてことはわかるはずがないんですよ。クレイガーが首に賞金をかけられているシミュラに戻っていることと考え合わせると、なかなか興味深い結論が出てくると思いませんか」

「マーテルがアニアスの手先になっているというのか」

「考えられないことではないと思いませんか。妹と結婚したいというアルドレアスの意向をうちの父が諦《あきら》めさせたのは、アニアスにとってあまり嬉しい話ではなかったはずです。キップリアの裏通りでスパーホーク家の血筋が絶えれば、このエレニアでいっそう自由に腕が振るえるとアニアスが考えたとしても、ちっとも不思議ではありませんよ。

マーテルはマーテルで、わたしを嫌う理由がありますしね。実際、あの決定は間違いだったと思いますよ、ヴァニオン。あのとき挑戦を撤回しろとわたしに命令していなかったら、かなりの揉《も》めごとが回避できていたはずなんです」

ヴァニオンは首を横に振った。

「それは違うな、スパーホーク。マーテルはパンディオン騎士団のブラザーだったのだ。おまえたち二人が殺し合うところなど、見たくなかった。どちらが勝つか、予断を許さなかったこともある。マーテルはとても危険な男だ」

「わたしもそうですよ」

「不必要な危険を冒させたくなかった。おまえは大切な人材なのだ」

「まあ、今さら文句を言っても始まりませんがね」

「これからの予定は」

「騎士館で待機することにはなっていますが、クレイガーに出くわさないかどうか、少し街をうろついてみますよ。やつとアニアスの手先がつながっているとわかれば、差し迫った疑問がいくつか解決しますからね」

「それは少しお待ちなさい」セフレーニアが助言した。「カルテンがラモーカンドから戻ってきますから」

「カルテンですか。久しぶりだな」

「わたしもセフレーニアに賛成だ」とヴァニオン。「カルテンは接近戦が得意だからな。シミュラの路上といっても、いつキップリアの裏道のような危険な場所にならんとも限らん」

「いつごろ到着するんでしょう」

ヴァニオンは肩をすくめた。「じきだろう。今日かもしれん」

「では待つことにしましょうか」ふとスパーホークはあることを思いつき、教母に向かって微笑みながら立ち上がった。

「どうしました、スパーホーク」セフレーニアがいぶかしげに尋ねる。

「何でもありませんよ」そう答えてスティリクム語を唱え、目の前の空中で指を編むように動かす。編み上げた呪文を解き放って、騎士は片手を差し出した。軽い振動音が聞こえたかと思うと、蠟燭の炎が暗くなり、暖炉の火が小さくなった。明かりが元に戻ると、スパーホークの手の中に菫《すみれ》の花束が現われた。「これをどうぞ、小さき母上」スパーホークは軽く頭を下げ、セフレーニアに花束を差し出した。「愛の証として」

「まあ、スパーホーク、ありがとう」教母は笑顔で花束を受け取った。「わたしの生徒の中で、あなたはいつもいちばん思いやりがありました。でも〝スタラサ〟の発音を間違えていましたよ」とやや語気を強めて、「もう少しで、その腕いっぱいに蛇が現われるところでした」

「練習します」スパーホークが約束する。

「そうなさい」

遠慮がちなノックの音がした。

「何だ」ヴァニオンが声をかける。

扉が開いて、護衛の若い騎士の一人が入ってきた。

「外に王宮からの使者が来ております、ヴァニオン卿。サー・スパーホークに伝言があるとのことですが」

「今度は何かな」スパーホークがつぶやく。

「ここへお通ししろ」ヴァニオンが若い騎士に言った。

「ただいま」若者は軽く一礼し、部屋を出ていった。

使者は見覚えのある男だった。金髪を優雅な巻き毛にして、サフラン色の胴衣《ダブレット》にラベンダー色のズボン、青林檎《りんご》色のマントに栗色の靴という、すさまじい色の取り合わせもそのままだ。もっとも、その若い気取り屋の顔には斬新な飾りがついていた。とがった鼻の先端に、見るも痛々しい大きなできものができているのだ。レースの縁取りのあるハンカチでそれを隠そうとしているが、その努力はあまり報われていない。使者はヴァニオンに向かって優雅に一礼した。

「騎士団長殿に、摂政の宮からのご挨拶をお伝えいたします」

「わたしからもよろしくとお伝えしてくれ」ヴァニオンが答える。

「確かに承りました」男は優雅な仕草でスパーホークに向き直った。「伝言はあなた宛《あ》てです、騎士殿」

「ご使者の趣、しかと承りましょう」スパーホークは形式張って答えた。

気取り屋はそれを無視して、胴衣《ダブレット》の内側から一枚の羊皮紙を取り出し、朗々と読み上げた。

「〝王室法令に従い、殿下の御名において、ただちにデモスのパンディオン騎士団騎士本館に赴き、ふたたび王宮への召喚あるまで自らの宗教的責務をまっとうすることを命じる〞」

「なるほど」スパーホークが答える。

「伝言はご理解いただけましたかな、サー・スパーホーク」羊皮紙を手渡しながら気取り屋が確認した。

スパーホークはわざわざ命令書に目を通そうともしなかった。

「それはもうはっきりと。きみは申し分なく任務を果たした」香水臭い若者の顔を覗きこみ、「余計なお世話かもしれないが、そのできものは医者に診せたほうがいいぞ、ネイバー。すぐに手術しないとどんどん大きくなって、今に前が見えなくなってしまう」

手術という言葉に気取り屋は顔をしかめた。

「本当にそう思いますか、サー・スパーホーク」ハンカチを下ろして憂鬱《ゆううつ》そうに尋ねる。「何とか湿布か何かで――」

スパーホークはかぶりを振り、同情を装って答えた。

「だめだね。保証してもいいが、湿布は効かないだろう。勇気を出したまえ。手術しか方法はないんだよ」

廷臣はますます浮かない顔になり、お辞儀をして部屋を出ていった。

「あなたがやったのですか、スパーホーク」セフレーニアが疑わしげに尋ねる。

「わたしが？」騎士は何の話ですと言いたげに目を丸くした。

「誰かがやったのは確かですよ。あれは自然のものではありません」

「わたしは知りませんよ」

「それでどうする。殿下のご命令に従うのかね」ヴァニオンが尋ねた。

「冗談じゃありません」スパーホークは鼻を鳴らした。「シミュラでやるべきことが山ほどあるんです」

「さぞ怒るだろうな」

「だから何です」

4

　空はふたたび雲行きが怪しくなっていた。スパーホークは甲冑を鳴らして、騎士館の中庭へ続く階段を下りていった。先刻の見習い騎士が厩《うまや》からファランを引いてくる。スパーホークは考えこむようにその姿を見つめた。年齢は十八くらいだろう。かなり背が高い。土色の短衣《チュニック》が小さすぎて、袖《そで》から節くれだった手が突き出している。

「きみの名前は」スパーホークが尋ねた。

「ベリットです、閣下」

「ここでの仕事は何をしている」

「まだ特に何も言いつかってはいません。修業中です」

「なるほど。むこうを向いてみろ」

「はい？」

「身体つきを見たいんだ」

　ベリットは戸惑った顔で、それでも言われたとおりにした。スパーホークは両手で肩幅を測った。見た目は痩《や》せぎすだが、意外とがっしりしている。

「これならちょうどいいかな」

ベリットは当惑顔で振り返った。

「きみには旅に出てもらう。荷物をまとめておけ。そのあいだに同行する者を連れてくるから」

「わかりました」ベリットはうやうやしくお辞儀をした。

スパーホークは鞍頭《くらがしら》をつかむと、ファランの背にまたがった。ベリットから手綱を受け取り、馬の腹を軽く蹴って前進させる。中庭を横切り、門番の騎士たちの会釈に挨拶を返して、跳ね橋を渡り、東門から街に入った。

シミュラの通りはにぎやかになっていた。粗織りの麻袋を抱えた職人が「どいたどいた」と声を上げながら細い路地を通り抜け、商店主は伝統的な青い服を着て、色とりどりの商品を積み上げた店先に立っている。時には荷車ががらがらと石畳の道を走っていくこともある。狭い道が交差している十字路の近くまで来ると、まっ赤な制服を着た教会兵の一団が尊大な態度で行進してきた。スパーホークは道を譲らず、速足《トロット》のまま正面から突っこんでいった。兵士たちが仕方なく、左右に分かれて道を開ける。

「ありがとう、ネイバー諸君」スパーホークは機嫌よく礼を言った。

返事はない。

スパークホークはファランを止めた。

「ありがとうと言っているんだがね」

「どういたしまして」兵士の一人が不機嫌そうに返事をする。

スパークホークは動かない。

「……閣下」兵士は渋々つけ加えた。

「だいぶよくなったぞ」スパークホークは馬を進めた。

宿の門は閉まっていた。スパークホークは身を乗り出し、籠手《こて》を着けた拳で門扉を叩いた。門を開けたのは、前の晩の門番とは別の騎士だった。スパークホークはファランから下りて手綱を渡した。

「またすぐお乗りになりますか」

「ああ、戻らなくてはならん。従士の馬にも鞍を着けておいてもらえるかな」

「もちろんです」

「よろしく頼む」スパークホークはファランの首に手を置いた。「いい子にしてろよ」

ファランは知らん顔をして横を向いた。

スパークホークはがちゃがちゃと階段を上り、いちばん上の階の部屋の扉を叩いた。

クリクが扉を開けた。「どうでした」

「まずまずだな」

「生きて帰ってはこられたわけですね。女王には会えましたか」

「ああ」

「驚いたな」

「多少のごり押しはしたがね。荷物をまとめてくれ。デモスに戻ってもらいたいんだ」

「独りでですか」

「わたしはここに残る」

「それなりの理由はあるんでしょうね」

「リチアスから騎士本館に戻れと言ってきたんだ。放っておいてもいいようなものだが、尾行されずにシミュラを動きまわりたいからな。騎士館にわたしと同じくらいの体格の、若い見習い騎士がいる。その男にわたしの甲冑を着けさせてファランに乗せ、おまえと二人でデモスに向かってもらう。命令に従ってるってところをしっかり見せつけてな。兜《かぶと》の面頰《めんぼお》を下ろしていれば、司教の手下もわたしだと思うだろう」

「それならうまくいきそうですね。あなたをここに独りで残していくってところが気になりますけど」

「その点も大丈夫だ。今日明日じゅうにはカルテンがやってくる」

「多少はましですかね。カルテンはしっかりしていますから」クリクは眉《まゆ》をひそめた。

「あの方、ラモーカンドに追放になっていたはずでしょう。誰が呼び戻したんでしょうか」

「ヴァニオンは何も言わなかったが、カルテンはああいうやつだ。たぶんラモーカンドに飽きて、勝手に動いてるんだろう」

「デモスにはどのくらいいればいいんですか」そう言いながらも、クリクはもう荷作りを始めていた。

「少なくとも一か月だな。街道は見張られているはずだから。ほとぼりがさめたら連絡しよう。金はいるか」

「金はいつだって必要ですよ」

「その短衣《チュニック》の隠しにいくらかあるはずだ」スパーホークは椅子の背にかけてある自分の旅行着を指差した。「要るだけ持っていけ」

クリクがにやっとする。

「少しは残しといてくれよ」

「わかってますって」クリクはおどけて頭を下げて見せた。「あなたの荷物もまとめておきますか」

「いや、カルテンが到着したらまた戻ってくるつもりだ。騎士館に出入りすると人目につきやすいからな。酒場の裏口は今も開けっ放しになってるのか」

「昨日は開いてました。ときどき出入りしてるんです」

「少々の悪行はあったほうがいいんですよ。教会で懺悔《ざんげ》をするねたとしてね」

「おまえが飲んでるなんて話を聞いたら、アスレイドはおまえの髭《ひげ》に火をつけるぞ」

「だったら、あれがそんな話を聞かないようにしとく必要がありますね。そうじゃありませんか」

「どうしていつもおまえの家庭の問題に首を突っこむことになるのかな」

「そうすれば地に足を着けておけるからですよ。妻をお持ちなさい、スパーホーク。そうすればほかの女は、あなたの気を惹《ひ》かないと悪いんじゃないかなんて思わなくなる。結婚した男は安全なんですよ。独身男は世の女性にとって、どうしても気になる存在ですからね」

「だろうと思った」

半時間ほど後、スパーホークと従士は中庭へ続く階段を下り、それぞれの馬に乗ると門をくぐって外に出た。石畳に蹄《ひづめ》の音を響かせながら東門へ向かう。

「見張られてますね」クリクが小声でささやいた。

「願ったりだ。誰かが気づいてくれるまで、街じゅうをぐるぐる乗りまわさなくてすむ」

騎士館の跳ね橋で儀礼をくり返して、中庭に馬を乗り入れる。そこではベリットが二人を待っていた。

「これはクリクだ」スパーホークは馬を下りながら言った。「二人でデモスへ行ってもらう。クリク、この青年はベリットだ」

従士は見習い騎士をしげしげと見つめた。

「ちょうどいい大きさですね。革紐《かわひも》を何本かつめるだけで、甲冑もほぼぴったりでしょう」

「わたしもそう思った」

別の見習い騎士が現われて、二人から手綱を受け取った。

「じゃあ二人とも来てくれ。ヴァニオンに計画を説明して、そのあと影武者にわたしの甲冑を着てもらう」

ベリットは驚いているようだ。

「大した出世じゃないか、ベリット」クリクが話しかけた。「こんなに早く正規のパンディオン騎士になれるなんてな。昨日は見習い騎士だったのが、今日は女王の擁護者ってわけだ」

「きみにはヴァニオンといっしょに説明しよう」スパーホークがベリットに言った。

「何度もくり返したいような面白い話ではないのでね」

三人がふたたび騎士館の外に出てきたのは、午後もなかばを過ぎたころだった。ベリットは慣れない甲冑を着てぎこちなく歩いている。スパーホークは飾り気のない短衣《チュニック》とズボンという姿になっていた。

「雨になりそうですね」クリクが空を見上げて言った。

「濡れたら溶けてしまうわけでもないだろう」とスパーホーク。

「そんなことを心配してるんじゃありませんよ。また甲冑の錆落《さびお》としをしなくちゃならないのかと思ってね」

「人生に困難は付きものだ」

クリクはうめいた。二人がかりでベリットをファランの背に押し上げる。

「この青年をデモスまで連れていけ」スパーホークは馬に言い聞かせた。「わたしが乗っているつもりになるんだぞ」

ファランは不審そうな顔になった。

「話せば長くなる。どうするかはおまえ次第だが、甲冑を着ているから、嚙《か》みつこうとしても前歯を折るのがおちだぞ」スパーホークは従士に向き直った。「アスレイドと子供たちによろしくな」

「わかりました」クリクはうなずいて、自分の馬に飛び乗った。

「派手にやりすぎるんじゃないぞ」とスパーホーク。「ただ、出ていくところはしっかり見せつけてやるんだ。ベリットの面頰を下ろしておくのを忘れるな」

「ちゃんと心得てますよ。では参りましょうか、閣下」クリクがベリットに声をかけた。

「閣下？」

「さっさと慣れたほうがいいぞ」クリクは馬の向きを変えた。「ではまた、スパーホーク」二人は中庭を抜け、跳ね橋に向かった。

その日の残りはたちまち過ぎ去った。スパーホークはヴァニオンにあてがわれた小部屋に座り、かび臭い古い本を読んだ。日が落ちると食堂でブラザーたちと簡単な夕食をとり、静かに連禱《れんとう》を唱える行列に加わって礼拝堂へ向かった。スパーホークは深い信仰心の持ち主ではなかったが、見習い騎士の時代に戻って礼拝に参加してみると、昔と変わらない、生まれ変わるような気分を感じることができた。その晩の礼拝はヴァニオンが執り行ない、謙譲の美徳について長々と語ったが、スパーホークはいつものように、説教のなかばあたりから居眠りをしていた。

説教が終わると天使の声が響いて、スパーホークははっと目を覚ました。バターの色の髪と大理石の柱のような首をした若い騎士が、澄んだテノールで賛美歌を歌っていた。顔を輝かせ、目には憧《あこが》れの色が満ちている。

「わたしの話はそんなに退屈だったかね」礼拝堂を出ると、ヴァニオンがスパーホークに近づいてきてささやいた。

「そうでもないんでしょうがね」スパーホークが答える。「でもわたしはそれを判断する立場にありませんから。ただの雛菊《ひなぎく》にも薔薇《ばら》に負けない崇高な美しさがあるって、あの話をしたんですか」

「前に聞いたことがあるのか」

「何度も」

「昔ながらの話がいちばんなんだ」

「あのテノールは誰です」

「サー・パラシムだ。拍車を与えられたばかりでね」

「脅かすつもりはありませんけど、あの若者はこんな世の中には清らかすぎる気がします」

「そうだな」

「神はああいう者を早々に呼び戻してしまわれる」

「それは神がお考えになることだろう、スパーホーク」

「お願いですから、あの若者の命をわたしに託すようなことはしないでくださいよ」

「それも神がお考えになることだ。おやすみ、スパーホーク」

「おやすみなさい、ヴァニオン」


真夜中と思えるころ、部屋の扉が勢いよく開いた。スパーホークは小さな簡易寝台から転がり下り、剣を手にすばやく立ち上がった。

「よしやがれ」戸口に立った金髪の大男がむっとした声で言った。片手に蠟燭《ろうそく》を持ち、もう片方の手にはワインの革袋を下げている。

「やあ、カルテン」スパーホークは幼馴染《なじみ》に挨拶した。「いつ着いたんだ」

「半時間ほど前だ。壁をよじ登らなくちゃならんのかと、しばらく考えちまったよ」と不機嫌そうな顔になる。「戦時下じゃないんだぜ。何だって毎晩、橋を跳ね上げとくんだ」

「習慣だからだろうな」

「とにかくそいつを下ろせよ」カルテンはスパーホークの剣を指差した。「おれに独りで全部飲めって言うのか」

「失礼」スパーホークは長剣を壁に立てかけた。

カルテンは蠟燭を部屋の隅の小さなテーブルに置き、革袋をスパーホークのベッドに放り出すと、力強く友人を抱きしめた。「無事でよかった」

「おまえこそ」とスパーホーク。「まあ座れよ」そう言ってテーブルの横の腰掛けを示し、自分はベッドの端に腰をおろす。「ラモーカンドはどうだった?」

カルテンはぶしつけな音を立てた。

「寒くて、湿っぽくて、苛々《いらいら》するところだ。ラモーク人てやつは虫が好かんな。レンドーはどうだった」

スパーホークは肩をすくめた。

「暑くて、乾ききってて、たぶんラモーカンドと同じくらい苛々するところだ」

「マーテルに出くわしたって噂を聞いたが、立派な葬式を出してやったか」

「逃げられた」

「耄碌《もうろく》したんじゃないのか」カルテンはマントの襟元をゆるめた。もつれあった豊かな巻き毛の金髪が鎖帷子《くさりかたびら》の襟元からはみ出す。「ワインの袋を一晩じゅう抱いてるつもりか」

スパーホークはうなるような声で答え、袋の栓《せん》をあけて口許に持っていった。

「悪くない。どこで手に入れた」そう言って革袋を手渡す。

「日暮れ近くに酒場の前を通りかかったんだ。パンディオン騎士館で飲めるのは水か、セフレーニアがいてもお茶がせいぜいだからな。ばかな習慣だよ」

「教会騎士団なんだぞ」

「カレロスの六人の大司教は毎晩飲んだくれてるぜ」カルテンは袋を口に当てて長々とあおった。袋を振ってみて、「もう一袋買っとくんだったな。そうそう、その酒場にクリクがいたんだ。おまえの甲冑を着た青二才といっしょに」

「そんなことだろうと思った」スパーホークは顔をしかめた。

「とにかく、クリクからおまえがここにいると聞いてな。その酒場の二階の宿に泊まるつもりだったんだが、レンドーから戻ってるっていうんで、馬を飛ばしてきたわけさ」

「感激だよ」

カルテンは笑って、袋を返した。

「クリクと見習いだが、人目につかないようにしてたか」スパーホークが尋ねる。

カルテンはうなずいた。

「奥の部屋を取ってたし、若いのはずっと面頬を下ろしたままだった。面頬を下ろしたまま酒を飲もうとするやつなんて、見たことがあるか。あれは最高だったね。それと地元の娼婦《しょうふ》が二人、そばに侍《はべ》ってた。今ごろはあの若い騎士も、手ほどきを受けてることだろうな」

「それもよかろう」

「やっぱり面頬を下ろしたままでやるつもりなのかね」

「ああいう女たちは順応性が高いからな」

カルテンは笑い声を上げた。

「とにかく事情はクリクに聞いたよ。本当に誰にも気づかれずにシミュラじゅうを嗅《か》ぎまわれると思ってるのか」

「変装って手はどうかと考えてた」

「付け鼻も使ったほうがいいぞ。そのひしゃげた鼻じゃあ、人混みの中にいてもすぐにばれちまう」

「よくそんなことが言えるな。この鼻を折ったのはおまえだぞ」

「あれはふざけてただけじゃないか」カルテンの口調は言い訳がましかった。

「いいんだ。もう慣れた。朝になったらセフレーニアに相談してみよう。何かうまい変装の手だてを考えてくれるかもしれん」

「ここに来てるそうだな。どんな様子だ」

「同じだよ。セフレーニアは決して変わらない」

「まったくだ」カルテンは革袋からもう一口飲むと、手の甲で口許をぬぐった。「なあ、おれはセフレーニアをいつもがっかりさせてるんじゃないかと思うんだ。あれだけ一所懸命に秘儀を教えてくれたのに、おれはスティリクム語もろくにできないんだからな。〝オゲラゲクガセク〟なんて言おうとするたびに、顎《あご》がはずれそうになるんだ」

「オケラグカセク」スパーホークが訂正する。

「まあ何だっていいさ。とにかくおれは剣一筋に生きることにして、魔法はほかのやつに任せてある」カルテンは身を乗り出した。「ところで、レンドーではまたエシャンド派が盛んになってるそうだが、本当なのか」

「危険というほどじゃない」スパーホークは肩をすくめ、寝台の上で楽な姿勢を取った。「砂漠でスローガンをがなり立てながら、互いのまわりをぐるぐる回ってるだけさ。まあそんなところだと思えばだいたい間違いない。ラモーカンドでは面白い話はないのか」

カルテンは鼻を鳴らした。

「男爵連中が私闘に熱を上げてるよ。国じゅうが復讐熱に浮かされてるんだ。蜂に刺されたのが原因で戦争が起きたんだぞ。信じられるか。蜂に刺されたある伯爵が、その蜂の巣箱を持ってた農民の領主である男爵に宣戦布告したんだ。もう十年も戦いつづけてる」

「それがラモーカンドって国さ。ほかには」

「モテラの東の一帯にゼモック人が集まってきてる」

スパーホークは跳ね起きた。

「オサが動きだしていると、ヴァニオンも言っていた」

「オサは十年周期で動きだすんだよ」スパーホークにワインの革袋を手渡し、「国民の不安を解消するための方便じゃないのか」

「ゼモック人はラモーカンドで、目立つ動きを見せてるのか」

「これといってないな。そこらじゅうで話を聞いてまわってるが——民間伝承を収集してるみたいだった。どこの村にも二つや三つは伝承が残ってるもんでね。婆《ばあ》さま方に話を聞いたり、村の酒場で酒をおごって質問したりしてる」

「奇妙だな」スパーホークがつぶやく。

「それはまさしくゼモックの人間の特徴を正確に言い表わした言葉だ。あの国じゃあ、正気の人間はまったく評価されない」カルテンは立ち上がった。「どこかで寝床を借りてこよう。この部屋に持ってくれれば、寝つくまで昔話ができるってもんだ」

「いいね」

カルテンがにやっと笑った。

「李《すもも》の木に登って親父さんにとっ捕まったときのこととかな」

スパーホークは顔をしかめた。

「もう三十年も、あのことを忘れようとしてるんだぞ」

「思い出すなあ、親父さんの拳骨《げんこつ》の固かったこと。ほかのことはほとんど忘れちまったがね。李の実で腹痛《はらいた》を起こしたことくらいしか覚えてない。すぐに戻るからな」カルテンはスパーホークに背を向けて部屋から出ていった。

カルテンと再会できたのは嬉しかった。二人はスパーホークの両親に、デモスの家でいっしょに育てられた仲だ。カルテンの家族は殺されたのだった。その後二人は見習い騎士として、パンディオン騎士本館でともに訓練を受けた。多くの点で、二人は兄弟以上に親密だった。いささか粗暴なところはあるものの、スパーホークにとってカルテンは、何者にも代えがたい最高の親友だった。

金髪の大男が簡易寝台を引きずって戻ってきた。二人は薄暗い蠟燭の明かりの中で横になり、遅くまで思い出話に花を咲かせた。何はともあれ、いい一夜だった。

翌朝早く、二人は起きるとすぐに着替えを済ませ、騎士館の中で着ることになっているフード付きのローブを鎖帷子の上に羽織った。朝の礼拝に向かう行列を慎重に避けながら、何世代にもわたるパンディオン騎士たちに〝秘儀〟と呼ばれる精妙な力を教授してきた女性の姿を探す。

求める相手は南の塔の高みで、暖炉を前にして朝のお茶を飲んでいた。

「おはようございます、小さき母上」スパーホークが戸口から声をかけた。「お邪魔してもよろしいですか」

「構いませんとも、騎士殿」

カルテンは教母に近づくと膝《ひざ》をつき、両の掌《てのひら》に口づけした。

「祝福していただけますか、小さき母上」

セフレーニアは微笑み、左右の手で騎士の顔をはさむと、スティリクム語で祝禱《しゅくとう》を唱えた。

「こうしてもらうと気持ちが安らぐんです」言いながら立ち上がり、「言葉の意味はぜんぜんわからないんですけどね」

教母は咎《とが》めるように二人を見つめた。

「二人とも、今朝は礼拝に出席しなかったようですね」

「神はそれほどおれたちに会いたがってやしませんよ」カルテンは肩をすくめた。「ヴァニオンの説教なら、どれでもそらで言えますしね」

「今日はどんな悪戯《いたずら》を企《たく》んでいるのですか」

「悪戯ですって？」カルテンが無邪気な顔で聞き返す。

スパーホークは笑いながら答えた。

「悪戯なんて考えてもいませんよ。ちょっと用を足してこようと思っているだけです」

「街でですか」

スパーホークがうなずく。

「ただ、わたしたちは二人ともシミュラでは知られた顔ですからね。できたら変装するのに手を貸していただけないかと思ったんです」

セフレーニアは冷静な表情で二人を見ていた。

「どうも何かごまかしている感じですね。どういう用を足すつもりなのですか」

「昔馴染を探すだけですよ」とスパーホーク。「クレイガーという男です。わたしたちに知らせたい情報を持っているはずなので」

「情報というと」

「マーテルの居所です」

「クレイガーが話すとは思えませんね」

カルテンがぼきぼきと指を鳴らした。骨の折れる音に不気味なほどそっくりだ。

「今の言葉、宣誓証書にしてもいいですか」

「あなたたち、少しも変わっていませんね。大人になるということはないのですか」

「そこが気に入ってるんでしょう、小さき母上」カルテンが笑みを見せる。

「どんな変装をしたらいいでしょう」スパーホークが尋ねた。

セフレーニアは唇を尖《とが》らせて二人を見つめた。

「廷臣とその従者といったところでしょうか」

「わたしを廷臣に見間違える人間なんていませんよ」スパーホークが反対する。

「わたしはその逆を考えていました。あなたたなら、かなりのところまで忠実な従者らしく見せかけられるでしょう。カルテンのほうはサテンの胴衣《ダブレット》を着せて、その長い金髪をきれいな巻き毛にすれば、廷臣で通ると思います」

「サテンの服はきっと似合うだろうな」カルテンがつぶやく。

「どこにでもいる二人組の職人じゃだめですか」とスパーホーク。

セフレーニアは首を横に振った。

「普通の職人は、貴族に出会ったら媚《こ》びたりへつらったりするものです。あなたがたにそんな演技ができますか」

「いいところを突いてるな」とカルテン。

「それに職人は剣など持ち歩きません。まさか丸腰でシミュラを歩きまわろうとは思わないでしょう」

「何もかもちゃんと考えているんですね」スパーホークが感想を述べた。

「とにかくやってみましょう」

数人の見習い騎士が館じゅうを走りまわって、指示された品物を集めてきた。セフレーニアはそれらを一つずつ検分して、使うものと使わないものに選《え》り分けた。一時間ほどしてでき上がったのは、さっき部屋に入ってきた二人のパンディオン騎士とはあまり似ていない、二人の男の姿だった。スパーホークはクリクと同じような飾り気のないお仕着せを着て、小剣を持っていた。恐ろしげな黒い髭を顔に貼りつけ、折れた鼻の上を紫色の傷痕《きずあと》が横切り、黒い眼帯が左目を隠している。

「何だかちくちくするな」スパーホークは付け髭の上を掻《か》こうとした。

「糊《のり》が乾くまで触ってはいけません」セフレーニアが軽くその手を叩いた。「あとは手袋をはめて、指輪を隠しなさい」

「本当にこんな玩具《おもちゃ》を持っていけって言うんですか」カルテンは軽い細身剣《レイピア》を振って文句を言った。「こんな編み針みたいなのじゃなくて、ちゃんとした大剣が欲しいな」

「廷臣は大剣など持ち歩きませんよ、カルテン」セフレーニアはしげしげとその姿を眺めた。胴衣《ダブレット》は明るい青で、裾《すそ》に三角形の赤いサテンが縫い取ってある。ズボンの模様も胴衣に合わせて、靴はふくらはぎまでの半ブーツだ。爪先の尖った流行《はやり》の靴は、どれもカルテンの大きな足には合わなかった。ケープは薄いピンク色で、カールさせた金髪が襟元からこぼれている。頭には羽根飾りのついた、つばの広い帽子をかぶっていた。

「きれいですよ、カルテン」セフレーニアが誉《ほ》めそやす。「これなら廷臣で通るでしょう。あとは頬紅《ほおべに》を差すだけですね」

「絶対にいやです！」カルテンは後じさった。

「いいからお座りなさい」セフレーニアは厳しい声で言うと椅子を指差し、紅壺《べにつぼ》を手に取った。

「どうしても？」

「そうです。さあ、座って」

カルテンはスパーホークを見やった。

「笑ったりしたら決闘だ。おくびにも出すなよ」

「おれが？」

騎士館は四六時中アニアスの手先に見張られているので、ヴァニオンが実用を兼ねた目眩《めくら》ましの方法を提案した。

「どのみち宿屋に運ばなければならない荷物がある。あそこがわれわれの施設だということはアニアスも知っているから、怪しまれることはなかろう。カルテンは荷車の車台に隠して、この善良にして忠実なる従者を御者に仕立て上げればいい」ヴァニオンは眼帯をつけて黒い髭を生やしたスパーホークを目で示した。「よく髪と同じ色の付け髭が見つかりましたね」

セフレーニアは微笑んだ。

「今度厩に行っても、あなたの馬の尻尾《しっぽ》をあまり見ないことです」

「わたしの馬?」

「厩にいた中で、黒いのはあの一頭だけだったのですよ。でもそんなにたくさん抜いたわけではありませんから」

「わたしの馬?」ヴァニオンは傷ついた表情でくり返した。

「全員が何らかの犠牲を払わなくてはならないのです」セフレーニアが言った。「パンディオン騎士の誓いの言葉、忘れたわけではないでしょう」

5

荷車はがたがたで、馬は足が悪かった。片手で無造作に手綱を握ったスパーホークは前かがみになって御者台に座り、通りを行き交う人々には、一見何の注意も払っていないようだった。

荷車が石畳の溝に車輪を取られ、きしみながら大きくぐらついた。

「わざとでこぼこのところを選んでるんじゃないのか、スパーホーク」カルテンのくぐもった声が、箱や梱《こり》をゆるく積み上げた下から聞こえてきた。

「静かにしろ」スパーホークがささやき返す。「教会兵が二人、こっちに来る」

カルテンはいくつか悪態をついて、静かになった。

赤い制服の兵士たちは尊大な顔で混み合った街路をのし歩き、職人や青い服の商店主たちを脇に押しのけていた。スパーホークは老馬の手綱を引き、通りのまん中に荷車を止めた。教会兵は左右に分かれて荷車をよけるしかない。

「おはようございます、みなさん」

兵士たちはスパーホークを睨《にら》みつけ、荷車をよけて進んでいった。

「どうぞいい一日を」さらにうしろから声をかける。

教会兵は誰一人、振り向こうともしなかった。

「いったい何があったんだ」カルテンが低い声で尋ねた。

「変装の出来を確かめたのさ」スパーホークは手綱を振った。

「どうだ」

「どうって何が」

「変装だよ」

「振り向きもしなかった」

「まだ宿まで遠いのか。窒息しちまう」

「もうじきだ」

「あっと言わせてくれよ、スパーホーク。一、二回溝をよけるだけでいい。せめて変化をつけてほしいもんだ」

荷車はぎしぎしと進んでいった。

門《かんぬき》のかかった宿の門前でスパーホークは馬を下り、一定のリズムで頑丈な門扉を叩いた。すぐに門を開けた門番の騎士は、スパーホークに用心深い目を向けた。

「申し訳ないが、満室でね」

「泊まりじゃないんだ、騎士殿。騎士館から荷物を積んできた」

門番は目を丸くして、大男の御者をまじまじと見つめた。

「あなたですか、サー・スパーホーク」自信のなさそうな口調だ。「ぜんぜん気がつきませんでした」

「それが狙《ねら》いだからな。気づかれちゃ困る」

騎士が扉を押し開け、スパーホークは疲れた馬を中庭に進めた。

「もう出てもいいぞ」門番が門を閉じたのを確かめてからカルテンに声をかける。

「荷物をどけてくれ」

スパーホークがいくつか箱をどけると、カルテンがごそごそと這《は》い出してきた。

門番の騎士が笑いをこらえているような顔で金髪の大男を見ている。

「何だ、言ってみろ」カルテンは喧嘩《けんか》腰《ごし》だ。

「何でもありません、騎士殿」

スパーホークは荷車の車台から細長い箱を取り出して肩に担ぎ、門番に声をかけた。

「手伝いを呼んで、あとの分を運んでおいてくれ。ヴァニオン騎士団長からの荷物だ。それと馬の世話を頼む。疲れているからな」

「疲れてるっていうより、死にかけてるって感じですね」哀れな老馬を見て門番が言った。

「年をとっているだけのことさ。遅かれ早かれ、われわれもこうなる。酒場の裏口は開いているか」そう言って中庭の奥の戸口に目をやる。

「いつも開けてあります」

スパーホークはうなずいて、カルテンと中庭を歩きはじめた。

「その箱には何が入ってるんだ」カルテンが尋ねた。

「おれたちの剣だよ」

「そいつはいい。でも少々抜きにくそうだな」

「箱を石畳の上に投げつければ、簡単さ」スパーホークは奥まった戸口で足を止め、頭を下げた。「お先にどうぞ、ご主人様」

二人は散らかった物置を通って、みすぼらしい酒場に入った。一世紀分はあろうかという埃《ほこり》が一枚しかない窓にこびりつき、床に敷かれた藁《わら》にはかびが生えている。店内には気の抜けたビールやこぼれたワインや嘔吐《おうと》物《ぶつ》のにおいが漂っていた。低い天井からは蜘蛛《くも》の巣が垂れ下がり、無骨なテーブルとベンチは使い古されてがたがただ。店には三人の人間がいた。気難しい顔をした酒場の亭主、扉に近いテーブルに突っ伏している酔っ払い、そして赤いドレスを着た、太った赤ら顔の娼婦《しょうふ》だ。娼婦は隅のテーブルでうたた寝していた。

カルテンは戸口に歩み寄って外を覗《のぞ》いた。

「まだ人出が少ないな」と不満そうに言って、「みんなが目を覚ますまで、ジョッキを一、二杯ひっかけないか」

「朝食のほうがいいな」

「だから、そう言ってるんじゃないか」

二人がテーブルに着くと亭主が近づいてきた。パンディオン騎士だと気づいているようなそぶりはおくびにも出さない。亭主はテーブルにこぼれたビールの跡を、汚れた布でいいかげんに拭《ふ》いた。

「何にします」不機嫌そうな、むっつりした声で訊く。

「ビールだ」とカルテン。

「パンとチーズも少しもらおう」とスパーホークが付け加えた。

亭主はうなり声で返事をして、奥に戻った。

「クレイガーを見かけたのはどのあたりだ」カルテンが声を低くして尋ねた。

「西門の近くにある広場だ」

「つまらん場所だな」

「クレイガーはつまらんやつなのさ」

「そこから始めてもいいけど、時間がかかるな。クレイガーならシミュラのどんな鼠穴《ねずみあな》にもぐりこんでたって不思議じゃない」

「ほかに何かいい手があるか」

赤いドレスの娼婦が疲れたように立ち上がり、藁敷きの床の上をぶらぶらと二人に近づいてきた。

「旦那《だんな》方《がた》、どっちかお一人あたしと楽しんでく気はないかい」女はものうげに声をかけてきた。前歯が一本欠けている。赤いドレスは襟ぐりが大きく、女は気のない様子で身を乗り出すと、たるんだ胸の谷間を二人に見せつけた。

「ちょっと時間が早すぎないか」とスパーホーク。「ともあれ、ありがとう」

「景気はどうだ」カルテンが尋ねた。

「よくないね。朝はいつだってそうだけど」女はため息をつき、期待を声ににじませた。

「よかったら一杯おごってくださらないかしら」

「いいとも」カルテンは店の奥に声をかけた。「亭主、こちらのご婦人に一杯さしあげてくれ」

「ありがと、旦那」女は店の中をぐるりと見まわした。「しけた場所だよね」あきらめきったような声だ。「入る気なんかなかったんだけど、通りに立つのも何だしねえ」ため息をつく。

「知ってるかい。あたし足が痛むんだ。こんな商売してて、変だろ。腰が痛いってんならともかくさ。それじゃ旦那、ごちそうさま」女は二人に背を向け、足を引きずりながら席に戻っていった。

「娼婦と話すのが趣味でね」カルテンが言った。「ああいう女は気取らない、割り切った人生観を持ってる」

「教会騎士の趣味としては妙だな」

「おれは戦士として神に雇われてるんだ。修道士になったわけじゃない。命令があればいつだって戦うが、それ以外は自由時間さ」

亭主がビールのジョッキと、皿に盛ったパンとチーズを運んできた。二人は食べながら小声で話しつづけた。

一時間ばかり経つころには、いくらか客も増えていた。仕事を抜け出してきたらしい汗臭い職人や、近所の店主たちだ。スパーホークは席を立ち、戸口に近づいて外をうかがった。細い裏通りは混み合っているというほどではないが、人混みに紛れる程度のことはできそうだ。スパーホークはテーブルに戻った。

「そろそろ出発しましょう、ご主人様」カルテンに声をかけ、箱に手を伸ばす。

「そうだな」カルテンはジョッキを飲み干し、ふらりと立ち上がった。帽子を頭のうしろにずらしてかぶり、戸口にたどり着くまでに二、三度足をもつれさせ、街路に出たところでふらついてみせる。箱を肩に担いだスパーホークがそのあとに従った。

「ちょっとやりすぎじゃないか」角を曲がったところで、スパーホークは友人にささやきかけた。

「おれは典型的な酔っ払いの廷臣で、ちょうど酒場から出てきたばかりなんだからな」

「店からはもうずいぶん離れたぜ。やりすぎると却《かえ》って目立つ。ここらで奇跡的に酔いを覚ませ」

「せっかく楽しんでるのに」カルテンは文句を言いながらも千鳥足をやめ、白い羽根飾りのついた帽子をかぶりなおした。

二人はにぎやかな通りを歩いていった。スパーホークはいかにも忠実な従者らしく、うやうやしい態度でカルテンのあとに付き従っている。

次の十字路まで来たとき、スパーホークは肌が粟立《あわだ》つような、馴染《なじ》みのある感覚を味わった。木箱をおろし、上着の袖《そで》で額をぬぐう。

「どうした」カルテンも足を止めた。

「この箱が重いんですよ、ご主人様」スパーホークは聞こえよがしの大声でそう答え、すぐに声をひそめた。「見られてるぞ」ささやきながら通りの左右を見わたす。

フードで顔を隠したローブ姿の人影が二階の窓に見えた。緑色の厚いカーテンの陰に、なかば隠れるようにしている。シミュラに戻った最初の晩、雨に濡れた街路で監視されていると感じたときに見たのと、どうやら同じ人物のようだった。

「場所はわかるか」カルテンがピンク色のマントの襟を直すような仕草をしながら尋ね

た。

ふたたび箱を肩に担ぎ上げながら、スパーホークが低くつぶやく。

「二階の窓――雑貨屋の向こうだ」

「さあさあ、行くぞ。日が暮れてしまう」カルテンは大声を上げて歩きだしながら、鋭い視線を緑のカーテンのかかった窓に投げ、次の角を曲がった。

「妙じゃないか。どうして家の中でまでフードをかぶってるんだ」

「隠したいことがあるんだろう」

「気づかれたと思うか」

「わからん。断言はできんが、街に戻った晩におれを見ていたやつじゃないかと思う。はっきり見たわけじゃないんだが、受けた感じがそっくりだった」

「魔法を使えば変装は見破れるのか」

「簡単だ。魔法は服ではなく、人を見るからな。もう少し行って、もし尾行されてたら、まけるかどうかやってみよう」

「わかった」

そろそろ午《ひる》になろうというころ、二人はスパーホークがクレイガーを見かけた、西門に近い広場に着いた。そこで左右二手に分かれて聞きこみを開始する。華やかな露店やもう少し地味な店を一軒一軒訪ねては、店の者にクレイガーの風体を詳しく説明し、見かけなかったかどうか訊いて歩くのだ。広場の反対側の端で、二人はふたたび合流した。

「収穫は？」スパークホークが尋ねると、カルテンがうなずいた。

「あそこの酒屋の話だと、クレイガーに似た男が日に三、四回、アーシウムの赤の大瓶を買いにくるそうだ」

「クレイガーの好きな酒だ」スパークホークはにやりと笑った。「また飲みはじめたのをマーテルに知られたら、口から手を突っこんで心臓を引き抜かれちまうだろうな」

「本当にそんなことができるのか」

「腕の長さがじゅうぶんにあって、心臓の場所を知ってればな。その酒屋だが、いつもクレイガーがどっちから来るか教えてくれたか」

カルテンはうなずいて指を差した。

「あの通りからだ」

スパークホークは馬の尻尾の毛でできた付け髭《ひげ》をひねりながら考えこんだ。

「そいつを剝《は》がしたりしたら、セフレーニアにお尻を叩いてお仕置きされるぞ」

スパークホークは髭から手を離した。

「今朝はもうワインを買いにきたのか」

カルテンがうなずく。「二時間ほど前だそうだ」

「その一本はすぐ空になるはずだ。前みたいな飲み方をしてるとすれば、朝の目覚めが爽快《そうかい》というわけにはいかんだろう」スパーホークはにぎやかな広場を見まわした。「その道を行ってみよう。あまり人のいないあたりで待ち伏せするんだ。酒がなくなれば、すぐに次を買いに出てくるはずだ」

「気づかれないかな。向こうもこっちを知ってるんだぞ」

スパーホークはかぶりを振った。

「あいつは自分の鼻の頭もよく見えないくらいのひどい近眼だ。酒が一本入ってたら、自分の母親も見分けられんよ」

「クレイガーの母親だって？」カルテンが混ぜ返す。「腐った木の股《また》から生まれたもんだとばかり思ってたよ」

スパーホークは笑った。「じゃあ、隠れられる場所を探そう」

「待ち伏せとは久しぶりだな。もう何年もやってないぜ」カルテンは腕が鳴ると言いたげだ。

「待ち伏せというのは、静かに隠れてるものだぞ」とスパーホーク。

二人は酒屋に教えられた通りを進んでいった。二、三百歩《ペース》ほど行ったところで、スパーホークは細い路地を指差した。

「あの路地がいい。あそこに隠れよう。クレイガーが通りかかったら引きずりこんで、話を聞かせてもらうことにする」

「わかった」カルテンは剣呑《けんのん》な笑みを浮かべた。

二人は通りを横切って路地に入っていった。道の両脇には腐った生ごみが壁沿いに山をなし、さらに奥のほうからは、公衆用の厠桶《かわやおけ》の悪臭が漂ってくる。カルテンは片手で顔の前をあおいだ。

「おまえが何か決めると、必ず不備なところが出てくるな。もっとにおわない場所は選べなかったのか」

「おまえがいなくて本当に寂しかったよ、カルテン。その淀みなくあふれつづける不平不満が聞けなかったんだからな」

カルテンは肩をすくめた。

「人間には話のねたが必要なのさ」青い胴衣《ダブレット》の懐に手を入れ、刃の湾曲した小さなナイフを取り出して、ブーツの踵《かかと》で磨ぎはじめる。「おれが先だ」

「何が」

「クレイガーだよ。おれが先に仕掛ける」

「どうしてそう決まったんだ」

「おまえはおれの友だちだ、スパーホーク。友だちには先を譲るもんだ」

「逆もまた然りじゃないか」

カルテンはかぶりを振った。

「おれがおまえを好いてる以上に、おまえはおれを好いている。当然のことだ。おれはおまえより人好きのする人間だからな」

スパーホークはじっと相手を見つめた。カルテンが愛想よく付け加える。

「ささいな欠点を指摘しあえるのが友だちってもんだろう、スパーホーク」

通りを眺めながら、二人は路地でじっと待ちつづけた。人通りがそれほど多くないのは、店らしい店がほとんどないためらしい。そのあたりには、主に倉庫や個人の住居が集まっているようだった。

何もないままに一時間が過ぎ、さらにもう一時間が過ぎた。

「酔って寝こんじまったかな」カルテンがつぶやいた。

「クレイガーに限って、それはない。あいつは底なしだ。かならず出てくる」

カルテンは路地から顔を突き出し、空を睨んだ。「雨になりそうだな」

「雨なら前にも降られてるだろ」

派手な胴衣《ダブレット》の前をかき合わせて、カルテンは目をむいた。

「でもチュパーホーク」わざと舌足らずな口調で、「雨に濡れたらチャテンの服にチミがちゅいちゃうよ」

スパーホークは腹を抱えて、声を立てずに大笑いした。

二人はさらに待ちつづけ、さらに一時間がのろのろと過ぎていった。

「もうすぐ日が暮れるぞ」とカルテン。「きっと別の酒屋を見つけたんだ」

「あと少しだけ待ってみよう」スパーホークが答えた。

襲撃はいきなりだった。ぼろを着て手に手に剣を持った屈強な男たちが八人から十人、路地の奥から飛び出してきたのだ。カルテンの細身剣《レイピア》が鞘走《さやばし》り、スパーホークの手が小剣の柄《つか》をつかんだ。カルテンの鋭い一突きを受けた先頭の男が、うっとうめいて身体を二つに折った。剣を引き戻す金髪の騎士の脇をスパーホークがすり抜け、斬りつけてきた敵の一撃を受け流して、逆に自分の剣を相手の腹に突き立てた。傷口ができるだけ大きくなるように刃先をこじって剣を引き抜きながら、「箱を開けろ！」とカルテンに向かって叫び、さらに次の攻撃を受け止める。

路地が狭いので、一度に攻撃してこられるのは二人が限度だった。相手よりも短い剣を使って、スパーホークはどうにか敵を食い止めていた。背後でカルテンが箱を蹴りつぶす音が聞こえた。スパーホークと肩を並べたカルテンは、自分の大剣を手にしていた。

「ここは引き受けた。剣を取ってこい」

スパーホークは身をひるがえして路地の口まで駆け戻った。短い剣を投げ捨て、箱の残骸《ざんがい》の中から自分の武器を取り上げると、また奥へ取って返す。カルテンは二人を斬り倒して、一歩一歩敵を押し戻していた。しかし左手を脇腹にしっかりと押し当てている。指の間からは血が流れ出していた。スパーホークはその横を走り過ぎ、両手で剣を振りまわした。一人が頭の鉢《はち》を割られ、別の一人が利き腕を斬り落とされる。三人めの身体に深々と切っ先を埋めこむと、男は口から血を吐きながらよろめいて、背後の壁にぶつかった。

残った者たちはことごとく逃げ去った。

スパーホークが振り返ると、カルテンが涼しい顔で、片腕を失った男の胸から剣を引き抜くところだった。

「こんなふうに背後に敵を残しちゃいかんなあ、スパーホーク。片腕だけでも背中に剣を突き立てることくらいできるんだぜ。だいたい行儀が悪いじゃないか。一つの仕事をきちんと片付けてから次の仕事にかかるもんだ」カルテンはまだ左手を脇腹に押し当てていた。

「大丈夫か」

「かすり傷だ」

「かすり傷がそんなに出血してたまるか。見せてみろ」

脇腹の傷はかなり大きかったが、それほど深くはなさそうだった。スパーホークは死体の上着から袖を引きちぎり、それを丸めて傷口に押し当てた。「しっかり押さえてろ。血を止めるんだ」

「はじめてじゃないんだぜ。止血の仕方くらい知ってる」

スパーホークは路地に散乱している死体を見まわした。

「ここは離れたほうがいいな。あれだけの騒ぎだ、近所の誰かが見にくるだろう」ふと眉《まゆ》をひそめて、「こいつらのこと、気がついたか」

カルテンは肩をすくめた。「腕が立たないってことはな」

「そのことじゃない。こういう裏路地で追いはぎをするような連中は、身だしなみを気にしたりはしないもんだ。なのにこいつら、みんなきれいに髭を剃《そ》っている」騎士は死体の一つを仰向けに転がし、帆布のスモックの前を引き裂いた。「こいつは面白い」スモックの下から現われたのは、左胸に紋章を縫い取った赤い短衣《チュニック》だった。

「教会兵か」カルテンがうめくように言った。「ひょっとして、アニアスはおれたちが嫌いなのかな」

「あり得ないことじゃない。とにかく行こう。さっきの連中が仲間を集めてこないうちにな」

「騎士館に戻るか。それとも宿のほうか」

スパーホークは首を横に振った。

「誰かが変装を見破ったんだ。それにアニアスも、どうせどっちかに戻ると踏んでるだろう」

「それはそうだろうな。どうする」

「心当たりがある。そう遠くじゃない。歩けるか」

「おまえに負けないくらい元気だよ。おれのほうが若いんだからな」

「たった六週間の差だろうが」

「それでも若いのは確かさ。数字のことでごちゃごちゃ言うのはやめようぜ」

二人はそれぞれに大剣を剣帯にはさみ、路地の外に出た。スパーホークは傷ついた友人を支えるようにして歩いていった。

進むにつれて通りは次第にみすぼらしさを増し、やがて細い小路と、土がむき出しの路地がもつれ合う迷路になった。崩れかけた大きな建物が並び、そこに周囲の汚さなど気にならないらしい、むさ苦しい身なりの人々が住みついている。

「まるで兎《うさぎ》の巣穴だな」カルテンが言った。「まだ遠いのか。ちょっと疲れてきた」

「次の十字路の向こうだ」

カルテンはうめき声を上げ、さらに脇腹を強く押さえた。

二人は進みつづけた。貧民窟《ひんみんくつ》の住人が向けてくる視線はどれも冷たく、敵意さえ含んでいるようだ。カルテンの服装は支配階級に属する人間のものなのだ。社会の底辺に生きるここの人々にとって、廷臣とその従者などまったくお呼びでなかった。

十字路にたどり着くと、スパーホークは友人の身体を支えてぬかるんだ路地に入っていった。路地を半分ほど進んだとき、がっしりした体格の男が錆《さ》びた槍《やり》を手に戸口から現われ、二人の行く手をふさいだ。

「どこへ行く」男が問いただした。

「プラタイムと話がしたい」スパーホークが答えた。

「プラタイムが聞く耳を持ってるとは思えんな。いい子だから、日が落ちる前にここから出ていきな。暗くなるとよく事故が起きるんだ」

「暗くなる前にも起きることはある」スパーホークは剣を抜いた。

「瞬《まばた》き二つする間に、十人以上の仲間が集まってくるんだぜ」

「鼻の折れたおれの友だちは、瞬き一つする間におまえの首を斬り落とせるんだよ」カルテンが言った。

男が用心深く後じさる。

「どうするね、ネイバー」スパーホークが言った。「われわれをプラタイムのところへ連れていくか、それともちょっと遊んでやろうか」

「おれを脅したりはできんぞ」

よく見えるようにと、スパーホークは自分の剣を突き出した。

「これがあれば何だってできるのさ。その槍は壁に立てかけて、プラタイムのところへ案内しろ。さあ！」

男はたじろぎ、慎重に槍を壁に立てかけると、向きを変えて二人の先に立った。そのまま百歩《ペース》ほど進むと路地は行き止まりになって、そこから石の階段が、地下室の入口らしい扉へと続いていた。

「ここを下りるんだ」男は階段を指差した。

「先に行け」とスパーホーク。「あんたを背後に回したくない。間違った判断をしそうな顔をしてる」

男はむっつりした顔で泥のこびりついた階段を下り、扉を二回叩いた。

「おれだ、セフだ。貴族が二人、プラタイムに会いたいと言ってる」

少し間があって、鎖の鳴る音がした。扉が開き、髭面《ひげづら》の男が顔をのぞかせた。

「プラタイムは貴族嫌いだぞ」

「考え直してもらうさ」スパーホークが答えた。「道を開けてくれ」

髭面の男はスパーホークの手にある大剣に目を止め、ごくりと唾《つば》を呑《の》んでドアを大きく開いた。

「それじゃ行こうか、セフ」カルテンが案内係に声をかける。

セフが戸口を抜けた。

「あんたもいっしょだ」カルテンと中に入ると、スパーホークは髭面の男に言った。

「連れは多いほうが、にぎやかでいい」

階段は湿気に濡れたかびだらけの石壁のあいだを下へ続いていた。下りきった場所はとてつもなく広い地下室で、頭上には石でできた丸天井が覆いかぶさっていた。部屋の中央に穿《うが》たれた穴の中で炎が燃えさかり、空気はいがらっぽい煙のにおいがした。壁に沿って並んでいるのはぐらぐらする簡易寝台や、藁を詰めた粗末な寝床だ。そこにまちまちな服装をした二、三十人の男女が腰をおろし、酒を飲んだり、ダイスに興じたりしていた。火床のすぐ向こうに、恐ろしげな黒髭をたくわえた腹の出た大男が、炎のほうに足を突き出した格好で、大きな椅子にだらしなく座っていた。色褪《いろあ》せたオレンジ色のサテンの胴衣《ダブレット》は染みだらけで、丸々した片手に銀のジョッキを握っている。

「あれがプラタイムだ」セフが落ち着かない様子で言った。「少し酔ってるな。気をつけたほうがいいぜ、旦那」

「うまくやるさ。ご苦労だったな、セフ。きみのおかげで助かったよ」スパーホークはカルテンを支えて火床の反対側に回った。

「これはいったいどういう連中なんだ」壁際に並んでいる男女を見まわして、カルテンが小声で尋ねた。

「盗賊、物乞《ものご》い、たぶん人殺しも少々――そういう連中だよ」

「なかなか素敵な友だちを持ってるじゃないか、スパーホーク」

プラタイムはルビーのペンダントが付いたネックレスを丹念に調べているところだった。スパーホークとカルテンが目の前に立ちはだかると、霞《かす》んだ目を上げて二人を、とくにカルテンの服装をしげしげと眺めた。

「誰がこいつらをここに入れた」プラタイムは怒声を張り上げた。

「勝手に入ってきたようなものだと思ってくれ」スパーホークは剣を剣帯に戻し、邪魔にならないように眼帯を上げた。

「なら、また勝手に出ていってもらおうか」

「今はちょっと都合が悪いんだ」

プラタイムは指を鳴らした。壁際に並んでいた人々が立ち上がる。

「多勢に無勢だな、わが友」プラタイムはこれ見よがしに手下を眺めわたした。

「このごろこういうことが多いなあ」カルテンが大剣の柄に手をかける。

プラタイムの目が細くなった。

「服装にそぐわない剣を持っているな」

「早くこの服に慣れようとはしてるんだがね」カルテンはため息をついた。

「おまえたち、何者だ」プラタイムが疑わしげに尋ねた。「こっちのやつは廷臣みたいな格好をしてるが、王宮の蝶々《ちょうちょう》連中の一人とは思えん」

「こいつ、なかなか人を見る目があるじゃないか」カルテンはスパーホークに向かってそう言うと、プラタイムに向き直った。「おれたちはパンディオン騎士だ」

「教会騎士か。まあそんなところだろうとは思った。その格好は何の真似だ」

「二人ともいささか顔が売れているのでね。気づかれないように動きまわりたかったんだ」スパーホークが答えた。

プラタイムは血のにじんだカルテンの胴衣《ダブレット》に意味ありげな視線を投げた。

「変装は見破られちまったようだな。それともたちの悪い酒場にでも出入りしたか。誰にやられた」

「教会兵だ」カルテンは肩をすくめた。「まぐれ当たりさ。座ってもいいか。どうもふらふらするんでね」

「誰か椅子を持ってこい」プラタイムは大声で叫び、また二人に視線を戻した。「教会騎士と教会兵が戦うってのはどういうわけだ」

「宮廷政治というやつさ」スパーホークは肩をすくめた。「ときどき妙な具合になることがある」

「それはまさしくそのとおりだ。ここへは何しにきた」

「しばらく泊まれる場所が欲しい」スパーホークは言って、周囲を見まわした。「この地下室ならちょうどいい」

「悪いがだめだな。教会兵と斬り合ってきたばかりの人間には大いに共感するが、ここは商売用でね。部外者のための場所はないんだ」プラタイムはカルテンに目をやった。

金髪の騎士は、ボロを着た物乞いが運んできた椅子にどさりと座りこんだところだった。

「あんたを刺した相手は殺したのか」

「そいつがな」カルテンはスパーホークを示した。「おれも何人か殺したが、ほとんどはそいつの手柄だ」

「取引ということならどうだ」スパーホークが持ちかけた。「あんたはうちの一族に借りがあるはずだぞ、プラタイム」

「貴族相手に商売はしない」プラタイムが答えた。「まあ、場合によっちゃ喉を掻《か》き切るくらいのことはするがな。というわけで、あんたの一族に借りがあるはずはない」

「金の絡んだ借りじゃない。ずっと以前、教会兵たちがあんたを縛り首にしようとしたことがあった。それをやめさせたのがわたしの父親だ」

プラタイムは目をしばたたき、驚きの声を上げた。

「おまえスパーホークか。あまり親父さんには似てないな」

「鼻のせいだよ」カルテンが言った。「鼻を折ると、人相がすっかり変わっちまう。どうして教会兵があんたを縛り首にしようとしたんだ」

「誤解だったのさ。おれが刺し殺した相手は制服を着てなくて、司教の護衛の将校だなんてわかるはずがなかったんだ」プラタイムは不愉快そうに顔をしかめた。「しかもそいつの財布の中身ときたら、銀貨二枚と銅貨が片手に一杯だけだったんだぞ」

「借りがあることはわかってくれたな」とスパーホーク。

プラタイムはぼさぼさの黒い髭を引っ張った。「まあ、あるかもしれん」

「だったら、ここに泊めてくれ」

「それだけでいいのか」

「まだある。実は人を探しているんだ。クレイガーという男だ。あんたの手下の物乞いは街じゅうにいるんだろう。探すのを手伝ってもらいたい」

「お安いご用だ。人相を教えてくれ」

「もっといい方法がある。どんなやつだか見せてやろう」

「そりゃどういう意味だ」

「すぐにわかるさ。盥《たらい》か何かあったら貸してくれ。それにきれいな水も」

「そんなものはどうとでもなるが、何を考えてる」

「クレイガーの顔を水鏡に映そうっていうのさ」カルテンが答えた。「大したことじゃない」

プラタイムは感銘を受けたようだった。

「パンディオン騎士がみんな魔法を使うって話は聞いてたが、この目で見るのははじめてだ」

「スパーホークはおれより腕がいい」とカルテン。

物乞いの一人が縁の欠けた盥に少し濁った水を満たして持ってきた。スパーホークは盥を床の上に置き、意識を集中して、小さくスティリクム語の呪文を唱えた。片手をゆっくりと水の上にかざすと、クレイガーの小太りの顔が現われた。

「こいつは一見の価値があるな」プラタイムが感心した声を上げた。

「そう難しいことじゃない」スパーホークは謙遜《けんそん》した。「みんなに見せてやってくれ。いつまでも映してはおけないんだ」

「どのくらいもつ」

「十分かそこらだな。そのあとはだんだん崩れていく」

「タレン、こっちへ来い！」プラタイムが叫んだ。

十歳くらいの薄汚れた少年が、面倒くさそうに部屋を横切ってきた。短衣《チュニック》はくしゃくしゃになって汚れ放題だが、その上には胴衣《ダブレット》の袖を切り取って作ったらしい、長くて赤いサテンのベストを着ていた。

「何か用かい」少年は横柄な態度で尋ねた。

「こいつを描き写せるか」プラタイムが盥を指差した。

「そりゃできるけど、どうしておいらがやるのさ」

「やらないと、おれが横っ面を張り飛ばすからだ」

タレンはにやっと笑った。

「まずおいらを捕まえないとだめだぜ、でぶっちょ。足はおいらのほうが速いんだ」

スパークホークは皮の上着の隠しに指を入れ、小さな銀貨を取り出した。

「これならどうだ」

タレンの目が輝いた。

「それなら最高傑作を描いてやるよ」

「正確ならそれでいい」

「仰せのままに、旦那様」タレンはおどけて一礼してみせた。「道具を取ってくるね」

「あいつ本当にうまいのか」少年が壁際に並んだ寝台の一つに駆け寄るのを眺めながら、カルテンが尋ねた。

プラタイムは肩をすくめた。

「おれは美術評論家じゃないんでね。ただ、あいつはいつも絵を描いてる。盗みや物乞いをしてるとき以外はな」

「あんたの手下にしちゃ、ちょっと若すぎるんじゃないか」

プラタイムは笑った。

「あいつの指先はシミュラ一さ。あんたの目玉だってすり取っちまうぜ。しかも何かをじっくり見ようとするまで、すり取られたことにも気づかないくらいだ」

「よく覚えとこう」とカルテン。

「もう手遅れみたいだな。ここに来たとき、あんた指輪をはめてなかったか」

カルテンは目をしばたたき、血に汚れた左手を上げてまじまじと見つめた。その手に指輪ははまっていなかった。

6

カルテンがたじろいだ。「そっとやれよ、スパーホーク。痛いじゃないか」

「包帯を巻く前に消毒しないとな」スパーホークはそう答え、ワインを染みこませた布で友人の脇腹の傷口を拭《ふ》きつづけた。

「そんなに手荒くやらなくてもいいだろう」

プラタイムが煙を上げている火床の横を回って、カルテンが横になっている簡易寝台の前にのっそりと現われた。「大丈夫そうか」

「たぶんな」スパーホークが答える。「前にも血を流したことは何度かあるし、そもそも回復の早いやつなんだ」消毒用の布を脇に置き、細長い亜麻布を取り上げる。「身体を起こせ」

カルテンはうめき声を上げながら上体を起こした。スパーホークが腹に亜麻布を巻きつける。

「そんなにきつく巻くなよ。息ができないじゃないか」

「文句を言うんじゃない」

「教会兵は何か理由があって襲ってきたのか。それともただのお遊びだったのか」プラタイムが尋ねた。

「理由があった」カルテンの包帯を結びながらスパーホークが答える。「このところ、アニアス司教と敵対しているものでね」

「そいつはいい。あんたがた貴族がどう思ってるのかは知らんが、平民のあいだじゃアニアスの評判は最低だ」

「われわれも人並みに軽蔑《けいべつ》しているよ」

「じゃあ、その点ではみんなの意見が一致してるってわけだ。エラナ女王が回復する見込みはあるのか」

「努力はしてる」

プラタイムはため息をついた。

「あの人はおれたちの唯一の希望だよ、スパーホーク。女王が回復しなかったら、アニアスはエレニアを好きなようにするだろう。そうなったら最低なんてもんじゃない」

「なかなかの愛国者じゃないか」とカルテン。

「泥棒で人殺しだからって、愛国心がないわけじゃない。王室を敬愛することにかけちゃ、この国の誰にも負けない自信があるんだぜ。アルドレアス王だって尊敬してたんだ。

欠点は多かったがな」プラタイムの目が好奇心に輝く。「ところで、妹が兄王を誘惑したって話は本当なのか。いろんな噂が飛び交ってるんだがね」

スパーホークは肩をすくめた。「何とも言えんな」

「あんたの親父さんがアルドレアスをエラナ女王の母親と結婚させたんで、妹君は大荒れだったそうじゃないか」プラタイムは小さく笑った。「兄王と結婚して権力を自由にできると信じこんでたからな」

「それは違法じゃないのか」カルテンが尋ねる。

「アニアスは法の抜け穴を見つけたと言ってたぜ。とにかく、アルドレアスが結婚してしまうとアリッサは王宮から姿を消した。何週間かしてから川沿いの安娼館にいるのが発見されたが、王宮に引きずり戻されたときには、もうシミュラの男という男が味見を済ませたあとだったってわけだ」プラタイムの目がすっと細くなった。「どうやって決着をつけたんだ。打ち首か」

「いや、デモスの尼僧院に幽閉したんだ」とスパーホーク。「あそこはとても厳格だからな」

「まあ休養にはなってるだろうさ。聞いた話じゃ、アリッサ王女はたいそうな発展家だったようだからな」プラタイムは伸びをして、近くの簡易寝台を指差した。「それを使っていいぞ。シミュラじゅうの盗賊と物乞いにクレイガーってやつのことは伝えてあるから、そいつが通りに足を踏み出しさえすれば、一時間もしないうちに知らせが届くだろう。それまで少し休んでおくことだ」

スパーホークはうなずいて立ち上がった。「大丈夫か」とカルテンに声をかける。

「どうってことない」

「何か欲しいものはあるか」

「ビールを少々――失った血液を補給しないとな」

「わかった」

地下室には窓がなかったので、時刻を知る手掛かりは何もなかった。スパーホークは誰かに軽く触れられるのを感じ、即座に目を覚ましてその手をつかんだ。

薄汚れた少年、タレンのしかめた顔が見えた。

「震えてるときに掏摸《すり》なんてやるもんじゃないね」雨に濡れた顔をぬぐって、「今朝は本当にひどい天気だよ」

「わたしの服の隠しで何か探し物か」

「別に――ただ何か見つかればいいと思って」

「友だちの指輪を返してやってくれないか」

「返そうと思ってたんだ。腕が落ちないように練習してただけだからね」タレンは濡れた短衣《チュニック》の中からカルテンの指輪を取り出した。「血もきれいに拭いといたよ」そう言って残念そうに指輪を見つめる。

「あいつも感謝するだろう」

「そうそう、あんたの探してる男を見つけたよ」

「クレイガーを？　どこだ」

「獅子《しし》街の売春宿に泊まってる」

「売春宿？」

「きっと愛に飢えてるのさ」

スパーホークは起き上がった。馬の尻尾の付け髭《ひげ》に触れて、まだしっかり貼り付いていることを確かめる。「プラタイムと話したい」

「お友だちも起こそうか」

「寝かせといてやれ。どのみち、あの状態で雨の中に連れ出す気はない」

プラタイムは自分の椅子で鼾《いびき》をかいていたが、タレンが肩に触れるとすぐに目を覚ました。

「この子がクレイガーを見つけた」とスパーホーク。

「やっつけるつもりか」

スパーホークはうなずいた。

「司教の兵士はまだあんたを追いかけてるんだろう」

「おそらく」

「しかもその変装は見破られてる」

「ああ」

「すぐにつかまっちまうぞ」

「賭《か》けるしかない」

「ねえ、プラタイム」タレンが口をはさんだ。

「何だ」

「ウィーズルを急いで街から逃がさなくちゃならなかったことがあったよね」

プラタイムはうなり声を上げ、太鼓腹を掻《か》き、推し量るようにスパーホークを眺めた。

「その髭には愛着があるのか」

「それほどでもない。なぜだ」

「そいつを剃《そ》り落としてもいいなら、見咎《みとが》められずにシミュラの街中を動きまわる手がある」

スパーホークは付け髭を剥《は》がしはじめた。

プラタイムが笑い声を上げる。

「なるほど、愛着じゃなくて接着か」タレンに向かって、「倉庫から要るものを取ってこい」

タレンは地下室の片隅に行って、木製の大きな箱の中をかき回しはじめた。スパーホークは髭をすっかり剃がしてしまった。戻ってきた少年は見るからにぼろぼろのマントと、型の崩れた革袋のような靴を手にしていた。

「その顔はあとどのくらい取りはずしが利くんだ」プラタイムが尋ねた。

スパーホークはタレンからぼろマントを受け取り、端にプラタイムのワインを振りかけて乱暴に顔をぬぐった。糊《のり》の残りが落ち、紫の傷痕《きずあと》が消えた。

「鼻もか」とプラタイム。

「こいつは本物だ」

「どうして折った」

「長い話でね」

プラタイムは肩をすくめた。

「ブーツとズボンを脱いで、このマントと靴を着けるんだ」

スパーホークはブーツを脱ぎ、革の半ズボンを引き下ろした。タレンがマントを着せかけ、一方の端を前に回して、反対側の肩で結んだ。マントはスパーホークの身体を膝《ひざ》のあたりまで覆った。

プラタイムは目をすがめた。

「靴をはいて、脛《すね》に泥を塗りつけろ。まだちょいときれいすぎる」タレンはもう一度大箱の前に行き、今度はすり切れた皮の帽子と細長い杖と、長くて薄汚い粗織りの布を持ってきた。

「帽子をかぶったら、その布で目隠しをしろ」

スパーホークはそのとおりにした。

「見えるか」

「だいたいの形がわかるくらいだな」

「そのくらいのほうがいい。目の見えない物乞いのふりをするんだからな。タレン、鉢《はち》を持ってきてやれ」プラタイムはスパーホークに向き直った。「少し練習をしようか。杖で前方を探りながら歩くんだ。ときどき何かにぶつかるようにしろ。よろめくのも忘れるなよ」

「面白い考えだとは思うが、わたしは行く先がはっきりわかっているんだ。妙に思われないかな」

「タレンに先導させるさ。二人組の物乞いなんてどこにでもいる」

スパーホークは剣帯を締め、大剣を脇に回した。

「それは置いていったほうがいいだろう。短剣ならマントの下に隠せるかもしれんが、大剣は目立ちすぎる」

「そうだな」スパーホークは剣をはずしてプラタイムに渡した。「なくすなよ」タレンから細長い杖を受け取り、床を杖で探りながら歩く練習をはじめる。

「まずまずだな」しばらくしてプラタイムが言った。「飲みこみが早いじゃないか。それなら何とか通用するだろう。あとは道々タレンに、物乞いのやり方を教えてもらえばいい」

タレンが大箱の前から戻ってきた。左足が妙な形にねじれて、松葉杖にすがっている。派手なベストはもう脱いで、ぼろ服をまとっていた。

「痛いんじゃないか」スパーホークは杖で少年の足を指し示した。

「どうってことないよ。膝を内側に曲げて、足の外側を地面に突くようにすればいいんだ」

「本当に足が悪いように見えるな」

「当然さ。たっぷり練習したからね」

「二人とも用意はいいか」プラタイムが声をかけた。

「まあこんなところだろう」スパーホークが答える。「もっとも、物乞いのほうはあまり自信がない」

「基本的なことはタレンが教えてくれるさ。そう難しいことじゃない。幸運を、スパーホーク」

「ありがとう。確かに幸運が必要になりそうだ」

雨模様の薄暗い午前中がなかばを過ぎるころ、スパーホークと若き案内人が地上に現われ、ぬかるんだ路地を歩きだした。奥まった戸口ではまたしてもセフが見張りに立っていたが、通り過ぎる二人に声をかけようとはしなかった。

表通りに出るとタレンはスパーホークのマントの裾《すそ》をつかみ、先導して歩きはじめた。スパーホークは少年のあとから、石畳を杖で探りながらついていった。

「物乞いにはいくつかのやり方があるんだ」しばらく歩いたところで、少年が説明をはじめた。「ただ座って鉢を突き出すだけのやり方もあるけど、これはあんまり稼ぎにならない。場所が教会の前で、ちょうどその日のお説教が〝施しについて〟だったりすれば別だけどね。通りすがりの人の目の前に鉢を突き出すってやり方もある。このほうが率はいいけど、相手を怒らせやすいから、まあ殴られてもいいって覚悟は必要だね。あんたは目が見えないってことになってるから、もうちょっとやり方を考えなくちゃならない」

「何か言わなくちゃいけないのか」

タレンはうなずいた。

「相手の注意を引かないとね。〝お恵みを〟ってのがいちばんだよ。長々と話してる暇はないし、向こうだって物乞いと話なんかしたくないからね。施しをする気になったとしても、とにかく早いとこ済ませたがってるわけなんだ。声は夢も希望もないって感じでね。涙声はあんまりうまくない。相手の気持ちを引きつけるような感じを出すんだ。今にも泣きだしそうな声っていうかな」

「物乞いってのは大した技術なんだな」

タレンは肩をすくめた。

「何かを売るのと同じだよ。ただ、ほんの一言二言で売りこまなくちゃならないってだけ。だから心を込めないとね。銅貨が何枚かある？」

「まだおまえに盗まれてなければな。どうするんだ」

「その売春宿の前で、鉢に餌《えさ》をまいとくんだよ。銅貨を二、三枚入れとけば、もういくらか施しがあったように見えるだろ」

「どうもよくわからないな」

「クレイガーが出てくるまで待つつもりなんだろ。中に突入してもいいけど、そうすると用心棒と鉢合わせすることになるからね」タレンはスパーホークを上から下まで眺めた。「あんたなら用心棒にも太刀打ちできそうだけど、そうなると騒ぎになって、女将《おかみ》はきっと警邏隊《けいらたい》を呼ぶ。だから外で待ってたほうがいいんだ」

「わかった。待つことにしよう」

「ドアの外に陣取って、クレイガーが出てくるまで物乞いをするわけさ」少年は言葉を切った。

「そいつを殺すの？　だったら見物していい？」

「いや、いくつか訊《き》きたいことがあるだけだ」

「ふうん」少しがっかりしたような声だ。

雨足が強まり、スパーホークの濡れたマントからふくらはぎに滴《しずく》が落ちはじめた。

獅子街に出ると、二人は左に折れた。

「すぐその先だよ」滴の落ちるスパーホークのマントの裾を引っ張っていたタレンが、急に足を止めた。

「どうした」スパーホークが尋ねる。

「同業者がいる。片足の男が、ドアの脇の壁にもたれてるんだ」

「物乞いか」

「見ればわかるだろ」

「どうするんだ」

「別に。どいてくれって話してくる」

「どいてくれるかな」

タレンはうなずいた。

「そこはおいらたちがプラタイムから借りた場所だって言えば、どいてくれるよ。待っててて。すぐ戻るから」

少年は松葉杖をついて雨の街路を歩き、赤く塗られたドアに近づくと、その前に陣取っている片足の物乞いと二、三言葉をかわした。男は少年を睨《にら》みつけたが、やがて粗織りのスモックの中から奇跡のようにもう一本の足を出現させると、ぶつぶつ文句を言いながら、松葉杖を小脇に抱えて大股に歩み去った。タレンは戻ってきて、スパーホークを売春宿のドアの前まで連れていった。

「壁に寄りかかって、人が通りかかったらその鉢を差し出すんだ。目の前に出しちゃだめだよ。目は見えないってことになってるんだから。見当はずれのほうに差し出すようにするといい」

そこへ裕福そうな商人が通りかかった。顔を伏せ、黒っぽいマントをしっかりと身体に巻きつけている。スパーホークは鉢を差し出し、「お恵みを」と哀れっぽく声をかけた。

商人はまったく目もくれなかった。

「悪くないね。さっき言った、相手の気持ちを引きつけるような感じをもうちょっと出せると、もっといい」

「それが足りないから、今の男は何も入れてくれなかったのか」

「そうじゃないよ。商人は施しなんてしないのさ」

「なるほど」

革の上着を着た作業員が何人か通りかかった。大きな声で話をしながら、ややおぼつかない足取りで歩いている。

「お恵みを」スパーホークは鉢を差し出した。

タレンがすすり上げ、袖口で鼻をぬぐうと言葉に詰まりながら言った。

「お願いです、旦那《だんな》さん方、おいらと哀れな盲目の父さんにご喜捨《きしゃ》を」

「おお、いいとも」一人が上機嫌で答え、あちこちの隠しを探って数枚の硬貨を取り出した。その中から小さな銅貨を一つ選んで、スパーホークの鉢の中に落とす。

別の一人がくすくす笑った。

「集めた金で女でも買おうってんじゃないのか」

「何に使おうが勝手さ」気前のいい男はそう答え、一行は通りを歩いて去っていった。

「初勝利だね」タレンが言った。「その銅貨は隠しときなよ。鉢はあんまり一杯にしないほうがいいんだ」

それからの一時間で、スパーホークと若き指導者はさらに十枚以上の硬貨を稼いだ。最初の二、三回が過ぎると面白くなってきて、スパーホークは通行人から硬貨をせしめるたびに、ちょっとした勝利感を味わえるようになっていた。

と、飾り立てた馬車が二頭の黒い馬に引かれて近づいてきたかと思うと、赤い扉の前で停車した。制服姿の若い従僕が馬車のうしろから路上に飛び降り、横のステップを下げてドアを開けた。中から出てきたのは、全身を緑のビロードの衣装に包んだ貴族だった。スパーホークはその顔を見知っていた。

「少し時間がかかるかもしれないからね」貴族はまだ少年のような従僕の顔に愛《いと》おしげに指を触れた。「馬車を通りの向こうに止めて待っていなさい」女のようにくすくす笑って、「馬車を見て気がつく者がいないとも限らない。こんな場所にしょっちゅう出入りしているなんて、思われたくはないからね」そう言って左右をうかがい、赤いドアに向かう。

「哀れな盲《めしい》にお恵みを」スパーホークは鉢を差し出した。

「そこをどけ、ごろつきめ」貴族はうるさい蠅《はえ》でも追い払うかのように片手を動かし、ドアを開けると中に入った。馬車もその場から離れていく。

「妙だな」スパーホークがつぶやいた。

「そうかい？」タレンはにやにやしている。

「こんな場面に出くわそうとは思いもしなかったよ。ハーパリン男爵が売春宿に入るとは」

「貴族だって、そういう気分になることはあるんじゃない」

「ハーパリンがそういう気分になることは、まああるだろう。でも中にいる女たちじゃあ、やつを満足させることはできんだろうな。おまえならできるかもしれんが」

タレンは顔を赤らめた。「おいらにその気はないからね」

スパーホークは眉をひそめて考えこんだ。

「ハーパリンがクレイガーの泊まっている売春宿に入っていった。なぜだ」

「二人は知り合いなの？」

「そうは思えんな。ハーパリンは評議会の一員で、アニアス司教の親友だ。クレイガーはといえば、これは三流の蟇蛙《ひきがえる》野郎だ。二人が会ってるんだとしたら、何とかして話を聞きたいものだな」

「じゃあ入れば」

「何だって」

「ここは客を選んだりしないし、目が見えなくたって愛が欲しいときはあるさ。ただ、喧嘩《けんか》だけはしないでよ」タレンは用心深く周囲を見まわした。「中に入ったらナウィーンを指名するんだ。プラタイムの仲間だからね。プラタイムに聞いてきたって言えば、盗み聞きのできる場所に連れてってくれるよ」

「プラタイムは街じゅうを支配してるのか」

「下半分だけさ。上半分はアニアスが支配してる」

「おまえも来るか」

タレンは首を振った。

「シャンダはひねくれた道徳心の持ち主なんだ。子供は中に入れてくれないよ。とにかく、男の子はね」

「シャンダ？」

「ここの女将さ」

「少しつながってきたな。たしかクレイガーの愛人がシャンダといったはずだ。痩《や》せた女か」

タレンはうなずいた。「いつも口をへの字に結んでるよ」

「その女だ」

「顔を知られてる？」

「十二年ほど前に一度会ってるな」

「顔はほとんど包帯で隠れてるし、中はあんまり明るくないからね。ちょっと声を変えればわかりっこないよ。行ってきな。おいらはここで見張ってる。警邏《けいら》だろうが間諜《スパイ》だろうが、シミュラのやつなら顔を見ればわかるんだ」

「頼むぞ」

「お金はあるの？　要るなら貸してあげるよ。先に払ってからでないと、シャンダは女の子の顔も見せないからね」

「大丈夫だ。もうおまえが抜き取ったんでなければな」

「おいらがそんなことするやつに見えるかい」

「見えるな。ちょっと行ってくる」

「楽しんできなよ。ナウィーンはすごくいい子だって——そう聞いてるよ」

スパークは何も答えず、赤く塗られたドアを開けて中に入った。

玄関ホールは薄暗く、安香水のむっとする甘い香りに満ちていた。スパークは盲人の真似を続け、杖を左右に振って壁の位置を確かめた。

「すいません、誰かいますか」甲高い作り声で呼びかける。

ホールの奥にあるドアが開いて、黄色いビロードのドレスを着た痩せぎすの女が姿を見せた。くしゃくしゃの汚い金髪、迷惑そうな顔、目は瑪瑙《めのう》の玉のような冷たさだ。

「何の用だい。中で物乞いは困るよ」

「物乞いに来たわけじゃない。買う——と言うか、借りにきたんだ」

「金はあるのかい」

「ああ」

「お見せ」

スパークはぼろのマントの中に手を入れ、数枚の硬貨を取り出すと掌《てのひら》に載せて差し出した。

痩せた女の顔に抜け目なさそうな表情が浮かぶ。

「やめときな」スパーホークが言った。

「目が見えるんじゃないか」女が咎《とが》める。

「そういうこと」

「どんな子がいいんだい」

「友だちにナウィーンを勧められた」

「ナウィーンね。ここんとこ人気があるよ。すぐに連れてこよう――支払いが済んだらね」

「いくらだ」

「銅貨十枚か、半クラウン銀貨一枚」

スパーホークが小さな銀貨を一つ渡すと、女はドアの向こうに引っこんだ。すぐに二十歳くらいの、豊満なブルネットの娘を連れて戻ってくる。

「ナウィーンだよ。楽しんでっておくれ」シャンダはちらりとスパーホークに笑みを見せ、すぐに元の不機嫌な顔に戻ると、背を向けて奥の部屋に戻った。

「本当は目が見えるんでしょ」ナウィーンの声には色気があった。みすぼらしいまっ赤な化粧着に身を包んで、笑うと頰に笑窪《えくぼ》ができた。

「ああ、本当は見えるんだ」

「よかった。目の見えないお客さんははじめてだから、どうしようかと思ってたの。上に行きましょうか」ナウィーンは先に立って、上の階に続く階段を上りはじめた。「何か特別なお好みがあるのかしら」そう言って肩越しに微笑みかける。

「とりあえず、今日は聞きたい」スパーホークが答えた。

「聞きたい？　何を」

「プラタイムから聞いてきた。ここにシャンダの友だちが泊まっているだろう――クレイガーという男が」

「目の悪い、鼠《ねずみ》みたいな顔の小男？」

「そいつだ。緑のビロードの服を着た貴族がさっきここに入ってきて、クレイガーと話をしているはずなんだ。二人が何を話しているのか、それが聞きたい。何とかできるかな」スパーホークは目の上に巻いた布を取り去った。

「じゃあ、本当にいいの……？」ナウィーンはふくよかな下唇を突き出した。

「ああ、今日はいい。ほかのことで頭がいっぱいでね」

女はため息をついた。

「あんたの顔、気に入ったんだけどな。とっても楽しいひとときを過ごせると思ったのに」

「またいずれな。クレイガーとお友だちの話が聞こえる場所に連れていってくれるかい」

　女はもう一度ため息をついた。

「たぶんね。もう一階上よ。フェザーの部屋がいいと思う。お母さんのところに帰ってるのよ」

「お母さん？」

「娼婦《しょうふ》にだって母親はいるの。フェザーの部屋はシャンダの友だちが泊まってる部屋のすぐ隣だから、壁に耳を当てれば何を話してるかわかると思うわ」

「それはいい。すぐに行こう。できるだけ話を聞き漏らしたくないんだ」

　上の階の廊下の突き当たりに近い部屋は小さくて、調度もわずかだった。テーブルの上で蠟燭《ろうそく》が一本だけ燃えている。ナウィーンはドアを閉め、化粧着を脱いでベッドに横になった。

「格好だけはつけておかないとね」悪戯《いたずら》っぽく笑って、「誰かに覗《のぞ》かれたときの用心よ。あんたが心変わりするかもしれないし」ナウィーンはスパーホークに流し目を送った。

「どっちの壁だい」スパーホークは声をひそめて尋ねた。

「そこよ」ナウィーンが指を差す。

　スパーホークは部屋を横切り、汚れた壁面に耳を押しつけた。聞き覚えのある声が聞こえてきた。

「……主人のマーテルのためにも、あんたが本当にアニアスの使いで、その話がアニアスから出てるってことの証拠が欲しいんだよ」

クレイガーの声だ。スパーホークは勝ち誇った笑みを浮かべ、さらに聞き耳を立てた。

7

「司教の言うとおり、疑い深いやつだな」女のようなハーパリンの声が言った。

「シミュラじゃあこの首に賞金がかかってるもんでね、男爵」クレイガーが答える。

「そういう状況じゃあ、それなりの用心が必要なんだよ」

「司教の署名と捺印《なついん》を見れば、それとわかるか」

「わかる」

「いいだろう。ここにわたしの身元を証明する司教の文書がある。ただし読んだら破棄するんだ」

「そうはいかんね。マーテルだって自分の目で証拠を確認したいはずだ」クレイガーの声がしばらく途切れた。「どうしてアニアスは、その文書で指示を伝えるだけで済ませないんだ」

「頭を使え、クレイガー」とハーパリン。「文書は敵の手に落ちることもある」

「それは使者だって同じことだ。パンディオン騎士団が自分たちの欲しい情報を持ってる人間にどんなことをするか、あんた知ってるか」

「おまえが生きて訊問《じんもん》されるようなことはないと思っているのだがね」

クレイガーは嘲《あざけ》るような笑い声を上げた。

「残念だな、ハーパリン」声がわずかに低くなる。「どうせ大した命じゃあないが、おれにはたった一つのものなんでね」

「臆病者《おくびょうもの》め」

「そういうあんただって——あんた程度の人間でしかないじゃないか。文書を見せな」

スパーホークの耳に紙のこすれ合う音が聞こえた。

「なるほど」クレイガーの柔らかな声が言う。「確かに司教の捺印だ」

「きさま、飲んでいるのか」

「もちろんさ。このシミュラで、ほかにどんなすることがある。そっちがお楽しみを用意してくれるってんなら話は別だがね——おれの気に入るようなやつを」

「どうもおまえは好きになれん」

「お互いさまだよ、ハーパリン。だがそれでも生きてくことはできる。さっさと用件を伝えて帰んな。あんたの香水のにおいで反吐《へど》が出そうだ」

固い沈黙があって、やがて男爵が子供にでも言って聞かせるかのように、ばかばかしいほど丁寧に話しはじめた。

「アニアス司教は、おまえの口から次のことをマーテルに伝えてもらいたいということだ。まず必要なだけの人数を集めて、全員に黒い甲冑を着用させるように。その者たちにはパンディオン騎士団の旗を持たせる。旗は適当なお針子に作らせればいい。どんな旗かはマーテルが知っている。準備が整ったら、一団はなるべく目立つように、馬でアーシウム国王ドレゴスの叔父であるラドゥン伯爵の城へ向かう。城の場所は知っているか」

「ダッラとサリニウムを結ぶ街道の途中だったな」

「そうだ。ラドゥン伯爵は信心深い人間で、教会騎士団なら何も訊《き》かずに城へ迎えてくれる。城に入ったら、マーテルと部下たちは住人を殺戮《さつりく》する。ラドゥンは大きな守備隊など持っていないから、大した抵抗はないだろう。伯爵には妻と、未婚の娘が数人いる。輪姦《りんかん》しろというのがアニアスの意向だ」

クレイガーが笑った。

「言われなくても、アダスが放っちゃおかないさ」

「それはいいが、それだけで満足されては困る。城内には聖職者が何人かいるはずだ。その者たちには一部始終を目撃させるように。アダスたちが事を終えたら、女たちは喉《のど》を掻《か》き切って殺せ。ラドゥンも拷問してから首を打ち落とせ。城を出るときには、その首を持ってくるように。死体のほうには衣服や宝石をある程度残しておいて、死体の主が誰なのかわかるようにしておけ。城内の者は皆殺しにするが、聖職者には手をかけないように。すべてを目撃させてから解放するんだ」

「なぜ」

「ラリウムにいるドレゴス王に、暴挙を報告させるためだ」

「ドレゴスがパンディオン騎士団に宣戦布告するのが狙《ねら》いだってことか」

「かならずしもそうではないが、そうなる可能性は高いな。仕事が終わったらシミュラに向かって早馬を仕立て、わたしに首尾を報告しろ」

またクレイガーが笑い声を上げた。

「そんな報告をしにいくやつがいてたまるか。話し終えたとたん、背中には何本もナイフが突き立ってるだろうぜ」

「まったく疑い深い男だな、クレイガー」

「死にたくなければ用心しろってことさ。マーテルが雇うような連中なら、誰だって同じことを考える。もう少し詳しく計画を話せよ、ハーパリン」

「おまえがこれ以上知る必要はない」

「マーテルにはある。使い捨てにされる気はないんだ」

ハーパリンは小さく罵《ののし》った。

「いいだろう。パンディオン騎士団はいつも司教の行動を邪魔してきた。今話したような残虐行為を口実にすれば、やつらをデモスの騎士本館に監禁することができる。司教はみずからカレロスに赴いて、聖議会と総大司教に事件を報告する。そうなればパンディオン騎士団は解散、ヴァニオンやスパーホークをはじめとする指導的な立場の連中は、カレロスの大聖堂の地下牢に幽閉されることになる。あの地下牢から生きて出てきた者は一人もいない」

「マーテルの気に入りそうな計画だ」

「アニアスもそう考えている。セフレーニアとかいうスティリクムの女は、当然、魔女として火あぶりだ」

「いい厄介払いだ」ふたたび間があった。「まだ何か隠してるな」

ハーパリンは黙っている。

「もったいぶるなよ。おれにさえ見抜ける程度のことなんだ。マーテルにわからないとでも思うのか。全部話しちまいな」

「いいだろう」ハーパリンは不機嫌な声で答えた。「パンディオン騎士団は監禁を嫌って抵抗し、指導者を守ろうとするだろう。この時点で国軍を動かし、アニアスと王国評議会は非常事態を宣言する。それによって、一連の法律の効力を停止させることができるのだ」

「どういう法律の？」

「王位継承に関するものだ。法律上、エレニアは戦争状態に入ったことになる。エラナがそのような事態に対処できる状態でないことは明らかだ。そこで女王は退位して、摂政の宮リチアスに王位を譲ることになるわけだ」

「アリッサの私生児――あの泣き虫小僧か」

「王位の継承は評議会の決定により承認される。わたしならリチアスのことをそんなふうには言わんな。国王に対する不敬は大逆罪とみなされ、即位前に遡《さかのぼ》って追及されることもあるんだ」

言葉の意味を嚙《か》みしめるような沈黙があり、やがてクレイガーが口を開いた。

「ちょっと待て。エラナは意識不明で、何かクリスタルのようなものの中に封じこめられているという話じゃなかったか」

「別に大した問題ではない」

「それでどうやって譲位の文書に署名するんだ」

ハーパリンが笑った。

「レンダに近い僧院に、ある修道士がいる。この一か月ほど、ずっと女王の署名を練習しているんだ。今やなかなかのものだぞ」

「そつがないな。譲位したあと女王はどうなる」

「リチアスの即位が済み次第、盛大な葬儀を催してやるさ」

「まだ生きてるんじゃないのか」

「それがどうした。何なら玉座も何もかも、いっしょに埋めてしまえばいい」

「となると、残る問題は一つだけだな」

「問題などあるとは思えんが」

「それはあんたが問題を正視しようとしないからさ。司教はすばやく行動しなくちゃならんはずだ。アニアスがカレロスの聖議会に駆けこむ前にパンディオン騎士団がこのことを嗅《か》ぎつけたら、向こうは告発に対抗する手を打とうとするだろう」

「そんなことはわかっている。だからこそ、伯爵と住人が死んだらすぐに使者を寄越せと言っているんだ」

「そんな使者が現われる気遣いはないね。誰を使者に立てたって、そいつは話が終われば殺されると気づくに決まってる。だから何とか口実を作って、ラモーカンドかペロシアあたりに逃げ出しちまうさ」クレイガーはちょっと考えこんだ。「その指輪を見せてくれないか」

「指輪を？　なぜだ」

「そいつは印形だな」

「ああ、わが家の紋章を彫ってある」

「貴族なら誰でも持ってるものだな」

「そうだ」

「よし。アニアスには、シミュラの大寺院の献金皿によく注意しろと言っておけ。近いうちに小銭の中から指輪が現われる。ラドゥン伯爵家の紋章が入った指輪だ。それで知らせは伝わるし、使者に立ったやつも安全に逃げられる」

「アニアスの気に入るとは思えんが」

「気に入ってもらう必要はない。それじゃあ、いくらだ」

「何のことだ」

「金だよ。マーテルの協力に対して、アニアスはいくら支払うつもりがあるんだ。リチアスを王位につけてエレニアを完全に牛耳ろうってわけだろう。それにどれだけの値をつけるのかって訊《き》いてるのさ」

「わたしが言われてきた金額は、金貨で一万クラウンだ」

クレイガーが笑った。

「マーテルはもう少し交渉の余地があると考えるだろうな」

「時間が差し迫っているのだぞ、クレイガー」

「だったらアニアスとしても、金をけちってる場合じゃないだろう。王宮に戻ったら、もう少し気前よくするのが筋だと説得することだ。おれとしては冬じゅうアニアスとマーテルのあいだを往復して金額交渉を続けたって、ちっとも構わないんだ」

「国庫から支出できるのはこれが限度なのだ」

「そんな問題は簡単に解決できる。税金を上げればいいんだ。あるいはアニアスが教会の資金に手をつけるか」

「マーテルは今どこにいる」

「話してもいいと言われてない」

スパーホークは小声で悪態をつき、壁から耳を離した。

「面白かった？」ナウィーンはまだベッドに横たわっていた。

「とてもね」

女はなまめかしく伸びをした。

「本当に気持ちは変わらない？　もう仕事は済んだんでしょ」

「悪いけど、今日はまだやらなくちゃならないことが山ほどあってね。金はもうシャンダに払ってある。必要もないのに、どうして働こうとするんだね」

「職業倫理ってやつかしら。それにあたし、何だかあなたが気に入っちゃったのよ」

「嬉しいね」スパーホークは隠しから金貨を一枚つまみ出し、ナウィーンに渡した。女は驚きと感謝の入り混じった目で男を見つめた。「さて、クレイガーの友だちと鉢合わせしないように、早めに玄関から出ていくことにしよう」

「今度はもっと気持ちに余裕があるときに、また来てね」

「考えておくよ」スパーホークは目の上に布を巻きなおした。ドアを開けて静かに廊下に滑り出ると、階下の薄暗いホールからふたたび街路に足を踏み出す。

タレンは玄関脇の壁にもたれて雨をさけていた。

「楽しんできたかい」

「聞くべきことは聞いてきた」

「そうじゃないよ。ナウィーンはシミュラ一だって話だからさ」

「それはわからなかったな。仕事をしてきただけだ」

「あんたにはがっかりだよ、スパーホーク」タレンは生意気な笑みを浮かべた。「でもナウィーンは、きっともっとがっかりしてるね。あの子は仕事が大好きなんだってさ」

「ませた小僧だ」

「もちろんさ。おいらがそんな自分をどんなに気に入ってるか、きっと想像もつかないよ」少年はふと真顔になって、用心深くあたりを見まわした。「スパーホーク、あんた誰かにつけられてる？」

「ああ、たぶんな」

「教会兵のことじゃないよ。さっき、道のずっと向こうに男がいたんだ。少なくともおいらは男だと思った。修道士の服を着てフードで顔を隠してたから、はっきりとはわからないけど」

「修道士なんて、シミュラにはいくらでもいる」

「そいつはちょっと感じが違うんだよ。姿を見ただけで背筋が寒くなったんだ」

スパーホークは少年を鋭く見つめた。

「前にもそういうのを感じたことはあるか」

「一度ね。プラタイムの言いつけで、西門まで人に会いにいったんだ。そのときスティリクム人が何人か通りかかって、そいつらが街に入ってったあとも、何だか自分が自分じゃないみたいな感じだった。元に戻るまで二日くらいかかったかな」

それがどういうことなのか、本当のことを少年に話しても仕方がないだろう。感覚の鋭い人間はたくさんいるが、そこから先へ進む者はまずいない。

「そう気にすることはないさ。ときどき妙な気分になることは誰にだってある」

「そうだね」タレンは心許《こころもと》なげに答えた。

「用は済んだ。プラタイムのところへ戻ろう」

雨模様のシミュラの街路は混み合いはじめていた。色鮮やかな衣装をつけた貴族や、目立たない茶や灰色の服を着た作業員たちが通りを埋めている。スパーホークは杖で前方を探りながら、疑われないように苦労して歩かなくてはならなかった。ふたたび地下へ続く階段を下りるころには、もう午《ひる》になっていた。

「どうしておれを起こさなかった」カルテンの不機嫌そうな声が響いた。寝台の端に腰をおろして、濃いシチューの椀《わん》を手にしている。

「おまえには休息が必要だった」スパークホークは目の上の布をほどきながら答えた。

「それに外は雨だったしな」

「クレイガーには会えたのか」

「いや。だが声は聞こえた。それでじゅうぶんだ」スパークホークは火床を迂回《うかい》して、座っているプラタイムの前に回った。「荷車と御者を用意できるかな」

「必要とあらば」プラタイムは銀のジョッキから音を立ててビールをすすった。染みだらけのオレンジ色の胴衣《ダブレット》に、さらにビールがこぼれる。

「必要だ。わたしとカルテンは騎士館に戻らなくてはならない。司教の兵士たちはまだわれわれを探しまわっているだろうから、荷車に隠れていこうと思うんだ」

「荷車じゃあ時間がかかるだろう。四輪馬車の窓にカーテンを降ろしていったらどうだ」

「四輪馬車があるのか」

「何台かある。このところ神の覚えがめでたくてな」

「そいつはありがたい」スパークホークは振り返った。「タレン」

立っていた少年が駆け寄ってくる。

「今朝、わたしからいくら盗んだ」

タレンの顔に警戒の色が広がる。

「大した額じゃないよ。どうしてさ」

「正確にはいくらだ」

「銅貨が七枚と銀貨が一枚。あんたは友だちだから、金貨は返しといた」

「感激だね」

「金を返してほしいわけ？」

「取っておけ。駄賃だ」

「気前がいいね、旦那《だんな》」

「話はこれからだ。このあともクレイガーを見張っていてくれないか。わたしはしばらく街を離れることになるが、やつの動向はつかんでおきたいんだ。もしやつがシミュラを離れるようなら、薔薇《ばら》街の宿屋を訪ねろ。どの宿だかわかるか」

「パンディオン騎士団が経営してるとこ？」

「どうしてそんなことを知ってるんだ」

「みんな知ってるよ」

それはそれでいいことにする。

「まず門を三回叩き、少し間をあけてもう二回叩く。それで門番が門を開けてくれる。門番といっても騎士だから、礼儀正しくするんだぞ。それからその門番に、スパーホークが目をつけている男が街を出たと話すんだ。できればクレイガーの向かった方角も教えてやれ。ちゃんと覚えたか」

「暗唱してみせようか」

「それには及ばん。門番の騎士には、謝礼として半クラウン渡すように言っておく」

タレンの目が輝いた。

スパーホークはプラタイムに向き直った。

「いろいろと世話になった。これで父への借りはなくなったものと思ってくれ」

「そんなことはとっくに忘れてたよ」太った男はにっと笑った。

「プラタイムは〝借り〟を忘れる名人なのさ」とタレン。「自分の借りだけだけどね」

「口は禍《わざわい》のもとだぞ、坊主」

「この足があれば逃げきってみせるさ」

「セフに伝えてこい。青い車輪の四輪馬車に灰色の馬をつないで、路地の出口に回しておけとな」

「お駄賃は?」

「今度お仕置きをするとき、一回だけ見逃してやる」

「いい取引だね」少年はにやっと笑って、駆けだしていった。

「頭のいい子だ」スパーホークが言った。

「ぴか一だよ」プラタイムがうなずく。「おれのあとを継ぐのは、たぶんあいつになるだろう」

「じゃあ皇太子ってわけか」

プラタイムは大声で笑った。

「泥棒皇太子。なかなかいい響きじゃないか。なあスパーホーク、おれはあんたが気に入ったぜ」太った男は笑いつづけながらスパーホークの肩を叩いた。「また何かあったら、いつでも言ってきてくれ」

「そうしよう」

「特別料金で引き受けてやるぜ」

「それはどうも」スパーホークはプラタイムの椅子の横にあった自分の剣を取り、寝台に戻って元の服装に着替えた。

「気分はどうだ」カルテンに声をかける。

「大丈夫だ」

「よし、そろそろ行くぞ」

「どこへ」

「騎士館に戻る。ヴァニオンに知らせなくてはならないことができた」

四輪馬車は新品でこそなかったが、造りはしっかりしていたし、手入れもよく行き届いていた。窓には厚いカーテンがかけられ、外から乗客の顔をうかがうことはできない。馬車を引くのはよく似た大きさの二頭の灰色の馬で、速足《トロット》の足取りは軽快だった。

カルテンは革張りのクッションにもたれかかっていた。

「幻覚でも見てるのかな。それとも騎士より泥棒のほうが儲《もう》かるってことか」

「金が欲しくて騎士になったわけじゃなかろう、カルテン」

「それは悲しいほどよくわかっているがね」カルテンは足を伸ばすと、満足そうに腕を組んだ。「こういうのも悪くないなって気になってきてるんだ」

「あんまりその気になるなよ」

「堅い鞍の上で揺られるよりこっちのほうが快適だってのは、おまえだって認めるだろう」

「苦労は精神の良薬だ」

「おれの精神は健全だよ。擦り切れかけてるのは尻のほうさ」

馬車は街路を走り抜け、東門をくぐると騎士館の跳ね橋の前で停止した。スパーホークとカルテンが午後の小雨の中に降り立つと、セフはすぐさま馬車の向きを変え、ががたと街に引き返していった。

入館の儀式を済ませたスパーホークとカルテンは、ただちに南塔の上の、騎士団長の書斎に向かった。

ヴァニオンは部屋の中央の大きなテーブルに積み上げた、書類の山の前に腰をおろしていた。セフレーニアはいつものようにお茶のカップを手にして、炎のはじける暖炉のそばに座っている。炎を見つめるその瞳には神秘的な色があった。

顔を上げたヴァニオンが、カルテンの胴衣《ダブレット》についた血に気づいた。

「何があったんだ」

「変装を見破られたんです」カルテンは肩をすくめた。「路地で教会兵の一団に襲われましてね。傷はどうってことありません」

セフレーニアが椅子から立ち上がった。

「手当はしましたか」

「スパーホークが包帯を巻いてくれました」

「傷口をお見せなさい。スパーホークの手当は、どうも簡単すぎるきらいがありますからね。座って、胴衣《ダブレット》をお脱ぎなさい」

カルテンはちょっと不平をこぼしたが、言われたとおりにした。

セフレーニアは包帯をほどき、脇腹の傷口を見て顔をしかめた。

「消毒をしなかったのですか」

「ワインで拭《ふ》きましたよ」とスパーホーク。

セフレーニアはため息をついた。

「まったくあなたは」立ち上がってドアの前に行き、外にいる若い騎士の一人に治療の道具を取りにいかせる。

「スパーホークが情報をつかんだそうです」カルテンが騎士団長に告げた。

「どんな情報だ」ヴァニオンが尋ねる。

「クレイガーを見つけました」スパーホークは椅子を引いた。「西門のそばの売春宿に泊まっていたんです」

セフレーニアの片眉が上がった。

「売春宿などで何をしていたのです、スパーホーク」

「長い話でしてね」スパーホークはかすかに赤くなった。「いずれお話ししますよ。とにかくその売春宿にハーパリン男爵がやってきて――」

「ハーパリンが？」ヴァニオンが驚いた顔になる。「売春宿になんて、おまえよりももっと用のない男だろう」

「クレイガーに会いにきたんです。わたしも何とか中に入って、二人が会っている隣の部屋にもぐりこみました」スパーホークは手短に、アニアス司教の計略の詳細を語った。

スパーホークの報告を聞いて、ヴァニオンは顔をしかめた。

「アニアスのやつ、思った以上に情け容赦のない男だな。大量虐殺まで考えるとは、想像していなかった」

「阻止するんでしょう」セフレーニアに傷を消毒してもらいながら、カルテンが言った。

「もちろんだ」答えながらもヴァニオンは、天井を見つめてじっともの思いに耽《ふけ》ってい
た。「この策略は逆手に取れるかもしれん」カルテンを見て、「馬には乗れるか」

「こんなの、かすり傷ですよ」カルテンが答えた。セフレーニアは傷口に布を当ててい
る。

「よし、ではデモスの騎士本館まで行ってきてくれ。集められるだけの仲間を集めて、アーシウムのラドゥン伯爵の城へ向かうんだ。本道は使わずに、間道を通ってな。こちらの動きをマーテルに知られたくない。スパーホーク、おまえはこのシミュラから一隊を率いていけ。アーシウムのどこかでカルテンと合流するのだ」

スパーホークはかぶりを振った。

「一団となって動いたら、アニアスはこちらが何か企んでいると感づいてしまいます。疑いを持ったら、やつはひとまず計画を延期し、いずれ邪魔が入らない時期を見計らって伯爵の城を襲おうとするでしょう」

ヴァニオンは眉をひそめた。

「それもそうだな。ならばシミュラからは一度に数人ずつ、ひそかに送り出すことにするか」

「それでは時間がかかりすぎます」カルテンの脇腹にきれいな包帯を巻きながら、セフ

レーニアが言った。「それにこそこそ動くほうが、堂々と馬で乗り出すよりもよほど人目につくものです」眉をひそめて考えこみ、「カルドスへ行く途中にある僧院ですが、あれは今でも騎士団が所有しているのですか」

ヴァニオンがうなずいた。「すっかり荒れ果てていますがね」

「そろそろ大々的に修理したほうがいいのではありませんか」

「どういう意味でしょう」

「シミュラにいるパンディオン騎士の大部分が一度に街を出るとなれば、それなりの口実が必要です。王宮へ行って、あの僧院を修理するのに騎士団を派遣することにしたと評議会に報告すれば、アニアスはそれこそ自分の思う壺だと思うでしょう。それらしく見えるように工具や建材を荷車に積みこんで、とにかくシミュラを出てしまえば、あとはどこへ向かおうと誰にもわかりはしません」

「それならうまくいきそうですね。いっしょにおいでになりますか」スパーホークがヴァニオンに尋ねた。

「いや、わたしはカレロスへ行かねばならんだろう。味方の聖議会議員たちに、アニアスの策略のことを警告しておかなくてはな」

スパーホークはうなずいて、とたんにあることを思い出した。

「これは確実とは言いきれないんですが、どうもこのシミュラに、誰かわたしを監視してる者がいるようなんです。それもどうやらエレネ人ではないらしい」セフレーニアに微笑みかけ、「スティリクム人の心の微妙な働きを感知する訓練を受けていますからね。とにかくその監視人は、こっちがどんな変装をしていても見破ってしまえるらしいんです。カルテンとわたしに教会兵を差し向けさせたのも、十中八、九そいつでしょう。つまりアニアスとつながっているということになります」

「どんな人物なのですか」セフレーニアが尋ねる。

「はっきりしないんです。いつもフードのついたローブを着て、顔を隠しているので」

「死んでしまえばアニアスに報告もできないさ」カルテンが肩をすくめた。「カルドスへ向かう途中のどこかで待ち伏せしてやろう」

「それは少し直接的すぎませんか」包帯をしっかり留めながら、セフレーニアが異を唱える。

「おれは単純な人間なんですよ、セフレーニア。話が複雑だとわけがわからなくなっちまうんです」

「いくつか詰めておきたい点がある」ヴァニオンがセフレーニアに顔を向けた。「わたしはデモスまでカルテンに同行しますが、あなたは騎士本館に戻られますか」

「いいえ。わたしはスパーホークに同行して、監視しているというスティリクム人が追いかけてきた場合に備えます。殺したりしなくても、対処することはできるでしょう」

「わかりました。では――」とヴァニオンは席を立ち、「スパーホーク、おまえはカルテンといっしょに、荷車と建材の手配をしてくれ。わたしはこれから王宮に行って、少しばかり嘘をついてくる。わたしが戻ったらすぐに出発ということにしよう」

「わたしは何をすればいいかしら、ヴァニオン」セフレーニアが尋ねる。

騎士団長は笑顔になった。

「そうですな、お茶などもう一杯いかがです、セフレーニア」

「ありがとう、ヴァニオン。そうしましょう」

8

寒さが厳しくなり、不機嫌な午後の空からは硬く凍った雪がばらばらと落ちてきた。黒い甲冑とマントに身を包んだ百人のパンディオン騎士が、アーシウムとの国境にほど近い深い森の中を速足《トロット》で進んでいく。先頭に立つのはスパーホークとセフレーニアで、旅はすでに五日めを迎えていた。

スパーホークはちらりと空を見上げ、乗っている黒馬を止めようと手綱を引いた。馬は棹立《さおだ》ちになり、前足で宙を掻《か》いた。

「こら、やめろ」スパーホークが腹立たしげに命じる。

「ずいぶん血の気の多い馬ですね」とセフレーニア。

「頭も悪いんです。カルテンに追いついて、ファランに乗れる日が待ち遠しいですよ」

「なぜ止まったのですか」

「間もなく日が暮れます。あの木立のあたりは下生えもあまりなさそうですから、今夜はここで野営しましょう」スパーホークは肩越しに声を張り上げた。「サー・パラシム」

バターの色の髪をした若い騎士が進み出た。

「はい、スパーホーク閣下」軽やかなテノールの声が答える。

「今夜はここで野営する。荷車が着いたらセフレーニアの天幕を用意して、必要なものがそろっていることを確認してくれ」

「了解しました」

スパーホークが野営の準備を監督して見張りを配置し終えるころには、空は寒々しい紫色になっていた。天幕が立ち並び、料理用の焚火《たきび》が揺れる横を通って、スパーホークは小さな火のそばに座っているセフレーニアに近づいた。教母の天幕はほかから少し離して張られている。火の上に置いた金属製の三脚から見慣れたお茶のやかんが下がっているのを見て、スパーホークは微笑んだ。

「何がおかしいのですか、スパーホーク」

「いいえ、別に」料理の火を囲んで動きまわっている若々しい騎士たちのほうを振り返る。「みんなとても若いな」スパーホークは独り言のようにつぶやいた。「まだほんの子供だ」

「それが自然の成り行きというものです。老いた者が決定し、若者がそれを実行するのです」

「わたしにもあんな時代があったんでしょうか」

セフレーニアは笑った。

「もちろんですよ、スパーホーク。わたしの最初の授業にやってきたあなたとカルテンがどれほど若かったか、あなたには想像することもできないでしょうね。赤ん坊二人の世話を任されたのかと思ったくらいでした」

スパーホークは悲しげな顔を作った。

「それが質問への答というわけですか」両手を火にかざして暖を取る。「夜になると冷えますね。どうもジロクにいるあいだに血が薄まってしまったような気がしますよ。エレニアに戻ってからというもの、本当に暖かいと感じたことがないんです。パラシムはもう夕食を持ってきましたか?」

「ええ。とてもいい坊やですね」

スパーホークが笑った。

「その言葉を聞いたら、きっと怒りますよ」

「本当のことではありませんか」

「もちろん。でもやっぱり怒りますよ。若い騎士というのは感じやすいものですから」

「あの人の歌は聞きましたか」

「一度、聖堂で」

「すばらしい声をしていますね」

スパーホークはうなずいた。

「騎士団向きの人間ではないような気がします。ああいう気性には、普通の僧院のほうが似合っている」騎士はあたりを見まわして焚火の光の輪の外に出ると、一本の丸太を火のそばまで引きずってきた。その上に自分のマントをかける。「安楽椅子というわけにはいきませんが、地面に座っているよりはましでしょう」

「ありがとう、スパーホーク」セフレーニアは微笑んだ。「あなたはとても優しい人ですね」

「多少の礼儀作法は心得ているつもりですからね」真顔になって教母を見つめ、「あなたにとっては、厳しい旅になるかもしれません」

「わたしは大丈夫ですよ」

「かもしれませんが、無理に頑張る必要はありません。疲れたり寒かったりしたら、誰にでも遠慮なく声をかけてください」

「心配はいりません。スティリクム人は辛抱強い民です」

「セフレーニア……あなたといっしょに玉座の間にいた十二人の騎士たちが斃《たお》れはじめるのは、いつごろになるのでしょう」

「そればかりは知りようがありません」

「わかるものなのですか――つまり、誰かが斃れたときには」

「ええ。今のところ、わたしが斃れた者たちの剣を引き受けることになっていますから」

「剣ですか？」

「あの剣は呪文の道具で、負担する重荷を象徴しているのです」

「斃れた者の重荷は分担されるようにすべきだったのでは」

「そうしない道を、わたしが選んだのです」

「間違いだったかもしれない」

「あるいは。ですが、決めるのはわたしの役目でした」

スパーホークは怒ったように歩きまわりはじめた。

「アーシウムを半分も横断するような旅をしている場合じゃない。治療法を見つけださなくてはならないのに」苦悶《くもん》の叫びがほとばしった。

「この旅も大切なことです」

「あなたやエラナを失うなんて、耐えられない。もちろんヴァニオンだって」

「まだ時間はありますよ、ディア」

スパーホークはため息をついた。

「足りないものはありませんか」

「ええ。すべてそろっています」

「今夜はよく眠ってください。明日は早発《はやだ》ちします。おやすみなさい、セフレーニア」

「あなたもおやすみ、スパーホーク」


木々のあいだに曙光《しょこう》が射しそめるころ、スパーホークは目を覚ました。金属の冷たい感触に身震いしながら甲冑の革紐《かわひも》を結び、ほかの五人の騎士と並んで眠った天幕を出て、まだ眠っている野営地を見わたす。セフレーニアの天幕の前ではすでに焚火が小さな炎を上げており、白いローブが鋼のような朝の光と焚火の炎に映えていた。

「早いですね」セフレーニアに近づきながら、スパーホークが声をかけた。

「あなたこそ。国境まであとどのくらいです」

「今日じゅうにはアーシウムに入りますよ」

その時、どこか森の中から、フルートに似た不思議な音が聞こえてきた。短調のメロディーなのに、もの悲しさを感じさせない、むしろ永遠の喜びに満ちあふれた音だった。

セフレーニアは目を見開き、右手で奇妙な仕草をした。

「羊飼いかな」とスパーホーク。

「いいえ、羊飼いではありません」セフレーニアは立ち上がった。「いっしょにいらっしゃい、スパーホーク」そう言うと、教母は先に立って焚火のそばを離れた。

野営地の南側に広がる牧草地へとフルートに似た音を追っていくうちに、空が明るさを増してきた。やがてスパーホークが配置しておいた見張りの姿が見えた。

「あなたにも聞こえましたか、サー・スパーホーク」黒い甲冑の騎士が言った。

「うむ。誰がどこでやっているのか、見当はつかないか」

「まだ相手の姿は見えませんが、牧草地のまん中にあるあの木から聞こえてくるようです。わたしも同行しますか」

「いや、ここにいてくれ。二人だけでいい」

すでにセフレーニアは先に立って、そこから不思議なメロディーが聞こえてくるらしい木のほうへまっすぐに進んでいた。

「わたしが先に行きます」教母に追いつくとスパーホークが言った。

「危険はありませんよ、スパーホーク」

木のそばに歩み寄るとスパーホークは顔を上げて枝の合間を見透かし、不思議な音楽家の姿を見つけた。それはまだ六歳かそこらの少女だった。長い髪は黒く艶《つや》やかで、大きな目は夜のように深い色をたたえている。髪が顔にかからないよう、額には草を編んで作ったヘアバンドを巻いていた。山羊飼いが持つような、たくさんの筒を組み合わせた笛を吹いている。この寒さだというのに、丈の短い亜麻布のスモックを着て腰のところを紐で縛っているだけで、手足はむき出しだった。草の汁に汚れた裸足《はだし》の足を組んで、危なげない様子で太い枝に腰をおろしている。

「こんなところでどうしたんだろう」スパーホークが当惑げに言った。「このあたりには家も村もないはずだが」

「わたしたちを待っていたのではないかしら」セフレーニアが答える。

「そんなばかな」子供を見上げて、「名前は何ていうんだい、お嬢ちゃん」

「わたしが訊《き》いてみましょう。スティリクム人の子供は内気なところがありますからね」セフレーニアはかぶっていたフードを取り、スパーホークにはわからない方言で少女に話しかけた。

少女は素朴な笛をおろして微笑んだ。唇が小さなピンクの弓のようだ。

奇妙だが優しい口調で、セフレーニアがまた何か尋ねた。

小さな少女が首を横に振る。

「森の中にでも家があるのかな」とスパーホーク。

「家はこの近くではありません」

「口がきけないんですか」

「自分でしゃべらないと決めているのです」

スパーホークはあたりを見まわした。

「とにかくここに放っておくわけにはいきませんね」少女に向かって両手を伸ばし、

「降りておいで、お嬢ちゃん」

少女は笑顔になって、枝から騎士の手の中に滑り降りた。その身体はとても軽く、髪は木と草の香りがした。スパーホークの首にしっかりと腕を回した少女は、甲冑のにおいに気づいて鼻に皺《しわ》を寄せた。

地面に降ろされた少女はすぐにセフレーニアのそばへ行き、小柄な女性の両手を取って口づけをした。スティリクム人に特有の、スパーホークには理解できない何かが、二人のあいだに通い合ったようだった。セフレーニアは少女を抱き上げ、小さな身体を引き寄せた。

「この子をどうしましょうか、スパーホーク」その声には妙に真剣な響きがあった。どうやら教母にとってはきわめて重要なことらしい。

「いっしょに連れていくしかないでしょう――せめて預けられる人が見つかるまでは。とにかく野営地に戻って、その子に合う服を探してみましょう」

「朝食もですね」

「お腹は空いているかい、フルート」スパーホークは少女に訊いてみた。

少女がにっこり笑ってうなずく。

「どうしてそう呼んだのです」セフレーニアが尋ねた。

「呼び名がないと困るでしょう。とりあえず本当の名前がわかるまでですよ。名前があ

「るのかどうか知りませんが。火のそばに戻って暖を取りませんか」スパーホークは踵を返し、牧草地を横切って野営地に向かった。

地元民と出会わないよう慎重に気を配りながら、一行はディエロスの街の近くで国境を越え、アーシウムの領内に入った。人通りの多い街道からはじゅうぶんに距離を取りつつ、街道に並行して東へ進む。アーシウム王国の田園地帯は、エレニアの田園地帯とはまるで趣が違っていた。北の隣国エレニアと違い、アーシウムはいわば〝壁の国〟だった。あるいは街道に沿って、あるいは牧草地の広がりを横切って、どういう役に立つのかよくわからない壁が連なっているのだ。壁はどこも厚くて高さがあり、騎士団を率いるスパーホークは再三にわたって遠まわりを強いられた。二十四世紀に生きたある大司教の言葉を、スパーホークは皮肉な気持ちで思い出した。カレロスからラリウムへの旅を終えた大司教は、アーシウムを評して〝神の石庭〟と呼んだのだ。

翌日、一行は冬枯れた白樺《しらかば》の広大な森に入っていった。冷たい森の奥へと進んでいくと、煙のにおいが漂ってきた。やがて立ち並ぶ白い幹のあいだに黒い煙が渦を巻きはじめた。スパーホークは隊列を止め、一騎だけで偵察に出かけた。

一マイルほども進んだろうか、そのうちに粗雑な造りのスティリクム人の住居が見えてきた。どの家も炎に包まれ、あたりの地面にはいくつもの死体が散らばっている。スパーホークは思わず呪いの言葉を吐き、若い黒馬の馬首をめぐらせると、仲間のところへ駆け戻った。

「どうしたのです」スパーホークの険しい表情を見て、セフレーニアが尋ねた。「あの煙は何です」

「この先にスティリクム人の村がありました」騎士が暗い声で答える。「この煙は、つまりそういうことです」

「ああ」セフレーニアは嘆息した。

「その子とここにいてください。埋葬を済ませてきますから」

「いいえ、スパーホーク。こうしたこともまた、この子が受け継ぐべき伝統の一つなのです。スティリクム人ならばそういうものだと承知しています。それに生き残った人たちを助けられるかもしれません――生き残りがいるとすればですが」

「お好きになさい」スパーホークは短く答え、巨大な怒りが高まるのを感じながら、身振りで部隊に前進を命じた。

不運なスティリクム人たちが身を守ろうとした形跡はあちこちに残っていた。しかし結局は、雑多な武器を手にして押し寄せてきた者たちに圧倒されてしまったのだ。スパーホークは部下に仕事を割り当てた。ある者には墓掘りを、ある者には消火作業を。

踏み荒らされた村を前にして、セフレーニアは死人のような顔色をしていた。

「女性の遺体はわずかですね。残りは森に逃げこんだのだと思います」

「戻るように説得できるかどうか、やってみてください」スパークホークはそう言って、あたりもはばからず泣きながら墓穴を掘っているサー・パラシムに目をやった。この若い騎士の感情には、その作業は明らかにふさわしくないようだ。「パラシム、セフレーニアに同行しろ」

「はい、閣下」パラシムはすすり泣きながらシャベルをおろした。

やがて死者はことごとく大地に還され、スパークホークはその墓に短くエレネ人の祈禱《きとう》を捧《ささ》げた。スティリクム人に対してふさわしい行為ではなかったかもしれないが、ほかにどうすればいいのかわからなかったのだ。

一時間ほどして、セフレーニアとパラシムが戻ってきた。

「どうでした」スパークホークが尋ねた。

「見つけることは見つけましたが、森から出てこようとはしませんね」

「無理もない。せめて寒さをしのげるように、二、三軒だけでも修理できないか見てみましょう」

「時間の無駄ですよ、スパークホーク。あの人たちはもう戻ってきません。これもまたスティリクム人の信仰の一部です」

「犯人のエレネ人たちがどっちへ行ったか、手掛かりだけでもありませんかね」

「それを聞いてどうするつもりです、スパークホーク」

「厳罰に処します。これもまたエレネ人の信仰の一部です」

「いけません。そんなことを考えているのなら、どちらへ行ったか教えるわけにはいきません」

「これを見過ごしにするつもりはありませんよ、セフレーニア。教えるも教えないも、それはあなたの自由です。どっちへ行ったかくらい、必要とあれば自力で探り出せます」

セフレーニアは困ったようにスパーホークを見つめていたが、ふとその目つきが抜け目ないものになった。

「取引をしませんか、スパーホーク」

「聞きましょう」

「あなたが誰も殺さないと誓うのなら、どちらへ行ったか教えてあげましょう」

「わかりました」まだ怒りに顔を黒ずませたまま、スパーホークはしぶしぶ同意した。

「それで、どっちへ行ったんです」

「まだです。あなたはわたしとこの場に残ること。あなたは時としてやりすぎることがありますからね。誰か別の人を行かせなさい」

スパーホークは教母を見つめ、振り向いてどなった。「ラークス！」

「いけません。ラークスではあなたと同じことです」

「じゃあ、誰がいいんです」

「パラシムなら」

「パラシム？」

「あれは優しい人ですから、誰も殺してはいけないと命じておけば、間違いは犯さないでしょう」

「いいでしょう」スパーホークは食いしばった歯のあいだから声を押し出し、悲嘆に暮れて立ちつくしている若い騎士に声をかけた。

「パラシム、一分隊を連れて、こんなことをした獣《けだもの》どもを追いかけろ。誰も殺すな。ただ、ばかなことを考えつくんじゃなかったと、徹底的に後悔させてやれ」

「了解しました」パラシムの目に鋼のような光がきらめいた。セフレーニアに方角を教わると、パラシムは仲間の騎士たちが集まっているところへ急いだ。途中で足を止め、棘《とげ》だらけの灌木《かんぼく》を一本引き抜く。籠手《こて》をつけた手でそれを握ると、若い騎士は罪もない白樺の木を激しく打ち据えた。大きな白い樹皮があたりに飛び散った。

「何ということを」セフレーニアがつぶやく。

「あいつならうまくやるでしょう」スパーホークは陰気な笑い声を上げた。「あの若者には期待しているし、その良識には大いに信頼を置いています」

そこから少し離れて、散在する墓の前にフルートが立っていた。静かに吹き鳴らしている笛の音は、限りない哀感に満ちていた。

天候が寒冷で不快なのはその後も変わらなかったが、雪は大して降らなかった。一週間にわたって着実に旅を続けた一行は、ダッラの西六リーグから八リーグばかりのところにある、廃墟《はいきょ》となった古城にたどり着いた。そこではカルテンとパンディオン騎士団の本隊が待っていた。

「迷子になったかと思ったぜ」金髪の大男が進み出て声をかけ、スパーホークの鞍の前に座っているフルートをもの珍しそうに見やった。少女は裸足のままのそろえた両足を馬の首の片側に突き出し、騎士のマントにくるまっていた。「今さら家族を持つなんて、ちょっと遅すぎないか」

「途中で見つけたんだ」スパーホークは少女を抱き上げ、セフレーニアに渡した。

「靴ぐらいはかせてやったらどうだ」

「はかせたけど、すぐになくしてしまうんだ。ダッラの向こうに尼僧院があるから、そこに預けようと思ってる」スパーホークは目の前の丘の上にうずくまっている廃墟を見やった。「中で休めるか」

「まあな。風くらいはしのげる」

「じゃあ中に入ろう。クリクはファランと甲冑を持ってきてくれたろうな」

カルテンがうなずく。

「よかった。この馬はどうも言うことをきかないし、ヴァニオンの古い甲冑は小さくて、身体じゅう擦り傷だらけだよ」

廃墟の中へ馬を進めると、クリクと若い見習い騎士のベリットが待っていた。

「ずいぶんかかりましたね」クリクがぶっきらぼうに言う。

「長旅だったんだぜ、クリク」スパーホークはやや言い訳がましく答えた。「それに荷車は足が遅いんだ」

「置いてくればよかったんですよ」

「食料と予備の装具を積んできたんだぞ」

クリクは不満そうな声を漏らした。

「とにかく中に入りましょう。向こうの物見やぐらの跡に火を熾《おこ》しておきました」フルートを腕に抱いているセフレーニアを不思議そうに見る。「教母様」クリクはうやうやしく挨拶《あいさつ》した。

「クリク」セフレーニアも温かく声をかける。「アスレイドと子供たちは元気ですか」

「おかげさまで、セフレーニア。元気すぎるくらいです」

「それはよかった」

「カルテンからごいっしょだと聞いていたので、お茶が淹《い》れられるように湯を沸かしておきました」セフレーニアの頬に顔をすり寄せているフルートに目をやる。「隠し事をしていらしたのですか」

セフレーニアの口から笑い声があふれだした。

「それがスティリクムの得意技ですからね、クリク」

「どうぞみなさん、中で暖まってください」ベリットに馬の世話を任せると、クリクは残骸の散乱する廃墟の中庭を先に立って歩きはじめた。

「あいつを連れてきたのはどんなものかな」スパーホークは親指で肩越しに見習い騎士を指差した。「全面攻撃に参加させるには、ちょっと若すぎる」

「あいつなら大丈夫ですよ」クリクが答える。「デモスにいるあいだ、何度か練習場に引っ張り出していくらか教えてやったんです。よくついてくるし、覚えも早い」

「いいだろう。でも戦闘が始まったら、そばについててやってくれ。怪我をさせたくない」

「あなたに怪我をさせたことなんかありますか」

スパーホークは小さく笑ってみせた。

「記憶にある限り、そういうことはなかったよ」

その夜は廃墟に泊まって、翌朝は早く出発した。合流して戦力も五百騎を超えた一行は、なおも怪しげな雲行きの空の下を南へ向かいつづけた。ダッラを過ぎたところで、黄色い砂岩の壁に赤い瓦《かわら》屋根を乗せた尼僧院に立ち寄った。スパーホークとセフレーニアは街道をそれ、冬枯れた牧草地を横切って建物に近づいた。

「この子の名前は何というのでしょう」黒いローブ姿の僧院長が尋ねた。僧院長との面会が許されたのは、小さな火桶《ひおけ》が一つ置かれただけのひどく質素な部屋だった。

「なにもしゃべらないのです、マザー」スパーホークが答えた。「いつもその笛を吹いているので、わたしたちは〝フルート〟と呼んでいます」

「あまり体裁のいい名前ではありませんね」

「この子は気にしません、僧院長様」とセフレーニア。

「両親を探す努力はしたのですか」

「見つけた時、近くには誰もいませんでした」スパーホークが説明する。

院長は困ったような顔でセフレーニアを見た。

「この子はスティリクム人です。同じ信仰を持つ一族の手に委ねたほうがいいのではありませんか」

「わたしたちには火急の使命があります」セフレーニアが答える。「姿を隠しているスティリクム人を見つけ出すのは、並み大抵のことではありません」

「もちろんおわかりでしょうが、この子をここに置いていくとすると、エレネ人の信仰を持つように育てることになりますよ」

セフレーニアは微笑んだ。

「そうしよう、となさることはわかっています、僧院長様。もっとも、この子が改宗に応じないことはすぐにおわかりになるでしょう。行きましょうか、スパーホーク」

二人は隊列に戻って、よく晴れた空の下をさらに南へ向かった。最初は軽快な速足《トロット》だったものが、やがて轟然《ごうぜん》たる疾駆《ギャロップ》に変わる。ちょっとした丘にさしかかったところで、スパーホークは驚いてファランの手綱を引き、行き足を止めさせた。白い岩の上に足を組んで座り、笛を吹いているフルートの姿があったのだ。

「いつのまに――」言いかけて口をつぐむ。「セフレーニア」と声をかけると、白いローブを着た教母はすでに馬を下りていた。スティリクム語の奇妙な方言でそっと話しかけながら、ゆっくりと少女に近づいていく。

フルートは笛をおろすと、スパーホークに悪戯《いたずら》っぽく微笑みかけた。セフレーニアは笑って、少女を腕に抱き上げた。

「どうやって先回りしたんだ」とカルテン。

「知るものか。とにかく連れて戻ろう」

「いけません、スパーホーク」セフレーニアが断固とした口調で言った。「この子はいっしょに行きたがっています」

「だめです」スパーホークはにべもなく答えた。「こんな小さな女の子を戦場に連れてはいけません」

「あなたが心配するには及びません。面倒はわたしが見ます」セフレーニアは腕の中におさまっている少女に笑いかけた。「わが子のように世話をしましょう」フルートの艶やかな黒髪に頰を寄せ、「ある意味では、そのとおりなのですから」

「お好きなように」スパーホークは諦《あきら》めて、ファランの馬首をめぐらそうとした。その瞬間、すさまじい憎悪の混じった冷気が叩きつけてきた。「セフレーニア！」思わず声が上がっていた。

「わかっています！」教母は少女を抱き寄せた。「この子に向けられています」

フルートが身じろぎして、セフレーニアは驚いたように少女を下におろした。強張《こわば》った少女の顔には、怒りや恐怖ではなく不愉快さがにじんでいた。笛を唇に当て、吹きはじめる。前に吹いていた軽やかな短調のメロディーではない。もっと厳しく、不吉な感じのする曲だった。

どこか遠くのほうで驚きと苦痛の声が上がり、すぐに聞こえなくなった。声を上げた何者かは、あっという間に逃げ去ったようだった。

「今のは何です」カルテンが尋ねた。

「敵意ある精霊ですよ」セフレーニアが静かに答える。

「そいつはどうして逃げ出したんです」

「この子の笛のせいです。どうやら自分の身の守り方を教わっているようですね」

「何がどうなってるのかわかるか」カルテンがスパーホークに尋ねた。

「おまえと同じ程度だよ。とにかく先を急ごう。強行軍で進んでもまだ二、三日はかかりそうだからな」

ドレゴス王の叔父に当たるラドゥン伯爵の城は、高い岩山の頂きに建てられていた。この国の城の多くがそうであるように、この城も頑丈な城壁に囲まれている。すっかり晴れわたった空の下、照りつける真昼の陽射しを浴びながら、スパーホークとカルテンとセフレーニア、それに教母の鞍の前に座ったフルートの四人は、黄色い牧草地を横切って山岳の城塞へと近づいていった。


四人は何も問われることなく入城を許されて中庭へ進み、そこで肩幅の広い、白髪混じりの、ずんぐりした伯爵に出迎えられた。伯爵は黒で縁取りした暗緑色の胴衣《ダブレット》を着用しており、その首まわりには糊《のり》のよくきいた白い襞襟《ひだえり》が広がっていた。エレニアではもう何十年も前に時代遅れとなったファッションだ。

「教会騎士のご来駕《らいが》の栄に浴するとは、当家にとっても望外の幸せです」自己紹介が終わると、伯爵は礼儀正しくそう述べた。


スパーホークはファランの背から飛び降りた。

「伯爵閣下の手厚いおもてなしのことはかねがね承っております。しかし今回の訪問は、まったくの社交的なものではありません。どこか内密に話のできる部屋はありますか。急いでお話ししたいことがあるのです」

「もちろん」伯爵が答えた。「では、よろしければみなさん、ごいっしょにこちらへ」

一行は伯爵のあとから城館の大きな扉をくぐり、蠟燭《ろうそく》を灯《とも》し藺草《いぐさ》を敷き詰めた通廊を進んでいった。通廊の突き当たりで伯爵は真鍮《しんちゅう》の鍵を取り出し、ドアを開いた。

「ここは個人的な書斎でな。この蔵書が自慢なのだ。二ダース近くある」

「大したものです」セフレーニアが小さくつぶやく。

「よかったらご覧になりますか、マダム」

「そのご婦人は本を読まないのです」スパーホークが説明した。「秘儀に通じたスティリクム人で、文字を読むとその能力に差し障りが出ると考えているのです」

「魔女だというのか」伯爵は小柄な女性を見つめた。「本当に？」

「ほかの呼び方をするのが普通ですけれど」セフレーニアは穏やかに答えた。

「おかけなさい」伯爵は大きなテーブルの前の椅子を指差した。テーブルは太い鉄格子のはまった窓から射しこむ、冬の陽射しの弱々しい日だまりの中にあった。「急いで話したいことというのは、いったい何かな」

スパーホークは兜《かぶと》と籠手をはずしてテーブルに置いた。

「シミュラの司教アニアスの名はお聞きおよびでしょうか」

伯爵は顔を強張らせた。

「知っている」

「では、アニアスにまつわる噂も」

「聞いている」

「けっこう。実はまったくの偶然から、サー・カルテンとわたしは司教の悪だくみを知るに至りました。幸い、向こうはまだ計画が洩《も》れたことに気づいておりません。伯爵はいつものように簡単に、教会騎士を城内へ通されるのですか」

「もちろんだ。わしは教会を崇拝し、その騎士に対しても敬意を抱いている」

「この二、三日中、遅くても一週間以内に、黒い甲冑に身を包んでパンディオン騎士団の旗を持ったかなりの数の集団が、こちらの城門の前に現われます。その者たちを城内に入れないよう、強くご忠告いたします」

「しかし――」

スパーホークは片手を上げた。

「その者たちはパンディオン騎士ではありません。マーテルという名の裏切り者に指揮されている傭兵《ようへい》です。もし中に入れてしまったら、城内の人々はことごとく殺害されるでしょう。一人二人の聖職者は助かりますが、それはその者たちの口から、この蛮行を世間に知らしめるためです」

「何と恐ろしい！」伯爵はあえいだ。「シュミラの司教が、いったいなぜそれほどまでにこのわしを憎悪するというのだ」

「標的は伯爵ではないんですよ」カルテンが言った。「虐殺事件を仕立て上げて、パンディオン騎士団の信用を失墜させようとしてるんです。アニアスの狙《ねら》いは、聖議会を焚きつけて騎士団を解散させることです」

「すぐラリウムに使いを出そう」伯爵は腰を上げた。「二、三日のうちに、甥《おい》が援軍を送ってくれるだろう」

「それには及びませんよ、伯爵」とスパーホーク。「完全武装した五百人の騎士、本物のパンディオン騎士が、城の北側の森にひそんでいます。お許しいただければ百人ほど城内に入れて、こちらの守備隊を援護させましょう。傭兵どもが到着したら、何か理由をつけて、中には入れないようにしていただきたいのですが」

「それだと不審に思うのではないかな。わしは客人のもてなしがいいことで評判になっている。とりわけ教会騎士団に対しては」

「巻上機だな」カルテンが言った。

「何だって」

「城門の跳ね橋を操作する巻上機が故障してると言えばいいんですよ。修理が済むまでしばらく待ってくれとね」

「わしに嘘をつけと言うのか」伯爵が憮然《ぶぜん》として答える。

「その点なら大丈夫です」とカルテン。「巻上機はおれが壊しておいて差し上げますよ。それなら嘘をつくことにはならない」

伯爵はしばらくカルテンを見つめていたが、やがていきなり笑いだした。

「門の前に集まった傭兵どもは、城壁にさえぎられて機動する余地もないくらいでしょう。そこをわれわれが背後から衝《つ》きます」スパーホークが説明した。

カルテンがにやっと笑みを浮かべる。

「壁際に追いつめて、チーズみたいにすり潰《つぶ》してやりますよ」

「ではこちらも、胸壁からいろいろ面白いものを投げ落としてやろう」伯爵もにやにや笑っていた。「矢とか岩とか煮立てた松脂《まつやに》とか、そんなものをな」

「大勝利間違いなしですよ、伯爵」カルテンが言った。

「もちろんご婦人と女の子には、こちらに安全な宿泊所を手配しよう」

「いいえ、伯爵」セフレーニアが異を唱えた。「わたしはサー・スパーホークやサー・カルテンといっしょに潜伏場所に戻ります。スパーホークの話にあったマーテルという男は元パンディオン騎士で、誠実な人間には禁じられている秘儀を深く極めた者なのです。その者と対決するとなれば、わたしの力が必要になるでしょうから」

「しかしその子は――」

「この子はわたしといっしょにいます」断固とした口調で答えたセフレーニアはフルートに目をやり、少女がもの珍しそうに本を開いているのに気づいた。「いけません！」そう叫んだ声は、おそらくセフレーニア自身が意図したよりも強く響いたに違いない。教母は席を立ち、少女から本を取り上げた。

ため息をつくフルートに、セフレーニアが方言を使って短く何か言って聞かせた。何を言ったのかはスパーホークにもわからなかった。


マーテルの傭兵軍団がいつ現われるのかわからないので、その夜パンディオン騎士たちは火を焚くことができなかった。翌朝はよく晴れて気温は低く、夜明けに毛布の中から這《は》い出したスパーホークは、いささかうんざりした気持ちで自分の甲冑を見つめた。湿っぽく冷えきった甲冑が身体の熱で温まるまでには、少なくとも一時間はかかるのだ。今はまだとても着ける気にはなれない。スパーホークは剣を剣帯に吊って厚手のマントを肩に羽織り、まだ眠っている野営地を抜けて、部隊が潜んでいる森の中を流れる細い小川のところまで歩いていった。

小川のほとりに膝《ひざ》をつき、手で水をすくって飲む。それから勇気を奮い起こして、凍りつきそうに冷たい水で勢いよく顔を洗った。立ち上がってマントの端で顔を拭《ふ》き、小川をまたぎ越える。昇ったばかりの太陽が葉を落とした木々に黄金色の光を投げかけ、黒っぽい幹のあいだから射しこんだ陽光が、下生えの草の茎にビーズのように並んでいる朝露をきらきらと輝かせている。スパーホークは森の中を歩きつづけた。

半マイルほど行ったところで、木々のあいだにちょっとした草地が見えた。近づいてみると、重い蹄の音が聞こえてくる。一頭の馬が草地の中を普通駆足《キャンター》で駆けまわっているのだ。そのとき朝の大気の中にフルートの笛の音が聞こえた。

藪《やぶ》をかきわけて草地の端にたどり着くと、スパーホークは前方を透かし見た。葦毛《あしげ》を朝の太陽に輝かせて、ファランがキャンターでのんびりと草地を駆けまわっている。鞍も轡《くつわ》も着けずに、実に楽しそうだ。その背中にはフルートが顔を上にして寝そべり、笛を口に当てていた。少女は頭を馬の波打つ肩のあいだに置き、足を組み、小さな片足でファランの尻《しり》を叩いて調子を取っていた。

スパーホークは絶句した。草地の中に出ていって、大きな葦毛の行く手に立ちふさがり、両腕を大きく広げる。ファランは速度を落として歩きはじめ、主人の前で立ち止まった。

「いったいどういうつもりだ」スパーホークは馬を叱《しか》りつけた。

ファランが見下すような顔になって横を向く。

「どうかしちまったんじゃないのか」

ファランは鼻を鳴らし、フルートの吹きつづけている笛の音に合わせて尻尾を振った。

少女が草に汚れた足で何度か馬の尻を叩く。ファランは息巻いているスパーホークを器用によけると、フルートの吹く元気のいい曲に乗って駆けだした。スパーホークは悪態をついてそのあとを追いかけた。しかし数ヤード走っただけで無駄だと悟り、荒い息を吐きながら足を止めた。

「面白いとは思いませんか」セフレーニアが木々のあいだから現われ、草地の端に立っていた。白いローブが朝の陽射しに輝いている。

「止められませんか」とスパーホーク。「落馬して、怪我をしてしまう」

「いいえ、あの子は落ちません」その口調には教母が時として垣間《かいま》見《み》せる奇妙な態度が反映していた。エレネ人社会で何十年も暮らしているというのに、セフレーニアは今も骨の髄までスティリクム人だった。エレネ人にとって、スティリクム人はつねに謎《なぞ》めいた存在だ。しかしエレネ教会の騎士団とスティリクム人教師との何世紀にもわたる親密な協力関係のおかげで、教会騎士たちは秘儀の教師の言葉を無条件に受け入れることができるようになっていた。

「あなたがそう言うなら」スパーホークはそれでもまだ疑わしそうにファランを見やった。あの悍馬《かんば》が嘘のようにおとなしくしている。

「大丈夫ですよ、ディア。わたしにはわかっています」セフレーニアは安心させるように、そっと騎士の腕に手を置いた。黄金色の朝日の中で露に濡れた草地を楽しげに駆けまわる、大きな馬と小さな乗り手に目をやる。「もうしばらく遊ばせておいてやりましょう」

午前中なかばになって、城の南にある眺望のきく場所から、サリニウムに続く街道をクリクと二人で見張っていたカルテンが戻ってきた。

「まだだな」甲冑を鳴らして馬から下りたカルテンが言った。「街道を避けて、原野を突っ切ってくるってことはないだろうな」

「それはまずない」スパーホークが答えた。「マーテルは目立ちたがっているわけだからな。たくさんの目撃者を作っておきたいはずだ」

「なるほど、そいつは思いつかなかった。ダッラ方面の街道にも人を出してるのか」

スパーホークはうなずいた。「ラークスとベリットに見張らせている」

「ベリット？」カルテンが驚きの声を上げた。「あの見習いか。若すぎやしないか」

「大丈夫だ。しっかりしているし、勘もいい。いざとなればラークスもついている」

「まあな。伯爵が差し入れてくれたローストビーフ、まだ残ってるか」

「勝手にやってくれ。もう冷めてるがね」

カルテンは肩をすくめた。「ないよりはましだ」

待つこと以外は何もできないままに、一日がゆっくりと過ぎていった。夕方になると、スパーホークは落ち着きなく、野営地の中をいらいらと歩きまわっていた。たまりかねたセフレーニアがフルートといっしょに使っている粗末な天幕から出てきて、黒い甲冑の騎士の前に、両手を腰に当てて立ちはだかった。

「やめてもらえませんか」

「何をです」

「歩きまわるのをです。がちゃがちゃと音がして、耳障りです」

「すいません。野営地の向こう側でがちゃがちゃ歩きまわることにしますよ」

「どうして落ち着いて座っていられないのです」

「神経のせいですね」

「神経？　あなたに？」

「わたしだって不安になることはあるんです」

「だったら、どこか別の場所で不安になることです」

「そうしますよ、小さき母上」スパーホークは素直に答えた。

翌朝はまた寒くなった。クリクが静かに野営地に戻ってきたのは、夜が明ける直前のことだった。黒いマントにくるまって眠っている騎士たちのあいだを慎重に通り抜け、クリクはスパーホークが毛布を広げている場所に近づいた。

「起きてください」とスパーホークの肩に軽く触れて、「来ましたよ」

スパーホークは跳ね起きた。「人数は」と毛布を跳ねのけながら尋ねる。

「二百五十騎といったところでしょう」

スパーホークは立ち上がった。「カルテンはどうした」クリクの手を借りて、詰め物をした短衣《チュニック》の上から黒い甲冑を装着する。

「計画を変更して城を急襲しようと考えたりしていないか確かめると言って、隊列にもぐりこみました」

「何だって」

「心配いりませんよ。みんな黒い甲冑を身につけてるんです。わかりゃしません」

「これを結んでくれ」スパーホークは従士にまっ赤なリボンを手渡した。双方とも黒い甲冑を着けているので、このリボンで敵味方を区別しようというわけだ。

クリクは赤いリボンを受け取った。

「カルテンは青いのをつけてます。瞳の色によく似合ってましたよ」リボンをスパーホークの二の腕に結びつけると、クリクは何歩か退がってしみじみと騎士の姿を眺めた。

「すばらしい」と目を丸くして称讃《しょうさん》する。

スパーホークは笑いながら友人の肩を叩いた。

「子供たちを起こしに行こうか」そう言って、若者ばかりの野営地を見わたす。

「実は悪い知らせがあるんです」眠っている騎士たちを起こしながら、クリクがささやいた。

「何だ」

「敵の指揮官はマーテルじゃありません」

スパーホークの胸に熱い失望が湧き上がった。「誰だった」

「アダスです。口のまわりを血だらけにしてました。また生肉を食ってたんでしょう」

スパーホークは悪態をついた。

「こう考えてみちゃどうですか。アダスだけでもいなくなれば、世の中が少しはきれいになります。それに神だって、あいつとはいろいろ話したいことがあると思うんですよ」

「その手伝いくらいはしてやらないとな」

スパーホークの率いる騎士たちが助け合って甲冑を着けているところへカルテンが戻ってきて、馬も下りずに報告した。

「連中は城の南にある、例の丘の向こうで止まったよ」

「マーテルが紛れこんでる様子はなかったか」スパーホークが期待を込めて尋ねる。

カルテンは首を振った。「残念ながら」そう答えて鐙《あぶみ》の上に立ち上がり、剣の位置を直す。「このまま一気に攻めこまないか。寒くなってきた」

「ラドゥン伯爵を仲間はずれにしたら、がっかりするじゃないか」

「それもそうだな」

「傭兵部隊に何か変わった点はあったか」

「ごく普通だよ。レンドー人が半数近くを占めてるってのが、妙といえば妙かな」

「レンドー人？」

「あいつらは臭いからな」

セフレーニアがパラシムとフルートを連れて現われた。

「おはようございます、セフレーニア」スパーホークが挨拶する。

「何の騒ぎです」教母が尋ねた。

「連中が現われたんですよ。これから挨拶に行こうというわけです」

「マーテルですか」

「残念ながらアダスだけです。あとはその仲間ですね」左脇に抱えていた兜を持ちなおして、「マーテルが指揮しているのではないとなると、アダスはスティリクム語どころかエレネ語さえ怪しいようなやつですから、壁の蠅《はえ》を叩き落とす程度の魔法を使える者さえ、あの中にはいないと見ていいでしょう。わざわざ長旅をしていただいたのが無駄になりそうですね。どうぞ森の中に隠れて、危険を避けていてください。サー・パラシムを護衛に残しておきます」

若い騎士の顔に失望の色が広がった。

「いえ、スパーホーク」セフレーニアが答えた。「わたしに護衛はいりません。この戦いはサー・パラシムの初陣《ういじん》でしょう。せっかくの機会を取り上げるわけにはいきません」

パラシムの顔が感謝の念に輝いた。

クリクが森の中を抜けて、見張り場所から戻ってきた。

「日が昇ってきましたよ。アダスが丘の頂きを越えようとしてます」

「そろそろ騎乗しておいたほうがいいな」スパーホークが答えた。

パンディオン騎士たちは鞍にまたがり、慎重に森の中を抜け、伯爵の城を囲んでいる広い草地の端まで移動した。待つほどもなく黒い甲冑の傭兵たちが、黄金色の日の光を浴びて丘を下ってきた。

普段はうなり声とげっぷの音しか発さないアダスがラドゥン伯爵の城の門前に馬を進め、紙を持った手を前に伸ばして、それをたどたどしく読み上げはじめた。

「原稿がないとしゃべれないのか」カルテンが小声で言った。「入城の許可を求めるだけのことだろうに」

「マーテルがそんな危険を冒すものか」とスパーホーク。「アダスは自分の名前を覚えるのさえ一苦労なんだぞ」

アダスはなおも紙を読み上げていた。〝入城許可《アドミッシヨン》〟という言葉で何度かつっかえたのは、一音節以上ある長い言葉だったからだろう。
やがてラドゥン伯爵が胸壁の上に姿を見せ、跳ね橋を操作する巻上機が故障している
と申し訳なさそうに告げ、修理が済むまで待ってほしいと頼んだ。
アダスは考えこんでしまった。長々と考えつづけている。傭兵たちは馬を下り、城壁
のそばの草地をぶらつきはじめた。
「楽勝だな」カルテンがつぶやいた。
「絶対に一人も逃がすなよ」スパーホークが言った。「今日ここで本当に起きたことを
アニアスにご注進されたら、何もかもぶち壊しだ」
「どうもおれにはヴァニオンが慎重すぎるような気がするんだが」
「だからこそヴァニオンは騎士団長で、おれたちはただの騎士なのさ」
赤い旗が城壁の上に掲げられた。
「合図だ。ラドゥンの軍勢も準備が整ったようだ」スパーホークは兜をかぶり、手綱を
握って鐙の上に立ち上がり、しっかりとファランを抑えて大声で叫んだ。
「突撃！」

9

「だめか」カルテンが尋ねた。

「だめだ」スパーホークは深い悔悟の念を覚えつつ、サー・パラシムを地面に横たえた。

「逝《い》ってしまった」片手で若い騎士の髪を整え、虚《うつ》ろな目をそっと閉じさせてやる。

「アダスとぶつかるなんて、早すぎたな」とカルテン。

「あの獣《けだもの》は逃げきったのか」

「残念ながら。パラシムを斬り捨てたあと、十人ほどの生き残りと南へ逃走した」

「何人かやって、あとを追わせろ」ぐったりとなったサー・パラシムの手足をまっすぐにそろえてやりながら、スパーホークは厳しい声で言った。「必要とあらば、海まででも追い詰めるんだ」

「おれが行こうか」

「いや、おれたちはカレロスへ行かなくちゃならん。ベリット！」スパーホークは見習い騎士に声をかけた。

ベリットが小走りに近づいてきた。着ている古い鎖帷子《くさりかたびら》は血まみれで、面頬《めんぼお》のない、歩兵用のへこんだ兜《かぶと》をかぶっている。手には恐ろしげな、柄の長い戦斧《バトルアックス》を握っていた。

スパーホークは長身の若者の鎖帷子についている血に顔を寄せた。

「おまえの血か」

「いいえ、連中のです」ベリットはそう言って、戦場に散乱している傭兵の死体のほうを目で示した。

「よかった。馬で長旅する気はあるか」

「ご命令とあらば」

「なかなか礼儀正しいじゃないか」カルテンが口をはさむ。「でもなあベリット、あわてて引き受ける前に、行き先くらいは聞くもんだぞ」

「覚えておきます、サー・カルテン」

「ではいっしょに来い」とスパーホーク。「出発する前にラドゥン伯爵と話をしなくてはならん」ベリットにそう言ってからカルテンに向かって、「何人か集めてアダスを追撃させろ。徹底的に追い詰めるんだ。シミュラのアニアスに報告を送るような余裕は与えたくない。残りの者には、死んだ仲間を葬って、怪我人を手当するように言ってくれ」

「こっちはどうする」カルテンは城壁の前に山と積まれた傭兵たちの死体を指差した。

「火葬にしろ」

ラドゥン伯爵は城の中庭でスパーホークとベリットを迎えた。完全武装で、手には剣を握っている。

「パンディオン騎士団の評判は伊達《だて》ではなかったようだ」

「恐縮です、伯爵」とスパーホーク。「実は一つ――いえ、二つばかりお願いしたいことがあります」

「何なりと、サー・スパーホーク」

「カレロスの聖議会に、知り合いの方はおいでですか」

「何人かは。それにラリウムの大司教は、わたしの遠い親戚に当たる」

「それはよかった。旅に向かない季節だということは承知しておりますが、ちょっと付き合っていただきたいところがあるのです」

「構わんよ。どこへ行くのかね」

「カレロスです。もう一つのお願いというのは伯爵個人に関わることなのですが――その指輪を貸していただきたいのです」

「指輪を?」伯爵は片手を上げ、紋章の入った重い金の指輪を見つめた。

スパーホークはうなずいた。

「しかもまことに申しかねるのですが、かならずしもお返しすると約束はできないのです」

「どうも話の趣がよくわからんな」

「ここにいるベリットが指輪を持ってシミュラへ行き、大寺院での礼拝中に献金皿の中へ置いてきます。それを見たアニアス司教は、計画がまんまと成功し、伯爵とご家族はことごとく惨殺されたと考えるでしょう。そしてパンディオン騎士団の罪状を聖議会に訴えるため、カレロスへと駆けつけるはずです」

ラドゥン伯爵は大きな笑みを浮かべた。

「そこへ貴殿とわしが進み出て、その訴えが間違いであることを証明するわけか」

スパーホークもにやりと笑った。

「そのとおりです」

「司教はさぞや当惑することだろうな」伯爵は指輪を指から抜いた。

「それがこちらの狙いです」

「では、指輪はなくしてしまったということで」そう言って、伯爵は指輪をベリットに渡した。

「これでいい」スパーホークはベリットに向き直った。「シミュラまで馬を飛ばしすぎるんじゃないぞ。われわれがアニアスよりも先にカレロスに着けるように、時間をかけるんだ」何か考えるように目を細め、「朝の礼拝がいいな」

「はい？」

「指輪を置いてくるのは朝の礼拝がいい。アニアスにはカレロスへ出発する前に、いい気分で一日を過ごさせてやろう。大寺院へは目立たない服装をしていけよ。少しはお祈りもしてこい。それらしく見せかける必要があるからな。騎士館や、薔薇《ばら》街の宿屋には近づくな」サー・パラシムを失った痛みが新たに湧き上がってくるのを感じながら、スパーホークは見習い騎士を見つめた。「生命の危険がないという保証はどこにもない。だからわたしは、これをやれと命令することはできない」

「ご命令には及びません、サー・スパーホーク」

「頼んだぞ。では馬のところへ行くがいい。長い旅になるからな」

スパーホークとラドゥン伯爵が城を出たのは正午近かった。

「アニアス司教がカレロスに着くまで、どれくらいの時間があると思うね」伯爵が尋ねた。

「二週間はあるでしょう。まずベリットがシミュラに着いて、それから出発するわけですから」

そこへ馬に乗ったクリクが近づいてきた。

「準備が整いましたよ」

スパークホークはうなずいた。「セフレーニアにも声をかけてきてくれ」

「それはどんなものですかね、スパークホーク。カレロスでどういうことになるか、まだ何とも言えませんよ」

「じゃあおまえ、ここに残れとセフレーニアに言えるのか」

クリクはひるんだ顔になった。

「なるほど、そういうことですか」

「カルテンはどこだ」

「向こうの森のところです。何だか知らないが、盛大に焚火《たきび》をしてますよ」

「寒いんだろう」

冬の太陽が冷たい青空に輝く中を、スパークホークたち一行は出発した。

「しかしマダム、子供は城内にいればまったく安全だったのですぞ」ラドゥン伯爵はセフレーニアに食い下がっていた。

「この子は残りません、伯爵」セフレーニアが小さな声で答え、フルートの髪に頰を押し当てた。「わたしもこの子がそばにいてくれたほうが落ち着くのです」その声はどこか弱々しかった。顔色も悪く、ひどく疲れているようだ。教母の手にはサー・パラシムの剣が握られていた。

スパークホークはセフレーニアの白い馬の横にファランをつけた。

「大丈夫ですか」小さな声で尋ねる。

「あまりよくありません」

「どうしたんです」騎士は急に不安を感じた。

「パラシムはシミュラの玉座の間にいた十二人の騎士の一人だったのです」セフレーニアはため息をついた。「わたしは自分の負担に加えて、パラシムの分の重荷も引き受けることになったわけです」そう言って、教母は剣を示した。

「病気ではないんですね」

「ええ、そういったことではありません。増えた重荷に慣れるまで、少し時間がかかるというだけのことです」

「わたしに肩代わりはできませんか」

「できません、ディア」

スパーホークは大きく息を吸いこんだ。

「セフレーニア——今日パラシムの身に起きたことが、前に言っていたような、十二人の騎士を次々と訪れる運命だということなんですか」

「それは何とも言えませんね。若き神々と結んだ契約は、そこまではっきりしたものではありませんでした」虚ろな笑みを浮かべて、「もしこの月《ムーン》のうちに別の騎士が斃《たお》れれば、今回のことはただの偶然で、契約とは何も関係がなかったとわかるのですが」

「毎月一人ずつ斃れていくというんですか」

「月《ムーン》です」セフレーニアが訂正した。「二十八日ごとです。おそらくそうなるでしょう。若き神々はそういう点でとても几帳面《きちょうめん》ですから。でも、わたしのことなら心配はいりません。少し経てば元気になります」

伯爵の城からダッラに向かって六十リーグほど進んだ四日めの朝、一行は丘の上から、赤いタイルの屋根と、風のない空に青白い煙をまっすぐ立ちのぼらせている何百という数の煙突を見下ろしていた。丘の上では黒い甲冑を着けたパンディオン騎士が待っていた。

「サー・スパーホーク」騎士は面頬を上げ、そう声をかけた。

「サー・オルヴェン」傷痕《きずあと》のある顔を見分けて、スパーホークが答えた。

「ヴァニオン騎士団長から伝言がある。できる限り迅速に、まっすぐシミュラへ戻るようにとのことだ」

「シミュラへ？　なぜ予定が変わったんだ」

「ドレゴス王がおいでになった。サレシアのウォーガン王とデイラのオブラー王にも声をかけ、そろってシミュラへお運びとか。エラナ女王のご病状のことと、私生児リチアスが摂政の宮という地位に就くことの正当性を調査するのだそうだ。この調査で厄介なことになるのを避けるためにも、アニアスはこの機会に、評議会でわれわれの騎士団を糾弾する挙に出るのではないかとヴァニオンは考えている」

スパーホークは悪態をついた。

「ベリットはもうだいぶ先行しているはずだ。国王方はもうシミュラにお集まりなのか？」

オルヴェンはかぶりを振った。

「オブラー王はご高齢で、それほど旅路を急げない。ウォーガン王にしても、一週間はかけて酔いを醒《さ》まさないと、エムサットからの船出もままならんだろう」

「その点にすべてを賭けるわけにもいかんな。とにかく山野を突っ切ってまっすぐデモスに向かい、そこからシミュラに直行するしかあるまい。ヴァニオンはまだカレロスにいるのか」

「いや、シミュラへ帰る途中でデモスに立ち寄ったんだ。ドルマント大司教がごいっしょだった」

「ドルマントが？」カルテンが口をはさむ。「そいつは驚きだ。じゃあ教会は誰が動かしてるんだ」

「サー・カルテン」ラドゥン伯爵の厳しい声がした。「教会を統率しているのは、総大司教猊下《げいか》だ」

「これは失礼、伯爵」カルテンは素直に謝った。「アーシウム人が信仰に篤《あつ》いことはよく承知してます。でも正直な話、クラヴォナス総大司教は八十五歳の高齢で、ほとんどの時間を眠って過ごしていらっしゃる。ドルマントはおくびにも出しませんが、カレロスから発せられる決定の大部分はドルマントの裁定ですよ」

「とにかく先を急ごう」スパーホークが言った。

四日間の強行軍でデモスに着き、そこでパンディオン騎士本館に戻るサー・オルヴェンと別れると、一行はさらに三日をかけてシミュラの騎士館の門前に到着した。

「ヴァニオン卿の居場所はわかるかね」馬を預かりに中庭に出てきた見習い騎士にスパーホークが尋ねた。

「南塔の書斎にいらっしゃいます。ドルマント大司教とごいっしょのはずです」

スパーホークはうなずくと、先に立って館の中に入り、狭い階段を上っていった。

「ありがたい、間に合ったな」ヴァニオンが一行を出迎えた。

「ベリットは伯爵の指輪を持ってきましたか」スパーホークが尋ねる。

ヴァニオンはうなずいた。

「二日前だ。大寺院に人をやって、見張らせておいたのだ」軽く眉をひそめる。「こんな重大な任務を見習いに任せたのはどんなものかな、スパーホーク」

「ベリットはしっかりした若者ですよ。それにシミュラではあまり顔を知られていません。一人前の騎士だとそうはいきませんから」

「なるほど。まあ指揮官はきみなのだから、否やはないがね。アーシウムでの首尾は」

「傭兵軍団はアダスが指揮していて、マーテルの姿はありませんでした」カルテンが答えた。「それ以外はほぼ計画どおりです。アダスには逃げられましたが」

スパーホークは大きく息を吸いこんだ。

「パラシムを失いました」声が悲しげな調子になった。「申し訳ありません。戦闘から遠ざけようとはしたのですが」

いきなりの悲報に、ヴァニオンの目が暗くなった。

「わかります。わたしもあいつが好きでした」スパーホークは年長の男の肩にそっと手を置いた。と、ヴァニオンとセフレーニアがすばやく視線を交わし合った。セフレーニアが小さくうなずく。パラシムが十二人の騎士の一人であることをスパーホークは知っていると、騎士団長に伝えたかったのだろう。スパーホークは居ずまいを正し、ラドゥン伯爵とヴァニオンを引き合わせた。

「あなたは命の恩人だ、ヴァニオン卿」握手を交わしながらラドゥンが言った。「どうすればご恩返しができるだろうか」

「こうしてシミュラに来ていただいただけでじゅうぶんです、伯爵」

「国王方はもう甥《おい》のところにお集まりなのかな」

「オブラー王はお着きですが、ウォーガン王はまだ船の上です」ヴァニオンが答えた。

窓のそばには簡素な黒の法衣を着た、痩《や》せぎすの人物が座っていた。年齢は五十代後半くらいで、銀白色の髪をし、禁欲的な厳しい顔に鋭い目が光っている。スパークホークは部屋を横切り、その男の前にうやうやしくひざまずいた。

「猊下」騎士はデモスの大司教に挨拶《あいさつ》した。

「元気そうだな、サー・スパークホーク。また会えて嬉しいよ」それからスパークホークの肩越しに視線を投げ、「教会には通っているかね、クリク」

「ああ――はい、機会があればいつでも、猊下」クリクはそう答え、少し顔を赤らめた。

「それはいいことだ。神はいつもきみに会うのを楽しみにしていらっしゃる。アスレイドと子供たちは元気かね」

「元気です、猊下。お心遣いありがとうございます」

さっきからずっと大司教を見つめていたセフレーニアが口を開いた。

「きちんと食事をとっていないようですね、ドルマント」

「ときどき忘れてしまってね」そう言ってから悪戯《いたずら》っぽく微笑み、「起きているあいだは、異教徒を改宗させなければという思いで頭が一杯なのだよ。セフレーニア、そろそろ異教を捨てて、真実の信仰の道に入る気になったかね」

「まだですよ、ドルマント」教母も笑みを返す。「お気遣いには感謝しておきましょう」

大司教は笑った。

「早くこの問題が片付いてしまえば、何のわだかまりもなくいろいろと話し合えるのだがね」そこで室内の調度を観察して歩いているフルートに好奇の目を向け、「この美しいお嬢さんはどなたかな」

「拾い子なんです、猊下」スパーホークが答えた。「アーシウムの国境近くで見つけまして ね。口をきかないので、フルートと呼んでいます」

ドルマントは草に汚れた少女の足を見た。

「風呂に入れてやる時間もなかったのかね」

「入れないほうがいいのですよ、猊下」セフレーニアが答える。

大司教は戸惑った顔になり、またフルートに目を向けた。

「こっちにおいで」

フルートが用心深くドルマントに近づく。

「このわたしにも、やっぱり口をきいてはくれないのかね」

少女は笛を口に当て、尋ねるような短い音を奏でた。

「なるほど。それではフルート、わたしの祝福は受けてくれるかね」

少女はまっすぐに大司教を見て、首を横に振った。

「この子はスティリクム人ですからね、ドルマント」とセフレーニア。「エレネ人の祝福には何の意味もありません」

と、フルートが手を伸ばし、大司教の痩せた手を取って自分の心臓の上に押し当てた。

ドルマントは目を丸くして、困ったような顔になった。

「逆にフルートがあなたを祝福してくれるそうです。お受けになりますか」

ドルマントはまだ目を丸くしていた。

「そうすべきではないのだろうが、まあいいか。お受けしよう——喜んでね」

フルートは大司教に微笑みかけ、両の掌《てのひら》に口づけをした。それから爪先旋回《ピルエット》でその前を離れ、黒い髪をなびかせながら、笛で楽しそうな曲を奏でた。大司教は仰天していた。

「ウォーガン王がお見えになり次第、わたしも王宮に召喚されるだろう」ヴァニオンが言った。「面と向かってわたしをやっつけられる機会を、あのアニアスが見逃すとは思えない」そこでラドゥン伯爵に目を向け、「誰かに気づかれはしませんでしたか、伯爵」

ラドゥンはかぶりを振った。

「面頬を下げてたのでな、ヴァニオン卿。スパーホークの発案で、盾の紋章にも覆いをしておいた。わしがシミュラにいることを知っている者は一人もあるまい」

「けっこう」ヴァニオンは破顔した。「アニアスをびっくりさせる種を、明かしてしま

って は面白くないからな」

王宮に召喚されたのはその二日後だった。ヴァニオンとスパーホークとカルテンの三人は、騎士館内で慣習的に用いられている質素なローブをまとった。もっとも、その下には鎖帷子を着け、剣も帯びている。ドルマントとラドゥンはフードつきの黒い修道服を着こんだ。セフレーニアはいつもと同じ、白いローブ姿だ。教母はかなりの時間をかけてフルートに何事か言い聞かせ、どうにか少女に居残ることを納得させたようだった。クリクも腰に剣を吊るした。

「万一ということがありますからね」

そして一同は騎士館を出発した。

寒くてじめじめした日だった。空は鉛色に曇り、冷たい風がシミュラの街路を吹き抜ける。ヴァニオンを先頭にして、一行は王宮へ向かった。街路にはほとんど人影がない。こんな天気なので家にこもっているのか、騒ぎが起きるという噂でも流れているせいなのか、スパーホークにはわからなかった。

王宮の門の近くで、スパーホークは見覚えのある姿に目を止めた。ぼろのマントを身にまとった足の悪い物乞《ものご》いの少年が、松葉杖《づえ》にすがって路地から出てきたのだ。

「お恵みを、旦那さま、お恵みを」少年は悲痛な声で呼びかけてきた。

スパーホークはファランを止め、ローブの中に手を入れて硬貨を何枚か取り出した。

「話があるんだ、スパーホーク」ほかの者が声の届かないところまで行ってしまうと、少年がささやいた。

「後でな」スパーホークは馬上で身をかがめ、少年の鉢《はち》に硬貨を落とした。

「あんまり遅くならないように頼むよ」震えながらタレンが言う。「このまましゃ凍りついちまうよ」


王宮の門ではちょっとした悶着《もんちゃく》があった。門番がヴァニオン以外の者たちの入城を拒もうとしたのだ。しかしカルテンがローブの前を広げて意味ありげに剣の柄《つか》に手を置くと、問題はたちまち解決した。議論はぴたりとおさまり、一行は王宮の中庭まで進んで馬を下りた。

「いい気分だぜ」カルテンが陽気に言う。

「大した手間をかけずに幸せになれて、けっこうだな」とスパーホーク。

「おれは単純な男なんだよ。だから単純なことで喜べるのさ」

一行はまっすぐに、青いカーテンのかかった評議会室に向かった。部屋ではすでにアーシウムとデイラとサレシアの各国王が玉座を模した椅子に腰をおろしており、口を半開きにしたリチアスも同席していた。各国王の背後には礼装用の甲冑に身を包んだ男が一人ずつ立っている。それぞれの外衣《サーコート》には各騎士団の紋章が縫い取られていた。ドレゴス王のうしろに厳しい顔で立っているのは、アーシウムのシリニック騎士団長アブリエル。同じような姿勢で老王オブラーのうしろに控えているのは、デイラのアルシオン騎士団長ダレロン。サレシア国王ウォーガンのうしろには、体格のいいジェニディアン騎士団長コミエーが立っている。まだ時刻も早いというのに、ウォーガンはすでに酔眼朦朧《すいがんもうろう》としていた。大きな銀のカップを持った手がそれとわかるほど震えている。

　部屋の片側には王国評議員が居並んでいた。レンダ伯の顔は苦悩に満ちており、ハーパリン男爵はおつに澄ましている。

　紫色のサテンの法衣を着たアニアス司教は、入室してきたヴァニオンを見て、痩せ衰えた顔に勝ち誇ったような冷たい表情を浮かべた。だがパンディオン騎士団長に付き従う者の姿を認めたとたん、その目に怒りがきらめいた。

「誰の許可を得て側近を連れてきたのだ、ヴァニオン卿」アニアスが問いただした。

「召喚状には付き添いのことなど書かれていなかったはずだぞ」

「許可など必要ないはずですぞ、猊下」ヴァニオンが冷ややかに答える。「わたしの地位には、みずから決定する権限が与えられている」

「そのとおりだ」レンダ伯が口添えした。「騎士団長の地位は法と慣習によって保護されておる」

　アニアスは嫌悪に満ちた視線を老人に向けた。

「法令に精通された方からご助言いただき、頼もしい限りですな」皮肉っぽくそう言うと今度はセフレーニアに目を向け、「そのスティリクム人の魔女はどこかへ追い払いたまえ」

「いや、ここにいてもらう」

二人はしばらく睨《にら》み合っていたが、やがてアニアスのほうから目をそらした。

「いいだろう、ヴァニオン。これから国王方の前で明らかにされる大事に鑑《かんが》みて、異教の妖術師《ようじゅつし》に対する生理的な嫌悪は抑えておくことにしよう」

「ご親切に」セフレーニアがつぶやく。

「さっさと始めるがいい、アニアス」ドレゴス王が苛立《いらだ》たしげに声を上げた。「われわれがここに集まったのは、そもそもはエレニアの王位継承に生じた混乱を調査するためだったのだ。それを後回しにしなければならないほどの大事とは、いったい何なのだ」

アニアスが姿勢を正した。

「陛下に直接の関わりがある問題です。先週のこと、武装した軍団がアーシウム東部にある城を襲撃いたしました」

ドレゴス王の目に怒りが燃え上がった。

「なぜ余に報告がないのだ」

「お許し下さい、陛下」アニアスは謝罪した。「わたし自身、つい先ごろ知ったことなのです。前もって陛下にお話しするよりも、評議会のこの席でご報告したほうがよかろうと考えましたもので。アーシウム領内で起きた事件ではありますが、その影響は国境を越え、西方諸国全体に及ぶものだったからでございます」

「さっさと本題に入れ」ウォーガンがうめくように言った。「華やかな言葉は説教のときのために取っておくのだな」

「お望みのままに、陛下」アニアスは一礼した。「この犯罪行為には目撃者がおりました。わたしからお話しするよりも、目撃者の証言を直接お聞きになったほうがよろしかろうと存じます」そう言って振り返り、評議会室の両側の壁際に整列している赤い制服の教会兵の一人に身振りで合図を送る。兵士は横手のドアに歩み寄ると、落ち着かない様子の男を招じ入れた。ヴァニオンの顔を見て、男はみるみる青ざめた。

「心配はいらんぞ、テッセラ」アニアスが男に言った。「真実を語る限り、おまえに害が及ぶことはない」

「はい、猊下」男はそわそわと小声で答えた。

「この者はテッセラと申します」アニアスが男を紹介した。「この街の商人で、アーシウムから戻ったばかりです。テッセラ、おまえの見たことをお話しするのだ」

「その、猊下、さっきお話ししたとおりでして。商用でサリニウムへ参りました帰り、嵐に遭ってラドゥン伯爵のお城に避難させていただいたんでございます。伯爵はご親切にお城に入れてくださいました」人によっては丸暗記した台詞をしゃべるときに歌を歌うような調子になる者がいる。テッセラの口調がまさにそれだった。「嵐もどうにかおさまったので出発の準備をしようと、伯爵の厩《うまや》に馬の様子を見にいったときでございました。中庭に大勢の人が入ってくる音がしましたので、何事かと厩の戸口から外を覗《のぞ》いてみたんでございます。中庭にはかなりの数のパンディオン騎士が集まっておりました」

「確かにパンディオン騎士だったのかね」アニアスが確認する。

「はい、猊下。黒い甲冑を着て、パンディオン騎士団の旗を持っておりました。ラドゥン伯爵は教会と騎士団を深く尊敬していることで有名なお方でございます。ですから騎士たちはすんなり中へ通されました。ところが城内に入ったとたん、そいつらは剣を抜いて、目につく人間を片っ端から殺しはじめたんでございます」

「叔父上は!」ドレゴス王が叫んだ。

「もちろん伯爵は応戦しようとなさいました。でもたちまち武器を取り上げられてしまい、中庭のまん中で杭に縛りつけられてしまわれたのです。そいつらは城の中にいた者たちを皆殺しにして――」

「皆殺し?」ふいに険しい顔になったアニアスが口をはさんだ。

「そいつらは城の中にいた者たちを皆殺しにして――」テッセラは口ごもった。「ああ、この部分を忘れるところでした。そいつらは城の中にいた者たちを聖職者以外皆殺しにして、それから伯爵の奥様とお嬢様方を連れ出し、服を剝《は》いで裸にして、伯爵の目の前で暴行したのです」

アーシウム国王は嗚咽《おえつ》を洩《も》らした。

「叔母上と従姉妹《いとこ》たちを」泣き声になっている。

「しっかりするんだ、ドレゴス」ウォーガン王が片手をドレゴス王の肩に置いた。

「そいつらは伯爵家の女性方をことごとく、くり返し凌辱《りょうじょく》すると、今度は縛られている伯爵の前に一人ずつ引き出して、喉《のど》をかき切りました。伯爵は泣きながら何とか手を自由にしようとなさったのですが、縄を引きちぎることはできませんでした。パンディオン騎士にやめてくれと嘆願なさいましたが、やつらは笑いながら虐殺を続けました。とうとう奥様もお嬢様方も全員がみずからの血の中に倒れると、伯爵はなぜこんなことをするのかとお尋ねになりました。すると中の一人、たぶん指揮官らしい男が、パンディオン騎士団長ヴァニオン卿の命令だと答えたんでございます」

ドレゴス王が弾《はじ》かれたように立ち上がった。涙を隠そうともせず、剣の柄を手さぐりしている。その前にアニアスが進み出た。

「陛下、お怒りはごもっともです。しかしこの極悪非道のヴァニオンには、素早い死を与えることさえ慈悲が過ぎるというものでしょう。まずはこの正直な男の証言を最後まで聞こうではありませんか。テッセラ、話を続けなさい」

「もうあまりお話しすることはございません。女性をみんな殺してしまうと、パンディオン騎士たちは伯爵をなぶり殺しにして、その首を刎《は》ねました。それから聖職者たちを城外に追い出して、略奪を行ないました」

「ありがとう、テッセラ」アニアスはそう言うと、別の兵士に合図した。兵士はさっきと同じドアに歩み寄り、農民の服装をした男を招じ入れた。男はどこかうさんくさい顔つきで、がたがたと震えていた。

「名前を言いなさい」アニアスが命じた。

「ヴァールと申します、猊下。ラドゥン伯爵のご領地で正直に働く農奴です」

「それがなぜシミュラにいるのだね。農奴は許可なく領主の土地を離れることなどできないはずだが」

「伯爵様とご家族が殺されたあと、逃げてきたんでございます」

「何があったか話せるかね。現場を目撃したのか」

「直接には見ちゃいません。お城のそばの畑で野良仕事をしてたとき、黒い甲冑を着てパンディオン騎士団の旗を持った一団が、お城から出てくるのを見ただけでして。その中の一人は、槍《やり》の穂先に伯爵様の首を刺してました。身を隠してましたんで、通り過ぎるときの笑い声や話し声が聞こえたんでございます」

「どんな話をしていたかね」

「首を刺した槍を持ってる騎士が、〝この首級《トロフィー》はデモスに持って帰って、ちゃんと命令を果たしたことをヴァニオン卿に証明するんだ〟って言ってました。そいつらが行ってしまったあとでお城に駆けつけてみると、誰一人生き残ってませんでした。パンディオン騎士が引き返してくるんじゃないかと思って、恐くなって逃げ出したんです」

「どうしてシミュラへ来たのかな」

「事件のことを猊下にお知らせして、身を守ってもらおうと思ったんでございます。アーシウムにいたら、パンディオン騎士に探し出されて殺されるんじゃないかと、それが心配で」

「なぜこんなことをする」ドレゴスがヴァニオンに詰め寄った。「叔父上がパンディオン騎士団に何をしたというのだ」

ほかの王たちも咎《とが》めるような目をパンディオン騎士団長に向けている。

ドレゴスはリチアスのほうを振り向いた。

「この殺人者を鎖につないでいただこう！」

リチアスは君主らしく振る舞おうと空しく努力していた。

「それは理にかなった要求です、陛下」鼻にかかった声でそう言い、確認するようにアニアスにちらりと目をやる。「この邪悪なるヴァニオンを牢《ろう》につなぐよう命令――」

「いや、ちょっとお待ちください、皆様がた」レンダ伯が口をはさんだ。「法の定めによれば、ヴァニオン卿には申し開きをする権利がある」

「どんな申し開きができるというのだ」ドレゴスが吐き捨てるように言う。

スパーホークたちは評議会室の奥に控えていた。セフレーニアが小さく身振りしたのに気づいて、スパーホークは教母のほうに身を寄せた。

「誰かが魔法を使っていますね」セフレーニアがささやいた。「国王たちがあんな子供騙《だま》しの告発をすんなり受け入れてしまうのもそのせいです。呪文で話を信じやすくしているのです」

「対抗できますか」スパーホークがささやき返す。

「誰がやっているのかわかれば」

「アニアスですよ。シミュラに戻ってきたばかりのとき、わたしにも魔法をかけようとしたんです」

「聖職者が？」セフレーニアは驚いたようだった。「わかりました。あとはわたしにお任せなさい」教母は唇を動かしはじめ、両手を袖《そで》の中に引っこめて手の動きを隠した。

「さてヴァニオン、何か申し開きがあるかね」アニアスがせせら笑った。

「その者たちは明らかに嘘をついている」ヴァニオンは軽蔑《けいべつ》を込めて答えた。

「なぜ嘘をつかねばならんのかね」アニアスは部屋の正面に座った三人の国王に向き直った。「目撃者の話を聞いて、わたしはすぐに教会兵士の一隊を伯爵の城に派遣し、犯罪の事実を確認させる措置を取りました。その報告は来週中にも届きましょう。それまでのあいだ、さらなる残虐行為を未然に防ぐためにも、パンディオン騎士団は武装解除して、騎士たちの身柄は騎士館に拘禁するよう進言いたします」

オブラー王が灰色の長い髭《ひげ》を撫《な》でた。

「かかる状況下では、それも致し方なかろう」思慮深くそう言うと、王はアルシオン騎士団のダレロンを振り返った。「ダレロン卿、デイラに急使を送り、騎士を集めてエレニアに派遣するように申し伝えるがよい。パンディオン騎士団の武装解除と拘禁に際して、警務当局の助力をするようにとな」

「ご命令のままに、陛下」ダレロンはヴァニオンを睨みつけたまま答えた。

デイラの老国王はウォーガン王とジェニディアン騎士団とドレゴス王に目を向けた。

「シリニック騎士団とジェニディアン騎士団からも騎士を送られるがよろしかろう。無罪の者と有罪の者を選別し終えるまで、パンディオン騎士団は蟄居閉門《ちっきょへいもん》ということにいたしたいが」

「そのようにな、コミエー」とウォーガン王。

「そなたも騎士を送るのだ、アブリエル」ドレゴス王もシリニック騎士団長にそう命じ、憎悪の眼差しでヴァニオンを睨みつけると火を吐くように言った。「きさまの手下どもには大いに抵抗してもらいたいぞ」

「すばらしいお考えです」アニアスは一礼した。「さらにわたしとしては、伯爵殺害の事実が確認され次第、わたしとこの善良なる二人の目撃者とともに、カレロスへの旅にご同行いただけますようご提案申し上げます。これにより聖議会と総大司教猊下その人の前で事件の全容を報告し、パンディオン騎士団の解散を強く進言することができると思うのです。厳密に言うと騎士団は教会の組織ですから、最終的な判断は教会が下さなければなりません」

「そのとおりだ」ドレゴスが歯嚙《はが》みしながら言った。「パンディオン騎士団のような疫病は、永久に根絶せねばならん」

アニアスの唇に薄い笑みが浮かんだ。だが次の瞬間、司教はたじろぎ、死者のように青ざめた。セフレーニアが対抗呪文を放ったのだ。

まさにそのときドルマントが進み出て、修道服のフードをうしろにずらすと顔をあらわにした。

「一言よろしいですかな、みなさん」

「げ――猊下」アニアスは驚きのあまり口ごもった。「シミュラにおいでとは存じませんでした」

「わかっていますとも、アニアス。まさしくあなたが今しも正しく指摘したとおり、パンディオン騎士団は教会の組織です。高位にある聖職者として、わたしもこの審問に参加すべきだと思いましてね。ここまで陣頭指揮してくれたあなたの努力には称讃《しょうさん》を惜しみませんよ」

「ですが――」

「ご苦労でした、アニアス」ドルマントは司教を退け、三人の王とぽかんと口を開けているリチアスに向き直った。

「みなさん」大司教は背後で手を組み、深く考えこむように行きつ戻りつしはじめた。「これは深刻きわまる告発です。しかしながら、まずは告発者がどういう人物であるかを考えてみましょう。一人は称号も持たない商人であり、もう一人は逃亡した農奴です。その一方、告発を受けた側は教会騎士団の騎士団長であり、その名誉については疑問をさしはさむ余地すらありません。ヴァニオン卿のように徳の高い人物が、なぜこのような犯罪に手を染めようとするのか。実はわたしたちは、まだこの犯罪が現実に起きたものであるという確証を得ておりません。性急に結論を出すべきではないのです」

そこへアニアスが口をはさんだ。

「先ほども申しましたように、すでに教会兵の一隊をアーシウムに派遣し、その目で犯行現場を確認してくるよう命じてあります。またラドゥン伯爵の城にいてこの恐ろしい事件を目撃したという聖職者を見つけ、シミュラに連れ帰るようにとも言ってあります。これらの報告があれば、もはや疑う余地はなかろうと思われますが」

「それはそうです」ドルマントは同意した。「疑う余地はないでしょう。しかしその時間を少しばかり節約する方法があると思うのです。実はわたしも、ラドゥン伯爵の城で起きたことを目撃した人物を同行していましてね。その証言をこの場で検証してみようと思うのです」大司教はローブをまとってフードをかぶったラドゥン伯爵に目を向けた。伯爵は評議会室の奥に目立たないように立っている。「こちらにおいでいただけますかな、ブラザー」

アニアスは爪を噛んだ。握っていた主導権を横取りされた上に、予期せぬドルマント側の証人まで登場したことで、顔には悔しそうな表情がはっきりと浮かんでいた。

「身元を明かしていただけますかな、ブラザー」国王の居並ぶ前にいっしょに立った伯爵に向かい、ドルマントが穏やかに声をかける。

笑いを噛み殺したような表情で、ラドゥンはフードを押しのけた。

「叔父上!」ドレゴス王は驚きに息を呑んだ。

「叔父上?」ウォーガン王が声を上げて立ち上がり、ワインを床にこぼす。

「これはラドゥン伯爵――わたしの叔父です」ドレゴスはまだ目を丸くしたままだった。

「何とまた驚くべき回復力だな、ラドゥン」ウォーガンは大笑いした。「おめでとう。どうやって首を元どおりにしたのか教えてもらえんかね」

アニアスはまっ青になっていた。わが目が信じられずに、痺《しび》れたようにラドゥン伯爵を見つめている。

「そんなばかな――」と思わず口走りかけ、はっとわれに返る。一瞬逃げ道を探すかのようにあたりを見まわしたが、どうにか自分を取り戻したようだ。「みなさん、わたしは偽りの目撃者に騙されていました。どうぞお許しください」傍目《はため》にもそれとわかるほどの汗をかき、口ごもりながらそう言うと、アニアスはさっと振り返った。「その嘘つきどもをつかまえろ！」指差されたテッセラとヴァールは恐怖に縮こまり、赤い制服を着た数人の衛兵があわてて二人を部屋から連れ去った。

「アニアスのやつ、ずいぶんと変わり身が早いな」カルテンがスパーホークにささやいた。「あの二人が日没までに罪を悔いて首を吊るかどうか賭けないか。首を吊るのは、もちろん周囲の協力をたっぷりと得ての話だがね」

「おれは賭け事はしないんだ。そういう分の悪い賭けは、なおさらさ」

「あなたのお城で実際のところ何があったのか、お話し願えますかな」ドルマントがラドゥン伯爵を促した。

「単純なことなのですよ、猊下」伯爵が答える。「しばらく前にサー・スパーホークとサー・カルテンが城門の前に現われ、パンディオン騎士団の甲冑を着た一団が口実を使って城内に入りこみ、わたしと家族を皆殺しにしようと企《たくら》んでいると警告してくれたのです。二人は本物のパンディオン騎士をたくさん連れてきており、やがて偽者が現われると、サー・スパーホークは騎士を率いてそれを攻撃し、追い払ってくれたのです」

「それは運がよかった」オブラー王が感想を述べた。「そのサー・スパーホークという勇者はどの者かね」

スパーホークは前に進み出た。

「どのようにしてその陰謀を知るに至ったのじゃな」

「まったくの偶然でした。たまたまこのことを話し合っているのが耳に入り、すぐさまヴァニオン卿に報告したところ、カルテンとともに防御策を取るようにと命じられたのです」

ドレゴス王が席を立ち、壇を下りてきた。「御前に、陛下」

「そなたをすっかり誤解していた、ヴァニオン卿」と済まなさそうな口調で、「やましいことなど何もないそなたを、余は非難してしまった。許してもらえるだろうか」

「許すも許さないもございません、陛下」ヴァニオンが答える。「あの状況であれば、わたしも同じようにしたでしょう」

アーシウム国王はパンディオン騎士団長の手を取り、温かく握りしめた。

「それで、その陰謀を企てたのは何者だかわかったのかな」オブラー王がさらにスパーホークに問いかけた。

「顔は見えなかったのです、陛下」

「それはまことに残念じゃ」老王はため息をついた。「これはかなり広範な計画であったように思える。証言をしたあの二人にしても、やはり陰謀に荷担しておったのじゃろう。前もって決めておいた合図を受けて、よく練習した嘘を証言しに現われたのじゃろうな」

「わたしもそう考えていました」スパーホークが同意する。

「とはいえ、黒幕は誰なのか。実際には誰を狙ったものであったのかな。ラドゥン伯爵か。ドレゴス王か。あるいはヴァニオン卿か」

「それは知りようがないと思われます。ただ、先ほどの目撃者というのを追及すれば、糸を引いている人物がわかるかもしれません」

「大切な生き証人じゃな」オブラー王は厳しい顔をアニアス司教に向けた。「これは猊下の責任において、商人テッセラと農奴ヴァールを訊問《じんもん》できるよう手配すべきであろう。どちらか一人でも永久に口をつぐむようなことがあれば、われら全員の深く憂慮するところとなろう」

アニアスは顔を強張らせた。

「あの二人は厳重に警護させることといたします、陛下」ディラ国王にそう言うと、司教は兵士を一人手招きして小声で指示を与えた。兵士はかすかに青ざめ、あわてて部屋から出ていった。

そのときリチアスが声を張り上げた。

「サー・スパーホーク、おまえはデモスに戻って、許可があるまでそこを離れるなと命じられてたはずだろう。どうしておまえがこんな――」

「お黙りなさい、リチアス」アニアスがぴしゃりと言う。

リチアスのにきび面がゆっくりと赤くなった。

「あなたもヴァニオン卿に謝罪すべきだと思いますな、アニアス」ドルマントがここぞとばかり声をかけた。

アニアスは色を失い、ぎくしゃくとパンディオン騎士団長に向き直った。

「謝罪をお受けください、ヴァニオン卿。わたしも騙されていたのだ」

「もちろんですとも、司教殿」ヴァニオンが答えた。「へまをやらかすことは誰にでもありますよ」

「では、これでいちおう問題は決着ですかな」ドルマントは横目でちらりとアニアスを見やった。司教は見るからに相当の努力をして感情を抑えていた。「安心しなさい、アニアス。カレロスの聖議会にはできるだけの慈悲をもって報告します。あなたが完璧な間抜けには見えないように手を尽くしますよ」

アニアスが唇を噛む。

「ところでサー・スパーホーク、伯爵の城にやってきた者たちの正体はわかったのかな」オブラー王が尋ねた。

「一団を率いていたのはアダスという男でした。頭の悪い野蛮人で、パンディオン騎士団を裏切ったマーテルという男の手先を務めています。兵士の大部分は普通の傭兵で、残りはレンドー人でした」

「レンドー？」ドレゴス王が顔をしかめた。「わが国とレンドー国との間には、このところ緊張した状態が続いているのだ。しかしこの企みは、レンドー人が考えたにしてはいささか複雑すぎるようだな」

「あれこれ考えて時間を潰《つぶ》すこともあるまい」ウォーガン王はそう言って空《から》のワイン・カップを突き出し、従者に酒を注がせた。「あの商人と農奴を地下牢で一時間ほども拷問にかければ、首謀者について知っていることを話しはじめよう」

「教会としては、そうした方法は是認いたしかねますな」とドルマント。

ウォーガンは嘲《あざけ》るように鼻を鳴らした。

「カレロスの大聖堂の地下牢では、世界一腕のいい訊問係を雇っているともっぱらの評判だぞ」

「今ではやっておりません」

「あるいはな。だがこれは世俗の問題だ。教会の考え方に束縛される謂《いわ》れはないし、余としても猊下が祈りによってあの二人から答を引き出すのを待つつもりもない」

アニアスに叱《しか》りつけられて気分を害していたリチアスが、玉座を模した椅子の中で居ずまいを正した。

「この問題が友好的に解決されてよかった。ラドゥン伯爵の死に関する報告が事実無根と判明したのも、一同の喜びとするところだ。デモスの大司教もおっしゃるとおり、この審問はこれにて決着したと考えていいだろう。それともヴァニオン卿には、そのすばらしい叡智《えいち》により、この恐るべき陰謀の裏で糸を引いている人物について、さらなる光明を示していただけるのかな」

「いいえ、殿下。今のところそのような用意はございません」ヴァニオンが答える。

リチアスは威厳を示そうと空しく努力しながら、サレシアとデイラとアーシウムの国王たちのほうに顔を向けた。

「われわれの時間は限られています。それぞれに治めるべき国があり、判断すべき問題を抱えているのですから。ヴァニオン卿には事態の解明への協力を感謝して退出を許し、われわれは国事にかかるよう提案したいと思います」

王たちが同意してうなずく。

「ではヴァニオン卿は、友人ともども退出するがよい」リチアスがもったいぶって言った。

「ありがとうございます、殿下。お役に立てたこと、幸せに存じます」堅苦しく頭を下げてそう言うと、ヴァニオンは踵を返してドアへ向かった。

「お待ちを、ヴァニオン卿」痩せぎすのアルシオン騎士団長、ダレロンが声を上げ、前に進み出た。「このあとお話が国事にわたるということであれば、わたしとコミエー卿とアブリエル卿も退出しようと思います。国政に疎《うと》いわれわれのような者がいても、お役に立てそうにはありませんからな。むしろ今朝ここで明るみに出た問題こそ、騎士団のあいだで協議する必要がある。ふたたび同じような陰謀が企まれたとき、対抗できるようにしておかなくてはなりませんから」

「そのとおりだ」コミエーも同意する。

「よいところに気づいた、ダレロン」オブラー王も賛意を表した。「ふたたび油断することがあってはならん。協議の結果は余に報告するようにな」

「かしこまりました、陛下」

残る三騎士団の騎士団長は整然と壇を下り、ヴァニオン卿のあとに従って華美な謁見の間をあとにした。ドアを抜けて廊下に出てしまうと、巨漢のジェニディアン騎士団長コミエーが大きく相好《そうごう》を崩した。

「見事だったぞ、ヴァニオン」

「気に入っていただけて嬉しいね」ヴァニオンも笑い返す。

「今朝のわたしは頭がどうかしていたらしい」コミエーが告白するように言った。「あんな戯言《たわごと》を信じかけていたなんて、考えられるか」

「かならずしもあなたが悪いわけではありませんよ、コミエー卿」セフレーニアが言った。

コミエーがいぶかるように教母を見やる。

「もう少し、よく考えさせてください」セフレーニアはそう言って眉をひそめた。

巨漢のサレシア人はヴァニオンに視線を戻した。

「アニアスなんだろう」廊下を歩きながら指摘する。「あれはやつの陰謀だと読んだんだが」

ヴァニオンはうなずいた。

「エレニアにパンディオン騎士団がいるせいで、アニアスは何かと動きにくくなっている。ああやってわれわれを排除しようとしたのだ」

「エレニアの政治というのは、どうもときどき回りくどくなることがあるな。サレシアではもっと単純明快なんだが。シミュラの司教にはどの程度の力があるんだ」

ヴァニオンは肩をすくめた。

「王国評議会を牛耳っている。ある意味では、この国を支配していると言っていい」

「王位を狙っているのか」

「いや、それはないと思う。むしろ舞台裏からあれこれ操ろうとしているんだ。リチアスを仕込んで、王位に就けるつもりでいる」

「リチアスは私生児だろう」

ヴァニオンはまたうなずいた。

「私生児がどうして王になれるんだ。父親が誰かもわからないのに」

「その問題は回避できると思っているようだ。何しろスパーホークの父親が干渉するまで、実の妹と結婚することにまったく何の問題もないと、アルドレアス王に信じこませていたほどのお方だからな」

「おぞましい話だ」コミエーは身震いした。

「アニアスはカレロスの総大司教の地位に野心を抱いているという噂があるようですが」灰色の髪をしたシリニック騎士団長アブリエルが、ドルマント大司教に尋ねた。

「わたしも耳にしています」ドルマントが穏やかに答える。

「今回の不面目は大きなつまずきになるのではありませんか。聖議会としても、公の場で完全な阿呆《あほう》をさらしたような人物にいい顔をするとは思えませんが」

「わたしも同じことを考えました」

「報告書は詳細を極めたものになるのでしょうな」

「それがわたしの義務ですから、アブリエル卿」ドルマントは敬虔《けいけん》な態度で答えた。

「聖議会の一員として、いかなる事実も隠したりするわけにはいかないのですよ。あらゆる事実をことごとく、教会のお歴々の前に開陳しなければなりません」

「ほかにどうしようもありますまいな、猊下」

「とにかく話し合う必要があるな、ヴァニオン」アルシオン騎士団のダレロン騎士団長が真剣な声で言った。「今回の陰謀はきみとパンディオン騎士団を狙ったものだったが、これはすべての騎士団にとっての重大事だ。次はわれわれの番かもしれないのだから。どこか安心してこういう話のできるところはないか」

「うちの騎士館が街の東のはずれにある」とヴァニオン。「あそこの城壁の中までは、さすがのアニアスも間諜《スパイ》を送りこめずにいるはずだ」

王宮の門を出ると、スパーホークは思い出したことがあって馬の歩みをゆるめ、列の最後尾でクリクと並んだ。

「どうしました」クリクが尋ねる。

「少し遅れていくことにする。あの物乞いの少年に話があるんだ」

「それはいささか礼儀知らずってもんじゃありませんか。四騎士団の騎士団長が一堂に会するなんて、一生に一度あるかないかの出来事ですよ。しかもあなたにいろいろと質問があるはずだ」

「騎士館に到着する前には追いつけるさ」

「物乞いふぜいに何の話があるんです」クリクはかなり苛立っているようだ。

「仕事を頼んであるんだよ」スパーホークは不思議そうに友人の顔を見た。「何か心配事でもあるのか、クリク。雨雲みたいに曇った顔をして」

「別に」クリクは短く答えた。

タレンはまだ路地の二枚の壁のあいだにうずくまっていた。ぼろのマントを身体に巻きつけて震えている。

スパーホークは少年から数フィート離れたところで馬を下り、鞍の腹帯を確かめるそぶりで小さく声をかけた。

「話したいことって何だ」

「見張ってろって言ってた男のことさ。クレイガーっていったっけ。あいつ、あんたと同じころにシミュラから出ていって、一週間くらいで戻ってきたんだ。別の男を連れてた。髪の白いやつだよ。それほど歳じゃないみたいなのに髪だけ白くて、目立ってたな。で、二人してあの男の子が好きだっていう男爵の家に行ったんだ。何時間か中にいて、そのあとまた馬で街を出ていった。東門のところでそばに近づいて、門番と話してるのを聞いたんだけど、門番が行き先を尋ねたら、カモリアに行くって言ってたよ」

「よくやった」スパーホークは少年を誉《ほ》め、鉢の中にクラウン金貨を落としてやった。

「ちょろいもんさ」タレンは肩をすくめ、金貨を噛んで確かめてから短衣《チュニック》の中にしまいこんだ。「ありがと、スパーホーク」

「どうして薔薇街の宿の門番に知らせなかった」

「あそこは見張られてるからね。安全な方法を取ったのさ」タレンは大柄な騎士の肩越しに、従士に目を移した。「やあ、クリク。久しぶりだね」

「おまえたち、知り合いなのか」スパーホークは意外そうな顔をした。

クリクは赤くなって、決まり悪そうにしている。

「どのくらい前からの付き合いか知ったら、きっとびっくりするよ」タレンは悪戯っぽく微笑んでクリクを見た。

「もういい、タレン」クリクは鋭く言って、それから少し表情を和らげた。「お母さんはどうしてる」そう尋ねる声には、何かを懐かしむような奇妙な響きがあった。

「すごく元気だよ。おいらの稼ぎのほかにあんたからもときどき入るから、けっこう楽に暮らしてる」

「どうも話がよくわからないのだがね」スパーホークが控えめに口をはさむ。

「個人的な話なんです」クリクはそう言って、少年に向き直った。「こんな路上で何をしてるんだ」

「物乞いだよ。ほら」タレンは物乞い用の鉢を差し出した。「これはそのためにあるのさ。昔のよしみで、いくらか入れてよ」

「いい学校に入れてやったはずだろうが」

「うん、確かにすごくいい学校だった。いかにいい学校かって話を、校長が一日三回、食事のたびに聞かせてくれるんだ。食べてるものは校長と教師たちがローストビーフで、生徒はポリッジさ。おいらポリッジは好きじゃないんで、別の学校に移ったってわけ」大袈裟《おおげさ》な身振りで通りを示して、「ここが今の教室さ。気に入った？　おいらがここで学んだことは、修辞学とか哲学とか面倒くさい神学とかなんかより、ずっと役に立ってる。気をつけてさえいれば、自分でお金を稼いでローストビーフだろうと何だろうと買えるんだよ」

「ぶたれないとわからんらしいな」とクリク。

「何だよ、父さん」少年は目を見張った。「言うにこと欠いてお仕置きかい」そう言って笑いだし、「だったら、その前においらを捕まえなくちゃね。これは新しい学校で最初に学んだことなんだ。おいらの成績がどれだけいいか、よく見せてやるよ」少年は松葉杖と鉢を抱えると、通りを走り去っていった。確かに足の速さは大したものだ。

クリクは悪態をついた。

「父さん？」とスパーホーク。

「あなたには関係ない話だって言ったでしょう」

「おれたちの仲で、隠し事かい」

「どうしても白状させようっていうんですか」

「白状させる？　ただの好奇心だよ。こういう一面があるとは知らなかったからな」

「何年か前、分別に欠けることをしてしまったんですよ」

「そいつはなかなか上品な表現だ」

「小賢《こざか》しい感想なんかいりません」

「アスレイドは知ってるのか」

「もちろん知りませんよ。話せば不幸にするだけですからね。あれの気持ちを考えて黙っているんです。妻に対する夫の義務ってもんでしょう」

「よくわかったよ、クリク」スパーホークは安心させるように言った。「で、タレンの母親はそんなに美人だったのか」

クリクはため息をついた。顔つきが妙な具合になごんだ。

「十八歳の、春の朝のような娘でした。どうしようもなかったんですよ、スパーホーク。アスレイドのことは愛してます。でも……」

スパーホークは友人の肩に腕を回した。

「そういうこともあるさ。あまり自分を責めすぎないことだ。さあ、追いつけるかどうか試してみようぜ」背筋を伸ばしてそう言うと、スパーホークは鞍に飛び乗った。

第二部　カレロス

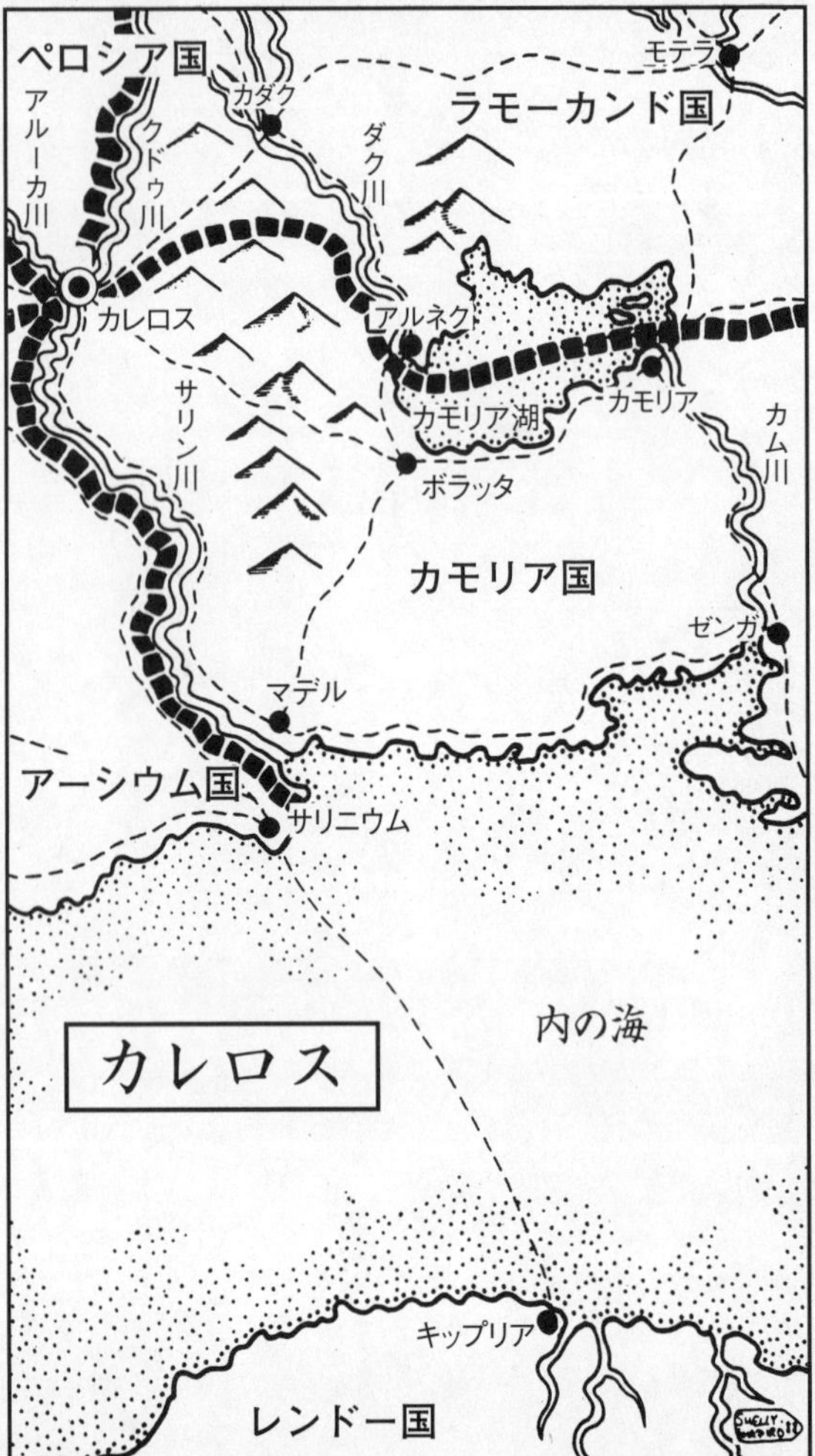
ペロシア国
アルーカ川
クドゥ川
カダク
ダク川
ラモーカンド国
モテラ
カレロス
アルネク
サリン川
カモリア湖
カモリア
カム川
ボラッタ
カモリア国
ゼンガ
マデル
アーシウム国
サリニウム
内の海
カレロス
キップリア
レンドー国

10

アーシウムのシリニック騎士団長であるアブリエル卿は、パンディオン騎士館の南塔にあるヴァニオンの書斎の緑のドレープをかけた窓の前に立って、シミュラの街を見下ろしていた。がっしりした体格の六十がらみの男で、髪はもう灰色になっている。皺《しわ》の多い顔にはユーモアのかけらもなく、両目は眼窩《がんか》の奥に深く引っこんでいた。剣と兜《かぶと》は館に入るときはずしていたが、それ以外の甲冑と白い外衣《サーコート》はまだ身につけたままだ。この場に集まった四人の騎士団長の中では最年長で、それゆえに一目置かれているところがあった。

「このエレニアで何が起きているのか、皆だいたいの見当はついているな」アブリエルはそう口火を切った。「だがもう少しはっきりさせたいこともある。少し質問させてもらって構わんかな、ヴァニオン」

「もちろんだ。誠心誠意お答えさせていただく」

「うむ。過去にいささかの行き違いはあったにせよ、当面それは棚上げにするとして」アブリエルの話し方はいかにもシリニック騎士らしい、堅苦しいほど慎重なものだった。「そのマーテルとかいう者のことをもう少し知っておきたい」

ヴァニオンは椅子に背を預け、悲しみのにじむ声で答えた。

「かつてパンディオンの騎士だった男だ。だが、騎士団からは追放するしかなかった」

「ずいぶんと簡単な紹介だな」そう言ったのはコミエーだった。ほかの者たちと違い、正式の甲冑ではなく鎖帷子《くさりかたびら》を身につけている。筋骨たくましい大男で、肩幅もあり、両手も大きかった。サレシア人の多くがそうであるように、このジェニディアン騎士団長も金髪で、太い眉が粗暴な印象を与えた。しゃべりながらも、しきりと目の前のテーブルに置いた大剣《ブロードソード》の柄《つか》をいじっている。「そのマーテルというのが問題を起こしそうだと言うなら、わかる限りのことを教えておいてもらいたいもんだな」

「マーテルはわたしの最高の生徒の一人でした」セフレーニアが静かに口を開いた。フードのついた白いローブを着て火の前に座り、手にはティーカップを持っている。「恐ろしいほど秘儀に通暁していました。思うに、それが道を踏みはずすきっかけになったのかもしれません」

「槍《やり》を持たせても強かった」カルテンの口調はうやうやしいほどだった。「練習場で、わたしはいつも馬から突き落とされていました。互角に渡り合えたのは、たぶんスパーホークくらいのものだったでしょう」

「道を踏みはずしたというのは、具体的には何があったのです」ダレロン卿がセフレーニアに尋ねた。ディラのアルシオン騎士団長は、四十代後半の瘦《や》せぎすの男だった。大型のディラの甲冑が、細身の身体には重すぎるように見える。

　セフレーニアは嘆息した。

「スティリクムの秘儀は多岐にわたっています。ありふれた呪文やまじないといった単純なものを、マーテルはたちまち覚えてしまったものでした。そしてその先には、奥深く危険な魔術の領域が広がっているのです。教会騎士団の方々に秘儀を指導するわたしたちは、決して生徒にそのような術を教えることはしません。騎士には用のない術でもあり、また中にはエレネ人の魂を危難にさらすような術もありますから」

　コミエーが笑い声を上げた。

「エレネ人の魂を危難にさらすものなら、ほかにもたくさんあるだろう。はじめてトロールの神々と接触したときにも、魂の危険を感じたものだ。そのマーテルとかいう男、手を出すべきではないものに手を出したということか」

　セフレーニアはもう一度ため息をついた。

「そうです。禁じられた秘儀を教えてくれと頼みにきたのです。すっかり思い詰めていました。そういう性格だったのです。むろんわたしは言下に断わりましたが、スティリクム人にも堕落する者はいます。パンディオン騎士さえ堕落することがあるように。マーテルは富裕な家の出で、たっぷりと報酬を支払う余裕がありました」

「その男を見つけたのは？」とダレロン。

「わたしです」スパーホークが答えた。「シミュラからデモスへ向かっていたときのことでした。アルドレアス王から追放を言い渡された直後です。デモスの手前に三リーグばかり森の続くところがあって、わたしはちょうど夕暮れ時にそこを通りかかりました。木々の向こうに妙な光が見えたので、馬を下りて様子を探りにいくと、マーテルがいたのです。何かぎらぎらと輝く存在《もの》を呼び出していました。輝きがあまりにも強くて、そのものの顔さえはっきりとはわかりませんでしたが」

「見たいと思うような顔ではなかったでしょう」セフレーニアが口をはさんだ。

「おそらくね。とにかくマーテルはそのものにスティリクム語で話しかけ、何事か命令していました」

「別におかしなところはあるまい」コミエーが意見を述べた。「われわれであっても、時に精霊や幽霊を呼び出すくらいのことはする」

「精霊くらいなら問題はないのですが、これはダモルクです」セフレーニアが説明を始めた。「かつてスティリクムの古き神々が奴隷として造り出したものです。異常なほどの力を持っていますが、魂はありません。神々はこれを想像もできない場所にある棲処《すみか》から召喚して、意のままに操るのです。しかし不死ならぬ人間がこれを扱うのは、まったくの愚行です。死すべき運命《さだめ》の人の子に、ダモルクを操ることはかないません。マーテルの行ないは、若き神々が厳しく禁じていることなのです」

「では、古き神々は？」

「古き神々には戒律などありません。気紛れと欲望があるばかりです」

「だが、マーテルはエレネ人だろう」ドルマントがはじめて声を上げた。「スティリクムの神々の禁令に従わねばならぬ謂《いわ》れはないと考えたのではないかな」

「スティリクムの秘儀を行なうからには、スティリクムの神々に従わなくてはならないのですよ、ドルマント」

「通常の武器のほかにスティリクムの魔術まで教会騎士団に与えたのは、間違いだったかもしれんな」ドルマントは考えこみながらつぶやいた。「触れるべきではなかったものを弄《もてあそ》んでいるような気がする」

「九百年以上も昔の決定ですぞ」アブリエルが議論の場に戻って言った。「それにもし教会騎士団が魔術を使えなかったとしたら、ゼモック人がラモーカンド平原の戦いを制していたかもしれない」

「あるいはな」とドルマント。

「話を続けてくれ、スパーホーク」コミエーが先を促した。

「もうあまり話すことはありません。ダモルクという名はあとでセフレーニアから聞くまで知りませんでしたが、禁じられた魔術だろうということは想像がつきました。しばらくするとその輝くものは消えてしまったので、わたしは進み出てマーテルに話しかけました。友人だったし、禁を破るべきではないと忠告しようと思ったのです。しかしマーテルは少しおかしくなっているようでした。わたしに向かって金切り声で、他人のすることに口を出すなとわめき立てたのです。そうなっては選択の余地などありません。わたしはデモスの騎士館に駆けこんで、ヴァニオンとセフレーニアに見たことを報告しました。セフレーニアは輝くものの正体を教えてくれ、それをこの世に解き放つことの危険性を説明してくれました。ヴァニオンは手勢を連れてマーテルを捕縛し、訊問のために騎士館まで連行するようにとわたしに命じました。われわれが近づくとマーテルは狂ったようになって、剣を抜きました。もともと優れた剣士でしたが、そのときは狂暴さも加わって、わたしはその日、二人の親しい友を亡くすことになりました。それでも最後には取り押さえ、鎖につないで騎士館に連行することができました」

「足首を鎖で縛って引きずってきたんだったな。スパーホークは怒らせると恐い」カルテンはそう言って友人に笑みを向けた。「あれじゃあマーテルの好意は期待できないぜ」

「好意を持ってもらおうとは思わん。やつはおれの親友を二人殺した。ヴァニオンの訊問が終わったあと、おれの挑戦を受けて立つ理由をたっぷりこしらえておいてやろうとしただけさ」

「とにかく」とヴァニオンが話を本筋に戻して、「マーテルがデモスに連行されてきたので、わたしが訊問を行なった。あの男、自分のしたことを否定しようともしなかった。禁断の秘儀には手を出すなと命じたのだが、拒否された。これでは騎士団から除名するしかあるまい。わたしは騎士の称号と甲冑を剝奪《はくだつ》して、マーテルを正門から外に追い出した」

「甘かったな」コミエーがうめいた。「わたしなら処刑させていたろう。それで、またしても禁断の秘儀を？」

ヴァニオンはうなずいた。

「うむ、だがセフレーニアがスティリクムの若き神々に請願して、マーテルの力のうちでもいちばん重要な部分を奪い取ってもらうことができた。マーテルはすすり泣きながら、われわれ全員への復讐《ふくしゅう》を誓っていたものだ。まだ危険な男には違いなかったが、もはや恐るべき存在を召喚することはできない。エレニアを去ったあとは、ここ十年あまりのあいだ、剣の腕を高い値で売って暮らしていたらしい」

「では、今ではただの殺し屋というわけなのか」ダレロンが尋ねた。痩せぎすのアルシオン騎士団長の細い顔には厳しい表情が浮かんでいる。

「ただの殺し屋とは言えないでしょう」とスパーホーク。「パンディオン騎士団の訓練を受けているのです。あんなことがなければたぶん最強の騎士になっていたはずだし、頭も切れる。しかも今ではイオシアじゅうの傭兵や殺し屋に顔がきく。一声かければ軍団を組織できるのですよ。それにあれは情け容赦のない男です。マーテルが今でも何か信じるものを持っているとは考えられませんから」

「外見はどんな感じだ」ダレロンが尋ねた。

「中肉中背というより少し大柄ですね」カルテンが答えた。「スパーホークやわたしと同じくらいの歳ですが、髪は白くなっています。二十代のころからそうでした」

「全員でその男に目を光らせておくべきだな」アブリエルが言った。「もう一人のほうは――アダスとかいったか」

「アダスは獣《けだもの》ですよ」とカルテン。「パンディオン騎士団から放逐《ほうちく》されたマーテルは、アダスともう一人、クレイガーという男を雇って、手伝いをさせているんです。アダスはペロシア人だと思います。クレイガーはラモーク人かもしれない。めったにしゃべらないので、はっきりしないんです。狂暴なやつで、人間らしい感情には縁がありません。人をゆっくりとなぶり殺しにするのが趣味で、しかも実に手慣れているんです」

「もう一人のクレイガーというのは」とコミエー。

「クレイガーは頭のいいやつです」スパーホークが答える。「知能犯タイプですね。贋《にせ》金《がね》作り、強請《ゆすり》、詐欺――そういった方面が専門です。腕力はありませんが、アダスには理解できないような仕事をマーテルのためにやっているようです」

「アニアスとマーテルの関係はどうなっているのだ」ラドゥン伯爵が尋ねた。

「たぶん金だけのつながりでしょう」スパーホークは肩をすくめて答えた。「マーテルは金をもらって動くだけで、はっきりした信条のようなものは持っていません。噂では、どこかに半トンもの黄金を隠し持っているとか」

「だから言ったろう」コミエーが憮然《ぶぜん》として口をはさんだ。「殺しておくべきだったのだよ、ヴァニオン」

「わたしもそう言ったのですが、ヴァニオンに反対されました」とスパーホーク。

「理由があったのだ」とヴァニオン。

「ラドゥン伯爵の館を襲った者たちの中にレンドー人がいたというのは、何か意味があるのだろうか」アブリエルが疑念を口にした。

「深い意味はないでしょう」答えたのはスパーホークだった。「わたしはつい最近までレンドー国にいましたが、傭兵はどこにでもいるものですからね。ペロシアもラモーカンドもカモリアも、その点では同じことです。マーテルはそういう中から、必要に応じて人手を集めているのでしょう。レンドー人傭兵は、エシャンド派か何かの宗教的な信条に従っているわけではありません」

「アニアスをカレロスの聖議会で糾弾できるだけの証拠はそろっているのか」ダレロンが尋ねた。

「それは無理だろうな」ドルマント大司教がかぶりを振る。「アニアスは聖議会の議員をずいぶんと買収している。糾弾するのであれば、のっぴきならない証拠を突きつけるしかない。だが今のところ、証拠といってもクレイガーとハーパリン男爵の密談を立ち聞きしたというだけのことだ。アニアスの手にかかれば、たちまち退けられてしまうだろう。金を使ってもみ消すだけでじゅうぶんなのだ」

コミエーは椅子の背にもたれかかり、指先で顎《あご》を叩いた。

「大司教猊下《げいか》はいちばんの大事を指摘したと思う。アニアスがエレニアの財政を握っている限り、やつは自分の計画に惜しみなく金を注ぎこんで、聖職者の買収を続けられるわけだ。注意していないと、自ら総大司教の地位を買い取ろうとさえするかもしれん。われわれはやつの計画をさんざん邪魔してきたから、もしやつが総大司教にでもなれば、まずまっ先に四騎士団の解体に着手するだろう。なんとかアニアスを資金源から切り離せないものかな」

ヴァニオンは首を横に振った。

「アニアスは王国評議会を牛耳っている。例外はレンダ伯ただ一人だ。票決になれば、アニアスへの国費支出が認められるのは目に見えている」

「女王はどうなのだ」ダレロンが尋ねた。「女王もアニアスの言いなりなのか。病に倒れられる前は、ということだが」

「いやいや、とんでもない。アルドレアスは病弱な国王で何事もアニアスの言うがままだったが、エラナはまったく違っていて、むしろアニアスを毛嫌いしていらした」ヴァニオンはそう言うと肩をすくめた。「だが女王は病にお倒れになり、アニアスは女王のご回復まで好きなことができるというわけだ」

アブリエルは深く皺の刻まれた顔をしかめて、部屋の中を行ったり来たりしはじめた。

「では論理的に取るべき道は一つのようだな、紳士諸君。全力を傾けて、エラナ女王の病の治療法を探すのだ」

ダレロンは背をそらし、磨き上げられたテーブルの板を指で叩いた。

「アニアスは抜け目のない男だ。われわれの考えなど簡単に見抜いて、妨害に出てくるだろう。それにもし治療法が見つかったと知ったら、敵はすぐさま女王を亡き者にしようとするのではないかな」

「スパーホークは女王の擁護を誓っています」カルテンがダレロンに言った。「力になってくれますよ――それにわたしもスパーホークに力を貸します」

「治療法のほうは、進展はあったのか」コミエーがヴァニオンに尋ねる。

「地元の医師はみな首をかしげている。今ほかに協力を求めているが、まだほとんど到着した者はいないようだ」

「医者というのは、必ずしも求めに応じてくれるとは限らんからな」アブリエルがさもありなんと言いたげにうなずく。「とくに王国評議会の事実上の支配者が女王の回復を喜ばないとあっては、無理もないことだろう」そう言ってしばらく考えこんでから、「シリニック騎士団はカモリア国と関係が深い。女王をカモリアのボラッタ大学にお連れして、そこの医療施設に託すことは考えてみたかな。あそこは珍しい病気の治療でよく知られているのだが」

「女王を守る封印を解くべきではないと思います」セフレーニアが反論した。「女王の命を支えているのは、今やあの封印だけなのです。それに女王は、ボラッタまでの旅に耐えられる状態ではありません」

シリニック騎士団長は考えた末にうなずいた。

「たぶんおっしゃるとおりだろう」

「そもそもアニアスが、女王を宮殿の外に出させたりはせんだろう」とヴァニオン。

アブリエルは短くうなずいて、しばらく考えこんだ。

「一つ代案がある。実際に医師に見せるほどの効果は期待できんが、聞くところによると、熟練した医者というのは、詳しく病状を聞くだけでかなりのことがわかるものだとか。そこで提案だが、ヴァニオン、おぬしがエラナ女王の病状をこと細かに書き出し、それを誰かに持たせてボラッタに送るというのはどうかな」

「それはいい」スパーホークが即座に賛同した。「わたしは個人的な理由からも、女王のご回復を切望しているのです。それにマーテルはカモリアにいる――少なくともそういう噂を聞きました。やつとは話をつけなくてはならないと思っていたんです」

「そうなると別の問題がある」アブリエルが言った。「今、カモリアはひどく荒れているのだ。誰かが社会不安をあおっているらしい。あまり安全な場所とは言えなくなっている」

コミエーが座ったまま背をそらした。

「紳士諸君には、ちょっとした一体感を示す用意がおありかな」

「何をしようというんだ」ダレロンが尋ねる。

「つまり、われわれは全員がこの件に関わらざるを得なくなっている。共通の目的はアニアスを総大司教の座につかせないことだ。そして四騎士団にはそれぞれに、技量も勇気も他に抜きんでた勇士たちがいる。そこで提案だが、そうした勇士をそれぞれの騎士団から一人ずつ選んで、スパーホークといっしょにカモリアに赴かせてはどうかな。手が多くて困ることはないだろうし、四騎士団すべてが人を出すことで、世間には教会騎士団が一致団結して動いているという印象を与えることができると思うんだが」

「なるほど、名案だ」ダレロンが賛意を表した。「四騎士団は過去数世紀にわたって別別に活動してきた。協力し合うことなどないと思っている者も多い」そう言うとアブリエルに向き直り、「カモリア国の騒乱の背後には誰がいると思うね」

「オサだというもっぱらの噂だ」シリニック騎士団長が答えた。「ここ半年ばかり、中央の諸王国に対する挑発をくり返している」

「それだよ」とコミエー。「いずれはオサを何とかしなくちゃならんと思っているんだ。それも永久的に」

「それはアザシュとの対決を意味することになりますね。どんなものでしょうか」セフレーニアが言った。

「スティリクムの若き神々は、アザシュをどうにかしようとは思わないのか」コミエーはそう尋ね返した。

「何もしないことに決めたのです。人と人との戦争も恐ろしいものですが、神々の戦いは想像を絶したすさまじさですから」セフレーニアはドルマントに視線を向けた。「エレネ人の神は全知全能というお話ですが、教会はアザシュを何とかしてくれと神に頼んだりはなさらないのですか」

「そういう考え方もあるでしょうが、問題は教会がアザシュなり、ほかのスティリクムの神なりの存在を認めていないという点なのです。まあ神学上の問題ですが」

「近視眼的ですね」

ドルマントは笑い声を上げた。

「教会的なものの考え方がそういうものだということは、セフレーニア、あなたもよくご存じだと思いましたがな。われわれはみんなそうなのです。一つの真理を見つけたらそれにしがみつき、そのほかのことには目を閉じてしまう。そうすれば矛盾は生じませんから」そう言うと目に好奇の色を浮かべて、「ところで、あなたが崇拝しているのはどのような異教の神なのです」

「それは申し上げられません。ただ、神ではなく女神だということなら言っても構わないでしょう」

「女の神ですか。何と馬鹿げた考えだ」

「男にとってはそうでも、女にとってはごく自然なことです」

「ほかに知っておいたほうがいいことはあるか、ヴァニオン」コミエーが尋ねた。

「話すべきことは全部話したと思う」ヴァニオンはスパーホークに顔を向けた。「何か付け加えることはあるか」

スパーホークはかぶりを振った。

「いえ、なさそうです」

「おれたちに教会兵を差し向けたスティリクム人のことは」とカルテン。

スパーホークはうなるような声を上げた。

「忘れるところだった。クレイガーとハーパリンの話を立ち聞きしたときのことです。カルテンとわたしは変装していましたが、スティリクム人らしい者に見破られてしまいました。その直後にアニアスの手下に襲われたのです」

「その二つに関係があると思うわけか」コミエーが尋ねる。

スパーホークはうなずいた。

「そのスティリクム人は何日もわたしを尾行していました。わたしとカルテンのことを兵士に告げたのも、その男だという確信があります。つまりアニアスと関係があるということです」

「それはいささか根拠薄弱だな。スティリクム人に対するアニアスの偏見は有名だぞ」

「必要なときにスティリクム人の手を借りるのをためらうとは思いません。二度ばかり、アニアスが魔法を使うところにも居合わせていますし」

「教会の者が魔法を？」ドルマントは驚愕の表情になった。「厳しく禁じられているのだが」

「ラドゥン伯爵を暗殺することも、許されていたわけではないでしょう。アニアスがさほど規則にこだわるとは思えませんね。魔術師としての腕は大したものではありませんが、やり方を知っているということ自体が指導を受けていた証拠です。魔術の指導ができるのはスティリクム人しかいません」

ダレロンが目の前のテーブルの上に細い指を広げた。

「ここでもまたスティリクム人か。アブリエルも言うとおり、このところ中央諸王国でのスティリクム人の活動が妙に目につく。それもほとんどがゼモックがらみだ。もしアニアスがこっそりとスティリクム人の指導を受けているのだとすれば、指導者の選択を誤ったと言うべきだな」

「それは考えすぎというものでしょう」ドルマントが言った。「いくらアニアスでも、オサと取引するとは考えられません」

「取引相手がオサだと知っていればな」

「みなさん」セフレーニアが目に強い光をためて静かに声をかけた。「今朝のことを考えてみてください。みなさんの中で、あるいはみなさんの仕える国王の中で、アニアス司教の見えすいた告発に騙《だま》されなかった人がいたでしょうか。あのようにばかばかしく乱暴な、子供じみた告発にです。あなたがたエレネ人は知性的な文明人のはず。ちゃんとものが見えてさえいれば、パンディオン騎士団を陥れようとするあのような稚拙な罠《わな》など一笑に付していたのではありませんか。しかし誰もそうはしませんでした。国王がたも含めて。しかもあの蛇のように狡猾《こうかつ》なアニアスまでが、あんな単純な計略を天才的な知略と思いこんでいた節があります」

「何が言いたいのだ、セフレーニア」ヴァニオンが尋ねた。

「ダレロン卿の言うことを、もう少し考えてみる必要があるのではないかということです。今朝のような幼稚な計略であっても、スティリクム人ならば欺かれていたでしょう。わたしたちは単純な民ですし、魔術師はさしたる苦労もなく、他人を思いどおりに動かすことができますから。でもあなたがたエレネ人はもっと疑り深く、論理的です。簡単に欺かれたりはしないはず――外から影響を受けたのでない限りは」

ドルマントが身を乗り出した。平然としたふうを装っているが、推理合戦への並々ならぬ熱意がその目に表われていた。

「そうは言うが、アニアスもやはりエレネ人だぞ。それも神学論争で鍛えられた男だ。そのアニアスが、どうしてそんな単純な計略を？」

「それは今朝、あの男が自分の意思で話をしていたという前提があってのことです。スティリクムの魔術師ならば――あるいは、魔術師の使役する存在《もの》でも種類によっては――単純なスティリクム人の頭で計略をめぐらして、魔法を頼りに話を信じさせようとするでしょう」

「そういう魔法を、今朝あの部屋で誰かが使っていたのか」ダレロンが戸惑った顔で尋ねる。

「はい」セフレーニアは即座に答えた。

「少々話が横道にそれたみたいだな」コミエーがそこに割って入った。「とにかく今はスパーホークをボラッタに送り出すことだ。エラナ女王の病の治療法が見つかれば、それだけ早くアニアスの脅威を一掃できる。資金源さえ絶ってしまえば、あとはやつが誰と——あるいは何と——陰謀をめぐらせようが、恐くも何ともない」

「出発の準備をしてくれ、スパーホーク」ヴァニオンが言った。「女王の病状を詳しく書いて渡すから」

「それには及びません。女王の病状なら、わたしがあなたよりずっと詳しく知っております」セフレーニアが言った。

「それはそうだが、あなたは文字が書けない」

「文字など書く必要はありません。ボラッタの医師に、この口で話して聞かせるまでのことです」

「スパーホークに同行すると?」ヴァニオンは驚いて尋ね返した。

「もちろんです。スパーホークを焦点にして、何かが起ころうとしています。カモリアへ行くならわたしの助けが必要になるでしょう」

「わたしも行きます」とカルテン。「スパーホークがカモリアでマーテルを捕まえるなら、ぜひともその場に居合わせたいですから」そう言って友人に笑いかけ、「マーテルはおまえに任せてもいいぞ。アダスを任せてくれるならな」

「いいだろう」スパーホークは答えた。

「ボラッタへ行くなら、途中でカレロスを通るわけだな。カレロスまではわしもいっしょに行こう」ドルマントが言った。

「光栄です、猊下」スパーホークはラドゥン伯爵に顔を向けた。「伯爵もごいっしょなさいますか」

「いや、結構だ。ありがとう、サー・スパーホーク。わしは甥《おい》とアブリエル卿とともにアーシウムへ帰ろうと思う」

コミエーがわずかに顔をしかめた。

「スパーホークを引き止めたくはないのだが、ダレロシの言うこともっともだ。アニアスはこちらの次の動きを読んでいるだろう。イオシアにある医学研究施設の数は限られている。そのマーテルという男がもうカモリアにいて、まだアニアスの指令を受けているのだとすれば、きっとスパーホークのボラッタ入りを妨害しようとするだろう。しばらくカレロスに滞在して、ほかの騎士団の者が追いつくのを待ったほうがいいのではないかな。力を誇示することで避けられるごたごたというものもある」

「名案だ」ヴァニオンも同意した。「ほかの者たちとカレロスのパンディオン騎士館で落ち合って、そこからいっしょにボラッタへ向かうのがいいだろう」

「ではそういうことで」スパーホークは立ち上がり、セフレーニアに目を向けた。「フルートはここに置いていきますか」

「いえ、いっしょに連れていきます」

「危険ですよ」

「守ってやる必要があれば、わたしがやります。どのみちわたしが決めることではありませんが」

「セフレーニアと話をするのは本当に楽しいよな」カルテンが言った。「言われたことにどういう意味があるのかあれこれ思い巡らすのは、大いに精神の刺激になるからな」

スパーホークは何も答えなかった。

スパーホークたちがカレロスに向かうため中庭で馬に乗ろうとしていると、見習い騎士のベリットが近づいてきた。

「門のところに足の悪い物乞《ものご》いの子供が来ております。急いでお知らせしたいことがあるとか」

「中に入れてやれ」

スパーホークの返事を聞いて、ベリットは驚いたようだった。

「知り合いなのだ。わたしのために働いてくれている」

「お好きなように、閣下」ベリットは頭を下げ、門のほうへと戻っていった。

「ああ、そうだ、ベリット」

「はい、閣下」

「その子に近づきすぎないようにしろ。腕のいい盗っ人だからな。十歩も行かないうちに裸に剝《む》かれてしまうぞ」

「よく覚えておきます、閣下」

しばらくするとベリットがタレンを連れて戻ってきた。

「面倒が起きちゃったよ、スパーホーク」

「どうした」

「司教のところのやつらに、おいらがあんたの手先になってるってばれちまったんだ。

シミュラじゅうでおいらを探してるよ」

「だから面倒なことになるって言ったろうが」クリクが低い声でそう言ってから、スパ
ーホークに向き直った。「どうしましょう。この子が大寺院の地下牢に押しこめられる
ところは見たくありませんが」

スパーホークは顎を掻《か》いた。

「連れていくしかないな。とりあえずデモスまででも」そこで急に笑顔になり、「アス
レイドや子供たちといっしょにしておくか」

「冗談じゃありませんよ」

「喜んでもらえると思ったんだがな、クリク」

「そんなとんでもない話を聞いたのは、生まれてはじめてです」

「兄弟たちに紹介してやらなくていいのか」スパーホークは少年に向き直り、何気ない口調で尋ねた。「このベリットからいくら盗んだ」

「大した額じゃないよ」

「全部返してやれ」

「あんたには失望したよ、スパーホーク」

「人生というのは失望の連続だ。いいから返してやれ」

11

一行が跳ね橋を渡って、デモスからさらに先へと通じる街道に乗り出したのは、その日の昼下がりだった。風はなお強かったが、空は晴れてきていた。デモスまでの長い道のりは結構な人出だった。荷車や馬車ががたがたと行き交い、さえない服装の農民たちが重い荷物を肩に背負って、シミュラで開かれる市に向かっている。道の両側で枯草が冬の風に吹かれていた。スパーホークは一行の二、三歩先で先頭に立った。シミュラへ向かう旅人が左右に道を開ける。ファランは着実な速足《トロット》で跳ねるように歩いていた。

「落ち着きのない馬だな、スパーホーク」法衣の上に聖職者用の黒いマントを着こんだドルマントがそう評した。

「見せびらかしているんですよ」スパーホークは肩越しに振り向いて答えた。「こうすると、わたしに感銘を与えられると思っているんです」

「誰かに嚙《か》みつく機会はないかと、いつも隙《すき》をうかがってるような馬だからな」カルテンが笑いながら混ぜ返す。

「性格の悪い馬だな」

「軍馬とはそうしたものですよ、猊下《げいか》。攻撃的な性格に育てられているんです。ファランの場合はちょっとやりすぎだったようですが」

「噛まれたことはあるのかね」

「一度だけ。だからもうそんなことはしないでもらいたいと説得しました」

「説得した？」

「ええ、棍棒《こんぼう》を使って。すぐに理解してくれました」

「今日はあまり足を延ばさないことにしませんか、スパーホーク」クリクが一行の最後尾から、二頭の荷馬を操りながら呼びかけてきた。「出発したのが遅かったんですから。一リーグばかり行ったところに知っている宿屋があります。今夜はそこでぐっすり眠って、明日の朝早発《はやだ》ちするってことでどうでしょう」

「そうしようぜ、スパーホーク」カルテンも賛成した。「野宿もそろそろ辛《つら》くなってきたからな」

「いいだろう」スパーホークはそう答え、振り向いてタレンを見た。セフレーニアの白い乗用馬と並んで、くたびれたような鹿毛《かげ》の馬に乗っている。少年は心配そうに何度も背後を振り返っていた。「ずいぶんとおとなしいじゃないか」

「子供は大人の前であんまり話をしちゃいけないのさ」タレンの舌がたちまち回りはじ

めた。「クリクに入れられた学校で習ったことの一つだよ。おいらだって規則はちゃんと守るんだ。あんまり不便な規則じゃなければね」

「こましゃくれた子供だな」ドルマントが感想を述べる。

「しかも盗っ人ですよ、猊下」カルテンが警告した。「貴重品をお持ちだったら、あまりそばに近づかんことです」

ドルマントは真顔になって少年を見つめた。

「盗みが教会の禁じるところであることは知っているのかね」

タレンはため息をついた。

「うん、知ってるよ。教会って、そういうことに関してはやたら厳しいんだから」

「口を慎め《ワッチ・ユア・マウス》、タレン」クリクの厳しい声が飛んだ。

「口《マウス》を見る《ワッチ》なんて無理だよ。鼻が邪魔だもん」

「その子が悪行に走るのもわからんではない」ドルマントは辛抱強かった。「正しい人の道のあり方を、きちんと教えてくれる者がいなかったのだろう」ため息をついて、「さまざまな意味で、貧しい路上生活者の子供たちはスティリクム人にも負けない異教徒なのかもしれんな」大司教はちらりと悪戯《いたずら》っぽい笑みをセフレーニアに向けた。セフレーニアは古いマントで鞍の前にフルートを固定して馬に揺られている。

「そりゃ違うよ、猊下。おいらはきちんと教会の礼拝に出てるし、お説教にも耳を傾けてるんだ」

「それは驚きだな」とドルマント。

「そうでもないさ。泥棒連中はたいてい礼拝に出席してるよ。献金皿っていうのはすごく狙いやすいからね」

ドルマントは頭にきたような顔になったが、タレンは真剣なふりをして先を続けた。

「こういうふうに考えてくれないかな、猊下。教会は貧乏人に金を恵んでやるんだろ」

「もちろんだ」

「じゃあ、おいらは貧乏だから、献金皿が横を通るときにその分を頂戴《ちょうだい》したっていいわけさ。教会にしても、おいらを探し出して金を恵んでくれるより、時間と労力の節約になるじゃない。おいらは教会に協力して、手間を省いてやってるんだよ」

ドルマントは少年を睨《にら》みつけ、そしていきなり爆笑した。

さらにしばらく進んだところで、一行は粗織りの自家製短衣《チュニック》を着た、一目でスティリクム人とわかる一団の旅人の姿を目にした。向こうは徒歩だったが、スパーホークたちの姿が目に入るが早いか、たちまちそばの原野に逃げこんでしまった。

「何をあんなに怯《おび》えてるんだろう」タレンが不思議そうに尋ねた。

「スティリクム人のあいだでは噂の伝わるのが早いですからね。少し前に、ちょっとした事件があったのです」

「事件？」

スパーホークはアーシウムにあるスティリクム人の村で起きたことを手短に説明してやった。

タレンの顔が青くなった。

「ひどいや！」

「教会は何百年も前から、そういうことをなくそうと努力しているのだが」ドルマントが悲しそうに言う。

「アーシウムのあのあたりでは、もう根絶できたと思っていました」とスパーホーク。

「人をやって、犯人の農民たちは処罰させました」

「縛り首？」タレンが熱心に尋ねる。

「セフレーニアが反対するので、鞭打《むちう》ちで済ませた」

「それだけ？」

「鞭代わりに茨《いばら》の木を使わせた。アーシウムの茨は棘《とげ》がとても長くて、部下にはそれで徹底的にやれと言っておいた」

「ちとやりすぎではないかな」とドルマント。

「あの時はそれでいいと思ったのです、猊下。教会騎士団はスティリクム人と縁が深いし、友人が虐待されるのを見て、冷静ではいられません」

弱い光を放つ冬の太陽が背後で紫色の雲の陰に隠れるころ、一行は街道脇の古びた宿屋に到着した。薄いスープに脂身の多い羊肉《マトン》というぱっとしない食事を終えると、全員が早々に床に就いた。

翌朝は晴れて、寒かった。道は鉄のように硬く凍結し、路傍に茂る蕨《わらび》は霜でまっ白になっていた。陽射しは明るいが、ぬくもりは少ない。一行はきびきびした動作で服をしっかりと身体に巻きつけ、刺すような寒さから身を守ろうとした。

街道はうねうねとエレニア中央部の谷や丘のあいだを縫い、あるいは冬空の下に広がる農閑期の畑を横切って続いていた。スパーホークは馬上から周囲を見まわした。このあたりはカルテンとともに少年時代を過ごした土地で、スパーホークもまた、長い年月ののちに故郷の土を踏んだ者が誰しも感じるような懐旧の情を覚えていた。パンディオン騎士団で己《おのれ》を律することを叩きこまれ、普段なら感傷などとはおよそ無縁なスパーホークではあったが、どれほど努力をしても、時と場合によって深く心を動かされることがあるのはどうしようもなかった。

午前中もなかばを過ぎようかというころ、しんがりを務めるクリクが声を上げた。

「後方から馬で近づいてくる者がいます。ひどく急いでいるようです」

スパーホークは手綱を操ってファランを回れ右させた。「カルテン」と鋭く声をかける。

「わかってる」金髪の大男はマントを脇にはねのけ、剣の柄《つか》をあらわにした。

スパーホークも剣を抜くばかりにして、二人の騎士は街道を少し戻ると、迫ってくる騎馬の男を待ち受けた。

もっとも、このような用心は無用のものだった。馬を駆って近づいてきたのは、若い見習い騎士のベリットだったのだ。ベリットは平服を着て、両手は寒さのために手首まで真っ赤になっていた。馬のほうは泡汗だらけになって、身体から湯気を上げている。やがて馬は手綱を引かれて速度を落とし、並足《ウォーキング》になった。

「ヴァニオン卿からご伝言です、サー・スパーホーク」

「どうした?」スパーホークが尋ねる。

「王国評議会が、リチアス王子の王位継承を承認しました」

「どういうことだ!」

「サレシアとデイラとアーシウムの国王がたは、私生児に王位継承権は認められないと主張していらっしゃいました。ところがアニアス司教は王国評議会を召集して、その場で王子の王位継承を承認すると宣言してしまったんです。司教は、アリッサ王女がヴァーデナイスのオステン公爵と結婚していたことを示す書類を持っていました」

「そんな馬鹿な」とスパーホーク。

「ヴァニオン卿もそうお考えでした。でも書類は確かに本物のようで、しかもオステン公爵は何年も前に亡くなっていらっしゃいますから、王位継承権を否定する材料がなくなってしまったんです。レンダ伯がその書類を仔細《しさい》にお調べになりましたが、結局はリチアス王子の継承に賛成票を投じるしかなかったそうです」

スパーホークは悪態をついた。

「オステン公爵なら知ってるぞ」とカルテン。「あれは筋金入りの独身主義者だ。結婚なんてしてたはずがない。女を嫌ってたんだからな」

「どうかしたのですか」ドルマント大司教がうしろにセフレーニアとクリクとタレンを従えて、道を引き返してきた。

「王国評議会がリチアス王子の継承権を認めたんです」カルテンが答えた。「アニアスが、アリッサ王女は結婚していたという書類を持ち出してきたそうです」

「妙な話だ」とドルマント。

「それに都合がよすぎます」セフレーニアが付け加えた。

「書類を偽造するなど、できるものなのかな」

「簡単だよ、猊下」タレンが答えた。「クラヴォナス総大司教に九人の妻がいて、そのうち二人はトロールとオーガーだっていう証拠の書類を偽造したのがシミュラにいたけど、誰にも見破れなかったくらいさ」

「とにかく、もう起きてしまったことだ」スパーホークが言った。「これでリチアスはまた一歩玉座に近づいたことになる」

「それはいつの話だ」クリクがベリットに尋ねた。

「昨晩《ゆうべ》遅くです」

クリクは顎髭《あごひげ》を撫《な》でた。

「アリッサ王女はデモスで幽閉の身だ。アニアスがこの計略を最近になって思いついたんだとしたら、王女は自分が他人の妻になってることをまだ知らないだろうな」

「妻じゃない、未亡人ですよ」ベリットが指摘する。

「そうだな、未亡人か。アリッサはシミュラの男全員と寝たことがあるって自慢してたくらいの女だ――あ、すいません、猊下。しかも結婚なんかしたことがないってのも自慢の種だった。うまい具合に持っていけば、一度も結婚をしたことはないって書類に署名させられるんじゃないかな。そういう書類があれば、少しは敵を攪乱《かくらん》できるかもしれない」

「スパーホーク、どこでこの男を見つけてきたんだ。実に貴重な人材だぜ」カルテンが感心したように言った。

スパーホークは忙しく頭を回転させていた。

「王位の継承を承認するか否認するかというのは、世俗の問題だ。相続権や相続財産に関わる事柄だからな。しかし結婚式となれば、これは宗教の問題だ。そうですね、猊下」

「そのとおりだ」とドルマント。

「クリクの言ったような書類をアリッサから手に入れることができれば、教会として王女の未婚宣言を出すことはできませんか」

ドルマントは考えこんだ。

「異例だな」

「でも可能ではあるでしょう」

「そうだな、可能ではあるだろう」

「そうなればアニアスには、教会命令で偽造書類を撤回させることができる」

「当然だ」

スパーホークはカルテンに向き直った。

「オステン公爵の領地と称号を引き継いだのは？」

「甥《おい》だよ。これがどうしようもない男なんだ。公爵になって舞い上がってるらしくて、稼ぐ以上の金を使いまくってる」

「いきなり相続権を否定されて、領地も称号もリチアスのものになると知ったら、どうなると思う」

「サレシアにいても悲鳴が聞こえるだろうよ」

スパーホークの顔にゆっくりと笑みが浮かんだ。

「ヴァーデナイスには知り合いの誠実な知事がいる。この件はその男が裁くことになるはずだ。今の公爵が知事の裁きを求めて、しかも教会の未婚宣言という証拠があれば、知事は公爵に有利な判決を下すだろう」

カルテンが満面の笑みを浮かべた。

「そりゃ、当然そうなるな」

「それでリチアスの王位継承問題は白紙に戻るんじゃないか」

ドルマントも笑みを浮かべたが、すぐに真面目な表情に戻った。

「それではデモスに急ぎましょう。急にある罪人の懺悔《ざんげ》が聞きたくなりました」

「泥棒ってのは世の中でいちばん狡《ずる》い連中だと思ってたけど、貴族や教会の人間に比べたら、素人もいいところだ」タレンが聞こえよがしにつぶやいた。

「プラタイムならどうおさまりをつけたかな」ふたたび進みはじめると、カルテンが誰にともなく尋ねた。

「リチアスにナイフを突き立てたろうね」タレンが肩をすくめる。「死んだ私生児には、絶対に王位は継げないからね」

カルテンは笑い声を上げた。

「そいつは確かに間違いのない解決法だ」

「殺人で悩みを解決することはできんよ」ドルマントが承服しがたいというように口をはさんだ。

「いえ、猊下、殺人のことなど言ってませんよ。教会騎士団は神の兵士ですからね。神が誰かを殺せとお命じになるなら、それに従うのは信仰の行為であって、殺人じゃありません。教会がスパーホークとわたしにリチアスを、それにアニアスとオサも、排除するよう命令すれば、事はずっと簡単になるとお思いになりませんか」

「絶対に思わん！」

カルテンはため息をついた。「ちょっと考えてみただけですよ」

「オサって誰さ」ダレンが興味津々《しんしん》の顔で尋ねる。

「おまえ、どこで育ったんだ」ベリットが問い返した。

「路上だよ」

「路上生活者だって、ゼモックの皇帝の名前くらい聞いたことがありそうなもんだ」

「ゼモックって？」

「おれが入れてやった学校にちゃんと行ってれば、教わってたろうにな」クリクがうめくように言った。

「学校は退屈なんだよ。何か月も文字ばっかり習わされてさ。でも自分の名前さえ書けるようになれば、あとは必要ないと思ったんだ」

いってこともな」

「だからゼモックがどこにあるかもわからないんだ。自分がオサに殺されるかもしれな

「見ず知らずの誰かが、どうしておいらを殺そうとするのさ」

「おまえがエレネ人だからだ」

「誰だってエレネ人じゃないか。もちろんスティリクム人は別にして」

「こいつはだいぶ道のりが遠いな」カルテンが感想を述べた。「誰かがちゃんと面倒を見てやるべきだ」

「みなさま方にご異存がないということでありますなら――」ベリットが慎重に言葉を選びながら口を開いた。何といってもデモスの大司教の前だからな、とスパーホークは思った。「――一介の未熟な歴史学徒に過ぎぬわたくしではありますが、お心を旨といたしまして、この悪童に歴史の基礎を教える教師役を引き受けさせていただこうかと存じます」

「ぞくぞくするほど礼儀正しいしゃべり方だなあ」カルテンが茶々を入れる。

「悪童だって?」タレンが不服そうな大声を出した。

ベリットは表情も変えずに、何気ないとさえ言えそうな動きで手の甲をタレンに叩きつけた。少年は馬から転げ落ちた。

「まず最初に、教師を敬うことを覚えてもらう。教師の言葉に口答えするな」

タレンは唾《つば》を吐いて立ち上がった。手には小さなナイフを握っている。ベリットは鞍に腰をおろしたまま少年の胸を蹴《け》りつけた。タレンは息ができなくなった。

「こういう教育の過程が見たかっただけじゃないのか」カルテンがスパーホークに向かって言った。

「ようし、馬に乗れ」ベリットが厳しい顔で命じる。「気をつけるんだぞ。ときどき試験をするからな。その時は答を間違わないほうが身のためだ」

「こんなのを見て、黙ってるの？」タレンは父親に泣きついた。

クリクは少年に笑いかけただけだった。

「不公平だよ」タレンは鞍によじ登り、手で鼻血をぬぐった。「どんなことをしたか、見てただろ」

「指を上唇に押し当てて、しゃべっていいと言われない限り何もしゃべるな」

「そんなのあり？」信じられないと言いたげな声だ。

ベリットは拳《こぶし》を振り上げた。

「わかった、わかったよ」タレンは小さくなって拳から逃げた。「続けて。聞いてるから」

「知識に飢えた若者というのは、いつ見てもいいものだ」ドルマントがのんびりした声で言った。

こうしてタレンの教育はデモスに着くまで続くことになった。最初のうちは不満顔だったタレンだが、何時間かベリットの話を聞くうちに、いつしか夢中になっていた。

「質問してもいい？」

「もちろん」

「昔は王国なんてものはなくて、豪族の領地があるだけだったって言ったよね」

ベリットがうなずく。

「じゃあどうして十五世紀になって、ディラのアブレクが全土の支配権を握れたの。ほかの豪族は逆らわなかったの？」

「アブレクはディラの中央部にある鉄の鉱山を握っていたんだ。だからアブレクの戦士団は鉄の武器と甲冑を持っていた。敵対勢力が持っていたのはせいぜい青銅器か、あるいは石器だったのにね」

「そりゃ、違いが大きそうだ」

「ディラの支配を確実なものにすると、アブレクは南の、現在ではエレニアと呼ばれている地方に侵攻した。この土地を征服するのに長い時間はかからなかった。その次はアーシウムに移動して、同じことをくり返した。そしてアブレクは次々に、イオシア中部のカモリア、ラモーカンド、ペロシアを征服していった」

「イオシア全土を征服したの？」

「いや、そのころエシャンドの異端派がレンドーに現われて、アブレクは教会からそちらの制圧を命じられたんだ」

「エシャンド派っていうのは聞いたことがあるけど、いったい何を信じてるのか、さっぱりわからないよ」

「エシャンドは反教権主義者だった」

「どういう意味?」

「教会の権力というのは、地位の高い者たち——司教、大司教、総大司教——を頂点にして成立している。ところがエシャンドの考え方というのは、神学上の問題については個々の司祭が独自の決定をすべきで、上意下達の今のやり方は破棄すべきだというものだったんだ」

「それなら教会のお偉方がエシャンドを嫌うのも無理ないね」

「とにかく、アブレクはイオシアの西部と中部から集めた大軍を率いてレンドーに立ち向かった。アブレクは死後に天国へ行くことしか眼中になかったから、征服した土地の伯爵や公爵たちが——異教徒と戦うためと称して——鉄の武器を要求したときも、その意味を深く考えることなく素直に武器を渡してやった。何度か小さな戦闘があって、その後アブレクの帝国はいきなり崩壊してしまった。かつてデイラが秘密にしていた先進技術を自分のものにした西部と中部の貴族たちは、もうアブレクに臣従する必要などないと考えたんだな。エレニアとアーシウムは独立を宣言し、カモリアとラモーカンドとペロシアにもそれぞれに強大な王国が築かれた。アブレクはカモリア南部でのエシャンド派との戦いで戦死した」

「それがゼモックとどういう関係があるわけ」

「その話もいずれしてやるよ」

タレンはクリクに目を向けた。

「ねえ、今のはなかなかいい話だったよ。おいらが入れられた学校じゃあ、どうしてこういう話をしてくれなかったのかな」

「おまえがすぐに飛び出してしまったから、機会がなかったんじゃないか」

「その可能性はあるね、うん」

「デモスまであとどのくらいだ」傾きかけた午後の太陽に目を細めて時間を見定めようとしながら、カルテンが尋ねた。

「十二リーグほどでしょう」クリクが答える。

「夜までには着けないな。宿屋か何か、このあたりにあるのか」

「もう少し行くと村があります。そこに宿屋がありますよ」

「どうする、スパーホーク」とカルテン。

「まあ、泊まっていく手だろう」大男は答えた。「寒い中を夜通し駆けて馬に無理をさせても、あまりいいことはない」

村に向かって丘を登っていく間にも日は傾き、背後からの陽射しで一行の影が前方に長く伸びた。村といっても小さなもので、草葺《くさぶ》き屋根の石の家がいくつか、街道の両側に散在しているだけだった。村はずれにある宿屋にしても、酒場の二階に仮眠のとれる場所があるという程度でしかない。それでも供された夕食は、前の晩の宿で出てきた情けない食事に比べるとずっとましなものだった。

「デモスに着いたら騎士館へ顔を出すのか」天井の低い、松明《たいまつ》に照らされた食堂での夕食を終えてカルテンが尋ねた。

スパーホークは考えこんだ。

「騎士館はたぶん見張られているだろう。大司教猊下をカレロスまでお送りするという口実があるからデモスを通るのは不自然じゃないが、猊下とわたしがアリッサ王女に会いに僧院へ入っていくのを誰かに見られるのは困る。こちらの手の内をちょっとでもアニアスに知られたら、確実に反撃してくるだろうからな。クリク、おまえの家に空いている部屋はないか」

「屋根裏部屋があります。それと家畜小屋も」

「よし、おまえのところに厄介になろう」

「アスレイドが喜ぶでしょう」クリクの目に困ったような色が浮かんだ。「ちょっといいですか、スパーホーク」

スパーホークは椅子をうしろに押して立ち上がり、石敷きの床を踏んで従士のあとから部屋の隅に移動した。

「タレンをアスレイドに預けるって話、本気じゃないんでしょう?」

「ああ、たぶんな。おまえが不倫をしてたと知ったらアスレイドが悲しむというのは、確かにそのとおりだ。それにタレンは口が軽い。ひょいと口を滑らせないとも限らない」

「じゃあ、あの子はどうするんです」

「まだ決めてないんだ。当分はベリットが面倒を見てくれるだろう」

クリクは微笑んだ。

「口が達者なのを我慢してくれない相手とまともに向き合うのは、タレンにとってはじめてのことなんです。こっちのほうが歴史の授業より大切な経験になるかもしれません」

「わたしも同じことを考えた」スパーホークは振り向いて、見習い騎士のほうを眺めた。ベリットは敬意を表わしながらセフレーニアと話をしている。「ベリットはいいパンディオン騎士になりそうだな。人格と知性が備わっているし、アーシウムでの戦いぶりもみごとだった」

「徒歩《かち》で戦っていましたね。槍《やり》を持たせたときが楽しみですよ」

「おまえも練兵係が板についてきたな」

「憎まれ役ですけど、誰かがやらないとね」

翌朝はまた冷えこみが厳しくなり、出発しようとすると馬の息が白くなっていた。一マイルほど行ったところで、ベリットは教練を再開した。

「ようし、タレン。昨日教えたことをくり返してみろ」

タレンはクリクからもらった古い灰色のマントにくるまって震えていたが、それでも前の日に教えられたことをすらすらと口にした。スパーホークにわかる限りでは、どうやら一言一句同じ言葉でくり返したようだった。

「もの覚えがいいな」ベリットは感心した口ぶりでタレンを誉《ほ》めた。

「どうってことないよ」タレンは珍しく謙遜《けんそん》してみせた。「ときどきプラタイムに伝言を頼まれるんで、こつを覚えただけなんだ」

「プラタイムって？」

「シミュラ随一の盗賊さ。と言うか、少なくともあんなに太っちゃう前はね」

「盗賊と付き合いがあるのか」

「おいらだって盗賊だぜ、ベリット。歴史のある、誇り高い職業なんだ」

「誇り高いというのはどうかな」

「そいつはどういう見方をするかの問題さ。まあいいや。ねえ、アブレク王が殺されてからどうなったの」

「エシャンド派との戦いは膠着《こうちゃく》状態になった」ベリットは解説を始めた。「内の海からアーシウム海峡にかけて小競り合いは続いていたが、どちらの側の貴族ももはや別のことを考えていた。エシャンドは死に、その後継者の熱意は始祖の足元にも及ばなかった。カレロスの聖議会はさかんに貴族連中を焚《た》きつけてエシャンド派と戦わせようとしたが、貴族たちは神学論争より現実の政治のほうにずっと大きな興味を持つようになっていた」

「そんなのがどれくらい続いたの」

「三世紀近くだ」

「昔の人は真剣に戦争をやったんだね。でもちょっと待って。そのあいだ教会騎士団は何をしてたのさ」

「これからその話をするところだ。貴族たちに戦いを続ける熱意のないことがはっきりすると、聖議会はカレロスで会合して代案を考えはじめた。最終的に出された結論は、騎士団を創設して戦いを続けさせるというものだった。四つの騎士団の団員は、通常の戦士をはるかに凌《しの》ぐ訓練で鍛え上げられた。それに加えて、騎士団員にはスティリクムの秘儀が授けられた」

「どういうもの？」

「魔法だ」

「ああ。そう言ってくれればいいのに」

「言ったさ。もっとしっかり聞け」

「それで、教会騎士団は戦争に勝ったの」

「レンドー全土を征服して、最終的にエシャンド派は降伏した。はじめの数年は騎士団も意気盛んで、レンドーを四つの大きな公国に分割して統治しようとした。ところがそのとき、東からはるかに恐ろしい危機が迫ってきた」

「それがゼモック？」とタレン。

「そのとおりだ。ラモーカンド侵略は何の前触れも――」

「スパーホーク！　あそこを！」カルテンが鋭く叫んで近くの丘の頂きを指差した。馬に乗った十数人の武装した男たちが稜線《りょうせん》を越えて現われ、蕨の茂る斜面を疾駆《ギャロップ》で駆け下りてきたのだ。

スパーホークとカルテンは剣を抜き、敵を迎え撃とうと馬に拍車をくれた。クリクは頭部に棘を植えたフレイル（棍棒の先に鎖で別の棍棒や鉄球をつないだ武器）を鞍から引き抜き、脇に展開した。ベリットは刃の厚い戦斧《バトルアックス》を手に、クリクとは反対の側面に馬を進めた。

敵は二人の騎士に向かってまっすぐ突っこんできた。スパーホークがすばやい連続技で二騎の敵を倒し、カルテンは別の敵を、剣の荒っぽい一撃で馬から叩き落とした。二人の横をすり抜けようとした男はクリクのフレイルに側頭部を強打され、痙攣《けいれん》しながら地面に叩きつけられた。スパーホークとカルテンは今や敵のまっただ中にいて、重い大剣《ブロードソード》を大きく振りまわしていた。そこへベリットが横から突進し、そちら側にいた敵の身体に斧《おの》の刃を叩きこんだ。しばらく混戦が続いたが、やがて生き残った敵はばらばらになって逃げ去った。

「いったい何だったんだ」カルテンは顔をまっ赤に上気させ、息をあえがせていた。

「一人つかまえて訊問《じんもん》してみましょうか」ベリットが意気込んで尋ねる。

「だめだ」

スパーホークにそう言われて、ベリットはがっかりした顔になった。

「見習い騎士は進んで名乗りを上げてはいけないんだ」クリクが厳しくたしなめた。

「少なくとも武器を自在に操れるようになるまではな」

「ちゃんと戦ったじゃないですか」ベリットが不服そうに抗議する。

「相手が腕の立たない連中だったからだ。おまえはまだ武器の振るい方が荒っぽすぎる。攻撃のあとの防御ががら空きなんだよ。デモスのおれの農場に着いたら、もっときちんと指導してやる」

「スパーホーク！」セフレーニアが丘の麓《ふもと》から叫んだ。

スパーホークはすばやくファランの首をめぐらした。見るとスティリクムの粗織りのスモックを着た五人の男が藪《やぶ》の中から飛び出して、セフレーニアとドルマントとタレンに迫っていた。スパーホークは悪態をつき、ファランの脇腹に拍車を入れた。スティリクム人たちの狙いがセフレーニアとフルートにあることはすぐに明らかになった。もっとも、セフレーニアはまったくの無防備というわけではない。敵の一人が腹を押さえて地面にうずくまった。別の男が膝《ひざ》をつき、目を掻《か》きむしる。残る三人はためらって足を止めた。それが命取りになった。スパーホークがもうその場に駆けつけていたのだ。剣が一閃《いっせん》して一人の首が宙に飛び、次いで別の男の胸が刃《やいば》に貫かれた。最後の一人は逃げようとしたが、ファランがすばやく三歩跳躍して男を鉄の蹄にかけ、踏みにじった。

「あそこに！」セフレーニアが丘の頂きを指差して鋭く叫んだ。ローブとフードに身を包んだ人影が白馬にまたがって戦況を見つめていた。だがセフレーニアの声がまだ響きを残しているあいだに、その人影は背《そびら》を返して丘の向こうに姿を消してしまった。

「何者だったんだろう」街道まで戻ってきたカルテンが尋ねた。

「傭兵だ。甲冑を見ればわかる」スパーホークが答えた。

「丘の上にいたのがリーダーかな」とドルマント。

セフレーニアがうなずいた。

「スティリクム人だったようだが」

「おそらく。でも違うかもしれません。どことなく覚えのある感じがしました。前に何かがフルートを襲おうとしたときと同じような。何にせよ、その時は撃退しましたけれど。今度はもっと直接的な手を使ってきましたね」セフレーニアの顔は厳しいほど真剣だった。「スパーホーク、どうやらできるだけ急いでデモスへ向かったほうがいいようです。こうして外にいるのはひどく危ないらしいですから」

「怪我をした連中を訊問することもできますよ。あなたとフルートに興味を持っているらしい謎《なぞ》のスティリクム人のことを、何か聞き出せるかもしれない」

「何も聞き出せはしないでしょう。もしわたしの考えるとおりのことが起きているのだとすれば、あの者たちは何一つ覚えてもいないはずです」

「わかりました。先を急ぎましょう」

デモスの郊外にあるクリクの豊かな農場に着いたのは、その日の昼下がりだった。農場は隅々までクリクの注意が行き届いているようだった。広大な家の壁を形作っている材木は手斧《ておの》で四角く削ってあり、しっかりと組み合わされていて、隙間《すきま》をふさぐ必要さえなかった。屋根は小割りにした板を重ねて葺《ふ》いてあった。家のすぐ裏にある丘の手前には納屋や物置が建てられ、さらには二階建ての、けっこうな大きさの家畜小屋があった。きれいに手入れされた菜園のまわりにはがっしりした木の柵《さく》がめぐらされ、茶色と白の仔牛《こうし》が一頭、柵の外に立って、裏庭のしおれた人参《にんじん》と霜で変色したキャベツをもの欲しそうに眺めていた。

ベリットと同じくらいの年頃の背の高い若者が二人、裏庭で薪《まき》を割っている。ほかにもう少し年上らしい若者が二人で、家畜小屋の屋根を修理していた。みんな同じような帆布のスモックを着ている。

クリクは鞍から下りると、裏庭の二人に近づいてぶっきらぼうに声をかけた。

「いったいいつから鉈《なた》の刃を砥《と》いでいないんだ」

「父さん！」一方の若者が声を上げ、鉈を置くと荒っぽくクリクを抱擁した。スパーホークは息子のほうが頭一つ父親より長身であることに気づいた。

もう一人の若者が家畜小屋の上にいる兄たちに声をかけると、屋根の上の二人は命を落としたり怪我をしたりすることなど何とも思っていないかのように、いきなり地面に飛び降りた。

そしてアスレイドが騒々しく家の中から駆け出してきた。ふくよかな女性で、灰色のホームスパンを着て白いエプロンをかけている。こめかみのあたりの髪は白くなりかけているが、頰《ほお》のえくぼが少女っぽさを感じさせた。アスレイドは夫を温かく抱きしめ、スパーホークの従士はしばし家族にもみくちゃにされた。スパーホークは羨《うらや》ましそうにそれを見つめていた。

「悔やんでいるのですか、スパーホーク」セフレーニアが優しく尋ねた。

「少しばかり、どうやら」

「若いころ忠告してあげたのに、耳を貸さないからですよ。あれはあなたの姿だったかもしれない」

「妻と子供を抱えるには、わたしの仕事は少しばかり危険すぎるものですから」スパーホークはため息をついた。

「時が来れば、そんなことは気にならなくなるものです」

「その時というのは、もうとうに過ぎ去ってしまったようです」

「今にわかります」セフレーニアは謎めいた言い方をした。

「お客様だぞ、アスレイド」クリクが妻に言うのが聞こえた。

アスレイドは潤んだ目をエプロンの隅でぬぐい、まだ騎乗したままのスパーホークたちのほうへ近づいた。

「わが家へようこそ、閣下」と簡略な挨拶《あいさつ》を述べ、スパーホークとカルテンに膝を曲げてお辞儀をする。もっともアスレイドは二人がまだ少年だったころからの顔馴染《なじみ》で、形式ばった呼びかけをするとたちまち笑いだしてしまった。「馬を下りて、キスしてくれないの」

少年のようにぎこちなく二人は鞍から下り、アスレイドを抱擁した。

「元気そうで何よりだ、アスレイド」スパーホークはドルマント大司教の手前もあって、多少とも威厳を取り戻そうという口ぶりになっていた。

「ありがとうございます、閣下」相手はからかうようにそう答えた。あまりに昔からの知り合いなので、堅苦しい言葉遣いをするのが却《かえ》って不自然なのだ。それからアスレイドは満面の笑みを浮かべ、豊かな腰を平手で叩いた。「このところ太り気味でね。料理のたびに味見をするせいだと思うんだけど」おどけた仕草で肩をすくめ、「でも味見をしなくちゃ、うまくできてるかどうかわからないからね」それからセフレーニアに向き直って、「まあまあ、セフレーニア、ほんとうに久しぶりだこと」

「久しぶりすぎたくらいですね、アスレイド」セフレーニアはそう答えて白い乗用馬から滑り下り、アスレイドの身体に腕を回した。それからスティリクム語でフルートに何か言うと、少女ははにかみながら前に出て、アスレイドの掌《てのひら》に接吻《せっぷん》した。

「かわいらしいお嬢ちゃんだこと」ちらりとセフレーニアに目を向けて、「教えてくだされればよかったのに。産婆《さんば》の腕は落ちてはいませんよ。お産に呼んでくださらなかったこと、ちょっと恨みますからね」

セフレーニアは驚いた表情になったかと思うと、いきなり噴き出した。

「それは誤解ですよ、アスレイド。この子とわたしには確かに似たところがありますけれど、あなたの考えているようなことではないのです」

アスレイドはドルマントに笑みを向けた。

「教会は男女が抱き合うのを許してくださるのかしら――もちろん友人としての抱擁ですけどね。許していただけるなら、お返しができるんですけど。ちょうどオーブンでパンを五斤焼いたところなの。まだ熱くて、焼きたてですよ」

ドルマントは目を輝かせ、急いで馬から下りた。アスレイドは聖職者の首に腕を回し、音を立てて頰に口づけをした。

「クリクとわたしの結婚式を挙げていただいたの」アスレイドはセフレーニアにそう説明した。

「そうでしたね。わたしも出席していました」

アスレイドは赤くなった。

「式典のことはよく覚えていないの。あの日はほかのことで頭がいっぱいだったから」

そう言うと、クリクにちらりと小さな笑みを投げる。

従士の顔がまっ赤になるのを見て、スパーホークは微笑を押し殺した。

アスレイドはもの問いたげな視線をベリットとタレンに向けた。

「頑丈そうなほうはベリットだ。パンディオン騎士団の見習いをしている」クリクが紹介した。

「ようこそ、ベリットさん」

「もう一人の男の子はわたしの――ああ――弟子といったところだ」クリクは言いよどんだ。「従士になる訓練をしてやってる」

アスレイドは値踏みするように泥棒少年を見つめた。

「ひどい服を着せてるのね。もっとましなものを探してやれなかったの」

「つい最近仲間になったものだから」クリクの返事は言い訳がましく聞こえた。

アスレイドはさらにまじまじとタレンを見つめた。

「ねえ、気がついた？　この子、このくらいの年頃だったあなたに瓜《うり》二つだわ」

クリクは咳払《せきばら》いをした。「偶然だろう」

アスレイドはセフレーニアに微笑みかけた。

「わたし、六歳のときからこの人を追いかけ回してたんですよ。十年かかったけど、最後にはものにしました。いらっしゃい。子供たちがもう着られなくなった服がトランクいっぱいあるから、似合いそうなのを見繕ってあげるわ」

タレンは奇妙な、羨ましそうとさえ言えそうな表情で馬から下りた。いつもは生意気なこの少年がどんな気持ちでいるのかを思って、スパーホークは強い同情の念を覚えずにはいられなかった。ため息をついてドルマントに向き直る。

「すぐに僧院へ向かわれますか、猊下」

「アスレイドの焼きたてのパンを冷めるに任せてかね。道理をわきまえたまえ、スパーホーク」

スパークホークは笑いだし、ドルマントはクリクの妻のほうに顔を向けた。

「できたてのバターもあるんだろうね」

「昨日の朝作ったのがありますよ、猊下。それにお好きだったプラムのジャムも、ちょうど壺《つぼ》の口を開けたところなんです。キッチンへ参りましょうか」

「善は急げだな」

アスレイドは当たり前のようにフルートを腕に抱き上げ、もう一方の腕をタレンの肩に回した。そうやって子供たちを抱き寄せたまま、一家の主婦は先に立って家の中へと入っていった。


アリッサ王女が幽閉されている壁をめぐらせた尼僧院は、森に囲まれた街はずれの峡谷にあった。女ばかりのこの施設に男性が入ることは普通は許されないが、ドルマントの教会における地位と権威のおかげで、一行はすぐさま中に招じ入れられた。鹿のような目をした、従順な、顔色の悪いシスターに案内されて、一行は南面の壁に近い小さな庭に入った。王女はそこにいた。アルドレアス王の妹姫が、弱々しい冬の陽射しを浴びて石のベンチに腰をおろし、膝に大型の本を広げていた。

歳月もアリッサをあまり変えてはいなかった。長くて濃いブロンドの髪は輝くばかりで、瞳は薄い水色——そのあまりの薄さゆえに、姪《めい》であるエラナ女王の灰色の瞳を思わせるほどだ。しかしその目の下にできた隈《くま》は、すさまじい怒りと苦渋に満ちた眠れぬ夜が続いていることを物語っていた。唇は薄くて、あまり肉感的とは言えない。その両側にはくっきりと二本の皺《しわ》が刻まれていた。もう四十に手が届こうという年齢のはずだが、その顔はもっとずっと若い女のものだった。王女はほかのシスターたちのように修道服を着てはおらず、喉元の開いた赤い毛織りの柔らかいローブを身にまとっていた。頭はきちんと折り返された修道女用の被り物《ウインプル》で覆っている。

「光栄に思います、紳士がた」王女はかすれた声で、腰をおろしたままそう言った。

「ここはあまり訪れる人がいませんから」

「殿下にはご健勝でいらっしゃいましたでしょうか」スパーホークは礼に適《かな》った挨拶を返した。

「元気です。でも退屈だわ、スパーホーク」王女は本を閉じ、ドルマントに向かって意地悪く言った。「お歳を召されましたわね、猊下」

「王女はお変わりになりませんな」大司教が答える。「わたしの祝福を受けてくださいますかな」

「やめておきましょう、猊下。教会にはもうじゅうぶんなことをしていただいていますから」そう言うと王女は意味ありげに、庭の四方を囲っている壁を見まわした。慣例である祝福を拒むことに、いささかの喜びを見出しているようだ。

大司教は嘆息した。

「わかりました。何をお読みになっていらっしゃるのかな」

王女は本を持ち上げて題名を見せた。

「『スバタ司教説教集』――示唆に富んだ著作ですな」

「この版はとくにそうですのよ。特別に作らせましたの。表紙は無害なものに見えますけれど、これはわたくしを監視しているマザーを欺くためのものです。中身はカモリアの猥褻《わいせつ》な詩を集めたもの。猊下にいくつか読んで差し上げましょうか」

ドルマントの目つきが厳しくなった。

「けっこうです、王女。なるほどお変わりになりませんな」

王女はからかうように声を上げて笑った。

「変わる理由がありませんよ、ドルマント。まわりの環境がほとんど変わっていないのですからね」

「今日はただのご機嫌うかがいに参上したわけではありません」ドルマントは本題に入った。「シミュラでちょっとした噂が流れておりましてな。この僧院にお入りになる前、王女が密《ひそ》かにヴァーデナイスのオステン公爵と結婚していらしたという噂です。王女はこの噂、お認めになりますか、あるいは否定なさいますか」

「オステン？」アリッサは笑い声を上げた。「あの干からびた老木のような？　頭がどうかしていない限り、どこの女があのような男と結婚するものですか。わたくしの好みはもっと若い、情熱的な男です」

「では噂を否定なさると」

「もちろんです。わたくしは教会のようなものですよ、ドルマント。わが愛はすべての男《マン》にあまねく注がれるのです。シミュラの誰もが知っているとおり」

「では、噂は事実ではないという書類にご署名をいただけますかな」

「考えておきましょう」王女はスパーホークに目を向けた。「どうしてエレニアに戻ってきたのです、騎士殿。兄に追放されたはずではなかったの」

「召還されたのですよ、アリッサ」

「面白いお話だこと」

スパーホークは思案をめぐらせた。

「兄上の葬儀に参列する許可状は受けられたのですか」

「あら、もちろんですとも。教会は寛大にも丸三日の服喪を認めてくれました。憐れな愚かなわが兄は、国王の正装をして柩《ひつぎ》に横たわっていると、とても立派に見えたわ」王女は先の尖《とが》った長い爪《つめ》を点検した。「死んだほうが立派に見える人というのもいるのよ」

「憎んでおられたのですね」

「軽蔑《けいべつ》していたの。憎しみとは違います。兄の前から退出すると、いつも必ず湯浴《ゆあ》みをしたものだったわ」

スパーホークは片手を差し出し、指にはめた血の色の指輪を王女に見せた。

「国王陛下がこれと同じ指輪をはめていたのに気づかれませんでしたか」

王女はわずかに眉をひそめた。

「ええ、気がつきませんでした。していなかったのではないかしら。誰かが遺体から盗んだのかも」

スパーホークは歯を食いしばった。

「憐れな憐れなスパーホーク」王女はからかうような口調で言った。「大事なエラナに関する真実を耳にするのは耐えられないでしょうね。子供のころはおまえのご執心ぶりを、よく二人して笑ったものでした。今も希望はあるのかしら。兄の葬儀でエラナの姿は目にしました。あの子はもう子供ではないのよ、スパーホーク。尻も胸も立派な女。でも今やダイアモンドの中に閉じこめられて、おまえには手の届かない存在なのではなくって？　柔らかく温かい肌に、おまえは指を触れることもできない」

「今はそんな話をしているのではありませんよ」スパーホークは目を細めた。「あなたの息子の父親は誰です」

いきなりの問いかけに驚いて真実を話すのではないかと期待したスパークホークだったが、王女は笑っただけだった。

「どうしてわたくしにわかるはずがあります。兄の婚礼のあと、わたくしはシミュラのとある館で楽しい日々を過ごしました」アリッサは遠くを見つめる目つきになった。「楽しくもあり、利益にもなりました。大いに稼いだものでしたわ。ほかの女たちは自分に高い値をつけましたが、わたくしは子供のころから見聞きして、大きな富を手にする秘訣《ひけつ》は薄利多売だと知っていました」悪意ある目をドルマントに向け、「しかも商品は、何度もくり返し売ることのできるものでしたしね」

ドルマントの表情が硬くなるのを見て、アリッサはかすれた笑い声を上げた。

「もういいでしょう、王女。ではその当時、私生児の父親が誰かということなど考えもしなかったというわけですな」スパークホークは相手がかっとなって口を滑らせるのを期待して、わざと冷静な口調でそう尋ねた。

一瞬、怒りのきらめきが目に表われたが、すぐに王女は石のベンチにもたれかかり、肉感的な目蓋《まぶた》を伏せぎみに面白がるような表情を見せて、両手を緋色《ひいろ》のローブの前に置いた。

「しばらくやっていませんけれど、今でもまだ即興詩くらいは作れるでしょう。わたくしを試してみますか、スパークホーク」

「ご遠慮します」スパーホークの声は硬かった。

「おまえの一家はお上品なことで知られていますものね。恥ずかしいこと。若い騎士だったおまえには大いに興味をそそられたものでしたのに。今やおまえは女王を失い、おまえたちの関わりを示す対《つい》の指輪まで失った。それでもまだ女王の擁護者と言えるのかしら。あるいはエラナが回復でもすれば、おまえもあの子ともっと強い絆《きずな》を結ぶことができるかもしれない。エラナはわたくしと同じ血を受け継いでいるのですよ。この身をめぐるのと同じ熱い血が、あの子の身体にもめぐっているのです。わたくしを試してみれば、比べてみることもできましょうに」

スパーホークが苦々しげに背を向けると、王女はまたも笑い声を上げた。

「羊皮紙とインクを届けさせましょうか、王女」ドルマントが尋ねた。「ご結婚に関する噂を否定なさる文書をお作りになるなら」

「いいえ、ドルマント、それには及びません。おまえの話を聞いていると、これには教会の利益が絡んでいるように思えます。近ごろ教会は、わたくしにあまり恩恵を施してくれてはいません。ならばなぜお返しをする必要があるでしょう。シミュラの民がわたくしについての噂を喋々《ちょうちょう》したいのであれば、させておくがよい。舌なめずりして真実を求める者たちには、嘘を楽しませておけばよい」

「それが最終決定ということですか」

「心変わりすることはあるかもしれません。スパーホークは教会の騎士で、猊下、あなたは大司教ですわね。スパーホークに命じて、わたくしを説得させてみてはいかが。わたくしは時に簡単に説得されてしまうことがあります——また、そうでないことも。すべては説得する相手次第です」

「どうやらもう話し合うことはなさそうだ。ごきげんよう、王女」ドルマントはそう言うと踵《きびす》を返し、冬枯れた芝生の上を横切っていった。

「お堅いお友だちを置いてまたいらっしゃい、スパーホーク。いっしょに楽しみましょう」

スパーホークは何も答えず、大司教に続いて庭の外に出た。

「時間の無駄だったようだ」怒りに顔を暗くしてスパーホークがつぶやいた。

「いやいや、そんなことはない」ドルマントの声はすっかり落ち着いていた。「われわれをいたぶるのに熱中するあまり、王女は教会法の大事な点を見落としてしまった。二人の証人の同席を許してしまったのだよ——わたしときみのね。これには署名された文書と同じ効力がある。あと必要なのは、王女が言ったことについてのわたしときみの宣誓だけだ」

スパーホークは目をしばたたいた。

「ドルマント、あなたほど狡《ずる》い人間をわたしはほかに知りませんよ」

「認めていただいて嬉しいね」大司教は笑みを浮かべた。

12

翌朝早く、一行はクリクの農場を出発した。アスレイドと四人の息子は玄関先の庭に立ち、手を振って一行を見送った。クリクはあとに残ってしばらく個人的に名残りを惜しむことにしたが、必ず追いつくからと約束していた。

「街の中を抜けるのか」カルテンがスパーホークに尋ねた。

「いや、街の北側を迂回《うかい》する街道を行こう。もう姿を見られているのは間違いないだろうが、わざわざ敵の手間を省いてやることはない」

「個人的な意見を言っていいか」

「何だ」

「クリクの引退のこと、そろそろ考えておくべきじゃないかな。歳も歳だし、おまえのあとについて世界中を旅して回るより、もっと家族といっしょに過ごす時間を作るべきだ。それにおれの知る限り、教会騎士団の中でいまだに従士を連れてるやつなんておまえくらいのもんだ。みんな従士なしで何とかやっていけるようになったんだからな。たっぷり年金を与えて、家に帰してやれよ」

スパーホークはデモスの東に横たわる丘の頂きから射しはじめた朝陽に目を細めた。

「たぶんそうすべきなんだろう。でも、どうやってそれを本人に伝えればいい？ 父がクリクをおれの従士につけたのは、おれがまだ見習い期間さえ終えてなかったころのことだ。エレニア王家の擁護者を世襲するからには、それは必要なことだった」スパーホークは口許を歪《ゆが》めた。「古めかしい地位には古めかしいしきたりが付いてまわるんだ。それにクリクは従士というより、よき友人だ。もう歳だから引退しろなんて、そんな残酷なことが言えるものか」

「そこが問題ってわけだな」

「そう、そこが問題だ」

アリッサ王女が幽閉されている尼僧院のそばを通り過ぎるころ、クリクが追いついてきた。その髭面《ひげづら》はややむっつりした感じだが、従士はすぐに背筋を伸ばして何事もない表情を作った。

スパーホークはじっと友人を見つめ、クリクのいない人生というものを想像してみようとして、すぐに左右に首を振った。そんなものは想像することさえできなかったのだ。

カレロスへと続く道は常緑樹の森を通り、朝の木漏れ日が木々のあいだの地面を金色に染めていた。空気は冷たく新鮮だったが、霜は降りていなかった。一マイルほど進んだところで、ベリットは講義を再開した。

「教会騎士団がレンドーにおける地位を固めはじめたとき、カレロスに知らせが届いた。ゼモックの皇帝オサが大軍団を率いてラモーカンドへ進軍中だというのだ」

「ちょっと待った」とタレン。「それっていつごろの話さ」

「五百年ばかり前だな」

「つまり前に言ってたオサとは別の人物ってことだね」

「知られている限りでは、同じ人物だ」

「無茶言わないでよ、ベリット」

「オサは九百歳くらいになるはずです」セフレーニアが少年に向かって言った。

「歴史の講義だと思ってたのに、お伽話《とぎばなし》だったの？」

「オサは少年時代に古き神アザシュに出会っているのです。スティリクムの古き神々は大いなる力を持っている上に、どのような倫理にも縛られません。信者への恩恵として、長い寿命を与えることもできるのです。それゆえに古き神々に帰依《きえ》しようとする者があとを絶たないのですよ」

「不死身なの？」タレンが疑わしそうに尋ねる。

「いいえ、そうではありません。どのような神も人を不死身にすることはできません」

「エレネ人の神にはできる」ドルマントが言った。「霊的な意味でだがね」

「それはなかなか面白い神学上の論点になりますね、猊下《げいか》」セフレーニアは笑顔になった。「いずれ議論をいたしましょう。とにかく、オサはアザシュを信仰することに同意し、アザシュはお返しとしてオサに強大な力を与えました。それでオサはゼモックの皇帝になることができたのです。ゼモックにいたスティリクム人とエレネ人は混血して、そのため今のゼモック人はどちらの人種にも属していません」

「神の目からすれば忌まわしいことだ」ドルマントが言った。

「スティリクムの神々も同じように感じています」セフレーニアはそう答えて、またタレンに視線を戻した。「オサを、あるいはゼモックを理解するには、アザシュのことを知らなくてはなりません。アザシュは地上でもっとも邪悪な力を持つ神であり、それを信仰するのはとても呪《のろ》わしいことです。倒錯と血と生贄《いけにえ》の苦しみを好むアザシュを信仰しつづけたために、ゼモック人はある意味で人間以下の存在に成り果ててしまいました。侵略されたラモーカンドでは、口では言い表わせないほどの暴虐が支配したといいます。それでも侵略軍がゼモック人だけから成っていたなら、常備軍の力で退けられていたでしょう。ところがアザシュは、地下世界の生き物でゼモック軍を強化していたのです」

「ゴブリンのこと？」タレンが信じられないというように尋ねる。

「そのものではありませんが、似たようなものです。アザシュが使役する二十種類かそこらの非人類種族のことを語りはじめたら、午前中がつぶれてしまいます。それにたぶ

「聞けば聞くほど信じられなくなるな」とタレン。

「戦闘の話ならともかく、ゴブリンや妖精《ようせい》まで出てくるんじゃ白けちゃうよ。もう子供じゃないんだぜ」

「いずれは理解して——信じるようになります。先をどうぞ、ベリット」

「承知しました。ラモーカンドを侵略している勢力の性格に気づいた教会は、騎士団をレンドーから召還した。四騎士団を統合し、一般の騎士と兵士を加えて、西軍の勢力はオサのゼモック軍団に劣らないまでに増強された」

「それで、戦いはあったの」タレンは待ちきれない様子だ。

「人類史上最大の戦いが起こった。両軍はラモーカンドの、ランデラ湖に近い平原で衝突した。力と力の戦いもすさまじかったが、超自然力の戦いはさらに苛烈を極めた。闇の大波と炎の幕が平原を覆いつくし、火と雷が空から降り注いだ。一部隊がまるごと大地に呑《の》まれ、あるいは突然吹きつける火炎の中で灰になった。地平線から地平線まで絶え間なく落雷がくり返され、地面は地震に引き裂かれ、あるいは噴き上げる溶岩に覆われた。ゼモックの司祭の魔法は、教会騎士団の魔法によってそのたびに打ち消された。三日のあいだ激しい戦闘が続いて、とうとうゼモック軍は後退を始めた。それはだんだんと速度を上げて、ついには全面的な潰走《かいそう》となった。オサの軍団はばらばらになって、国境の向こうへ逃げ去った」

「すごいや！」タレンは興奮した叫び声を上げた。「それで、味方の軍団はゼモックに侵攻したの」

「それには消耗がひどすぎた。戦闘には勝ったものの、大きな犠牲を払っていたんだ。教会騎士団の半数が死体となって戦場に横たわっていたし、エレネ連合軍の死者は数万人に及んだ」

「それでも何か手は打ったんでしょ」

ベリットは悲しげにかぶりを振った。

「負傷者の手当をして、死者を埋葬して、家に帰ったんだ」

「それだけ？」タレンは信じられないと言いたげな面持ちだった。「それでおしまいだったら、何にもならないじゃないか」

「どうしようもなかったんだ。西の諸国では健康な男たちが一人残らず戦いに駆り出されて、作物はほったらかしになっていた。冬が近づいているというのに、食べ物がなくなりかけていたんだ。節約に節約を重ねてどうにかその冬は乗り切ったものの、すさまじい数の男たちが戦いで死んだり怪我をしたりしていたため、春が来ても農作業のできる男手がまったく不足していた。西側でも、ゼモックでもだ。結果は飢饉《ききん》だよ。何世紀ものあいだ、イオシアの人々の唯一の関心事は食料だった。剣や槍《やり》は打ち捨てられ、軍馬は犂《すき》につながれた」

「おいらが聞いた物語には、そんな話はぜんぜん出てこなかったけど」

「それはただの物語だからさ。これは歴史なんだ。ともあれ、戦争とそれに続く飢饉は大きな変化をもたらした。騎士団の騎士たちも平民といっしょに農作業をせざるを得なくなり、徐々に教会とは疎遠になっていった。当時の聖議会はすっかり民衆から遊離していて、人々の悩みがわからなくなっていたんだ。すみません、猊下」ベリットはドルマントに頭を下げた。

「謝る必要はないよ」ドルマントは悲しそうに答えた。「あの時代に過《あやま》ちを犯したことは、今や教会も認めているのだからね」

ベリットはうなずいた。

「教会騎士団はだんだんと世俗的になっていった。聖議会の当初の意図では、騎士は武装した修道僧という位置づけで、戦いがないときは騎士館で暮らすことになっていた。でもそういう考え方が通用しなくなってきたんだ。大量の犠牲者を出したために、騎士団は新人を募集する必要に迫られていた。各騎士団長はカレロスに赴き、強い調子で聖議会に問題の解決を求めた。新人募集のための最大の障害となっていたのは、独身の誓いだった。騎士団長に迫られるままに聖議会はこの規則を緩和して、それ以来教会騎士たちは結婚して子供を作ることが認められるようになった」

「スパーホークは結婚してるの」いきなりタレンが尋ねた。

「いや」

「どうして」

「こいつについていこうなんて考えるほど阿呆《あほう》な女がまだ見つからないのさ」カルテンが笑いながら答えた。「そもそもあまり美男子とは言えん上に、気が短いからな」

タレンがベリットに顔を向けた。

「じゃあ、それで話は終わりなの？　物語にはちゃんとした終わり方ってのがあるもんだよ。〝それからはみんな幸せに暮らしましたとさ〟みたいな。今の話は、まるで尻切れ蜻蛉《とんぼ》じゃないか」

「歴史は流れつづけているんだよ。終わりなんてないのさ。騎士団は今では教会のことに劣らないくらい政治にも関与しているし、将来これがどういうふうになるかなんて、誰にもわからないんだ」

ドルマントはため息を洩《も》らした。

「まさしくそのとおりだな。わたしとしてはもっと違った形になっていればよかったと思うが、主には主のお考えがあってのことなのだろう」

「ちょっと待ってよ。そもそもこの話は、おいらにオサとゼモックのことを説明しようとして始まったわけだろ。途中で話が脇道にそれちゃったみたいな気がするな。どうして今、オサのことをそんなに心配しなくちゃならないのさ」

「オサがまたしても軍隊を動かしはじめているのです」とセフレーニア。

「それに対して何か手は打ってあるの」

「ずっと見張っている。もしまた攻めこんでくるようなら、前回と同じように迎え撃つまでだ」スパーホークは明るい朝の陽光に輝いている黄色い草原を眺めわたした。「今月中にカレロスに着きたいのなら、もう少し急いだほうがいいな」そう言って騎士はファランの脇腹に拍車を入れた。

一行は毎夜街道沿いの宿屋に泊まって、三日のあいだ東に進みつづけた。スパーホークは笑いを嚙《か》み殺して、ベリットの語る古い時代の話に興奮したタレンが、通りすがりに杖で路傍の薊《あざみ》を次々と打ち首にするのを見守った。やがて三日めの昼下がり、一行はエレネ教会の総本山であるカレロスの、広大な郊外を見渡す丘の斜面を下りはじめていた。この街はエレニアとアーシウムとカモリアとラモーカンドとペロシアが国境を接する点に位置して、いずれの王国にも属さない自由都市だった。今のところイオシアでももっとも大きな街であり、また教会都市ということもあって、そこらじゅうに尖塔《せんとう》やドームが散在していた。日に数回、決まった時刻が来ると、街の空気は信心深い人々に祈りを呼びかける鐘の音に震えるのだった。とはいえ、これだけ大きな街になると、すべてを教会が支配するというわけにはいかない。この聖なる街では、商業もまたほとんど宗教と肩を並べんばかりに繁栄していた。富裕な大商人たちの宮殿のような館《やかた》は、大司教たちの館にも劣らない豪華さを誇っていた。とは言っても、この街の中心はやはり〝カレロスの大聖堂〟だ。これは神の栄光を讃《たた》えるために建立された、輝くばかりの大理石のドーム屋根を持つ巨大な聖堂だった。大聖堂の放つ力は広大無辺で、北はサレシアの荒涼たる雪原から南はレンドーの砂漠まで、すべてのエレネ人に生きる活力を与えていた。

これまでシミュラの外に出たことのなかったタレンは、驚きに口を半開きにしたまま、冬の陽射しを浴びる輝かしい大都市の光景を見つめていた。

「こりゃすげえ《グッド・ゴッド》」つぶやく声には畏怖《いふ》の響きさえ感じられた。

「そのとおり、神《ゴッド》は善《グッド》なるものだ」ドルマントが答える。「この都は、神のもっとも優れた創造物の一つなのだよ」

しかしフルートは感銘を受けていないようだった。笛を取り出して吹いた曲はからかうようなメロディーで、まるでカレロスの壮麗さなど何の意味もないと言っているかのようだった。

「まっすぐ大聖堂へ行かれますか、猊下」スパーホークが尋ねた。

「いや、旅の疲れもあるからな。聖議会にこの件を提出するときには、頭が最高の状態で回転するようにしておかなくてはなるまい。アニアスには聖議会に何人も親しい友人がいる。その者たちには、たぶんわたしの話はあまり気に入らんだろうからな」

「猊下のお言葉に疑念をさしはさむわけにはいかんでしょう」

「かもしれんが、曲解することはできる」ドルマントは何事か考えこむように耳たぶを引っ張った。「確証があれば、もっと強い衝撃を与えることができるな。人前に出ても平気なほうかね」

「剣を使える場所なら、そいつはどこだって平気ですよ」カルテンが混ぜ返す。

ドルマントはかすかな笑みを浮かべた。

「明日わたしの館へ来てくれ、スパーホーク。証言の練習をしておこう」

「それは合法的なことなのですか、猊下」

「宣誓しておいて嘘をつけなどとは言わんよ、スパーホーク。ある種の質問にどう答えればいいか、考えを聞いておいてもらいたいだけだ」大司教はふたたび笑みを浮かべた。「聖議会の場でびっくりさせられるのはごめんだからな。不意打ちされるのは好きではない」

「わかりました、猊下」

一行は丘を下り、聖都の巨大な青銅の門の前に着いた。警備の者たちはドルマントに敬礼して、何も訊《き》かずに全員を中に入れてくれた。門をくぐると、大通りとしか言いようのない広い道が延びていた。両側には大きな家が立ち並び、競いあって通行人の注意を引こうとしているかのようだ。街路には人があふれていた。灰色の作業衣を着た者の姿が多いものの、ほとんどが聖職者用の黒い上掛けを身にまとっている。

「ここには教会の人間しかいないの？」タレンはカレロスの光景に圧倒され、目を丸くしていた。シミュラの裏通り出身の皮肉屋の若い盗賊は、どうやらはじめて鼻先であしらうことのできないものに出くわしたようだった。

「そうでもないさ」カルテンが答えた。「ただカレロスでは、教会の関係者らしいと思われたほうが株が上がるからな。それでみんな黒い服を着るんだ」

「正直なところ、カレロスの通りにはもう少し彩りが欲しいところなのだがね」ドルマントが言った。「こうも黒ずくめだと、気が滅入っていけない」

「新しい流行を演出したらどうです、猊下」とカルテン。「今度大聖堂で説教なさるとき、ピンクの聖衣を着るんですよ。エメラルド・グリーンでもいいな。猊下は緑系統が似合うと思うんです」

ドルマントは顔をしかめた。

「丸屋根が崩れ落ちてきそうだ」

身分の高い聖職者の屋敷にしては珍しく、大司教の住居は簡素で飾り気がなかった。建物は表通りからやや引っこんで建てられ、手入れの行き届いた生け垣と鉄の柵《さく》に囲まれていた。

「では猊下、われわれは騎士館へ行きます」ドルマントの屋敷の門前でスパーホークが言った。

大司教はうなずいた。「明日会おう」

スパーホークは敬礼して、ほかの者たちと通りを進んでいった。

「いい人だよな、猊下は」とカルテン。

「まず最高の人間の一人だろう。教会にとってはいいことだ」スパーホークが答えた。

カレロスにおけるパンディオン騎士館は、人通りの少ない脇道に面して建てられた、寒々しい外観の石造りの建物だった。シミュラの騎士館のように濠《ほり》をめぐらせてはいないが、そのかわり高い塀に囲まれて、がっしりした門で道から隔てられている。スパーホークは儀式の手順を踏んで入館を許され、中庭で全員が馬から下りた。たくましい身体つきのナシャンという騎士館長が騒々しく階段を下りてきて、一行に挨拶《あいさつ》した。

「貴殿をお迎えできるとは名誉なことです、スパーホーク。シミュラの様子はいかがですか」館長はスパーホークの手を握って尋ねた。

「どうやらアニアスの歯を抜いてやりました」

「相手の反応は」

「少し気分が悪そうでしたな」

「それはよかった」ナシャンはセフレーニアに向き直った。「ようこそ、小さき母上」

そう言って両の掌《てのひら》に口づけをする。

「ナシャン、あまり節食をしているようには見えませんね」

館長は笑って、自分の腹を平手で叩いた。

「誰しも悪癖の一つや二つは持っていませんとな。みなさん中へどうぞ。実はアーシュムの赤を一袋隠してありまして——むろんこの腹のためですが——ゴブレット一、二杯ずつくらいなら、みなさんに行き渡ると思いますよ」

「つまりこういうことさ、スパーホーク」カルテンがささやいた。「つてさえあれば、規則ってのは曲がるもんなんだ」

ナシャンの書斎のカーテンと敷物は赤で統一され、デスクとして使われている凝ったテーブルには金と真珠母の象嵌《ぞうがん》が施されていた。

「はったりですよ」一行を室内に招じ入れると、ナシャンは弁解口調でそう説明した。「カレロスではこんな形で裕福さを演出しないと、まともに相手にしてもらえないところがありまして」

「構いませんよ、ナシャン」セフレーニアが答えた。「あなたがこの館の館長に選ばれたのは、謙譲の美徳ゆえではありませんから」

「外観に気を配っていなくちゃならないんですよ、セフレーニア」ナシャンは嘆息した。

「確かに、わたしは騎士として腕の立つほうじゃなかった。槍の腕前は贔屓目《ひいきめ》に見たって〝可もなく不可もなく〟といったところだし、呪文を使えばたいていは途中でばらばらになってしまったもんです」大きく息を吸いこんで、周囲の顔を見まわす。「でも、わたしには管理者としての才能があった。教会とその政策というものをよく知っていて、その分野では騎士団とヴァニオン卿に、戦場で役に立つよりもずっとよくお仕えすることができたんです」

「みんな自分のできることをやっているのですよ。神は努力する者を嘉《よみ》し給うと聞いています」

「どうもわたしは、ときどき神を落胆させているんじゃないかと思います。心の奥のほうでは、もっとうまくやれたはずだと考えていることがあるんです」

「自分を責めてはいけませんよ、ナシャン。エレネ人の神は赦《ゆる》しの神だとか。あなたは精いっぱい努めてきたはずです」

一同はナシャンの豪華なテーブルのまわりに座を占め、館長は侍者を呼んで、ゴブレットと深紅色のアーシウム・ワインの袋を持ってこさせた。またセフレーニアに言われて、教母には紅茶が、フルートとタレンにはミルクが運ばれた。

「このことはヴァニオン卿に報告なさるには及びませんからな」ワイン袋を取り上げたナシャンがスパーホークに言った。

「野生馬を使ったとしても、この話をわたしから引きずり出すことはできませんよ」スパーホークはそう答え、ゴブレットを手に取った。

「それで、カレロスでは何が起きてるんです」カルテンが尋ねた。

「難しい時期なんですよ。実に難しい時期だ。総大司教が歳でしてね。街全体が息を詰めて、いつ総大司教が亡くなるかと見守っているんです」

「次の総大司教にはどなたが」とスパーホーク。

「今のところ何とも。クラヴォナスはとても後継者を指名できるような状態ではないんです。シミュラのアニアスが金を湯水のように使って、次期総大司教の座を狙っているようです」

「ドルマントはどうです？」カルテンが尋ねる。

「あの方は控え目すぎて。何しろ教会にすべてを捧《ささ》げているような方ですから、大聖堂の黄金の座を手に入れるには不可欠の我欲というものがまるでないんです。それに敵がいます」

「敵がいるのはいいことだ」カルテンがにっと微笑んだ。「いつも剣を砥《と》ぎ上げておく理由ができるからな」

ナシャンはセフレーニアに目を向けた。

「スティリクム人のあいだで何かあったのですか」

「どういうことでしょう」

「市内に急にスティリクム人が増えたんです。エレネ人の神の教えを求めてきたと言っています」

「ばかげていますね」

「わたしもそう思いました。教会は三千年にわたってスティリクム人を改宗させようとしてきましたが、成果はほとんど上がっていませんでした。それがここへきて、スティリクム人が大挙してカレロスに押し寄せ、改宗を願い出ている」

「正気の沙汰《さた》ではありません。われらの神々は嫉妬《しっと》深く、裏切りには厳しい制裁で臨みます」セフレーニアの目がすっと細くなった。「押し寄せてきた中に、出身地を明らかにした者はいますか」

「そういう話は聞いていません。ごく普通の、田舎のスティリクム人に見えますが」

「おそらく口で言う以上に遠いところから旅してきたのだと思います」

「その連中がゼモック人だと？」とスパーホーク。

「オサはすでにラモーカンド東部に手の者を送りこんでいます。カレロスはエレネ人世界の中心地ですからね。ここの情勢を探って攪乱《かくらん》しようとするのは当然でしょう」セフレーニアはしばらく考えこんだ。「ほかの騎士団の者たちが到着するのを待たなくてはなりませんね。そのあいだに、この異常な流民のことを調べておいたほうがいいでしょう」

「わたしはあまりそちらに深入りしたくない」スパーホークは難色を示した。「もっと重要なことを計画しているんです。いずれ時が来れば、オサとゼモック人を何とかしなくてはならないわけですからね。今はとにかくエラナを玉座に戻し、友人たちの死を食い止めるのが先決でしょう」こういう曖昧《あいまい》な言い方をしたのは、シミュラの玉座の間で起きていることの詳細は内密にしておく必要があったためだった。

「大丈夫ですよ、スパーホーク。あなたの心配はよくわかっています。カルテンを連れていって、何が出てくるか調べてみましょう」

その日はそのままずっとナシャンの豪華な書斎で静かな話し合いが続き、翌朝になるとスパーホークは、鎖帷子《くさりかたびら》に簡素なフード付きローブといういでたちで、ドルマントの館まで馬を走らせた。二人はシミュラとアーシウムの現状を慎重に検討した。

「アニアスを名指しで非難しても無駄だろう」ドルマントが言った。「ここはアニアスの名前もハーパリンの名前も出さずに、あの事件はパンディオン騎士団の信用を落とすために仕組まれたものだという一点で押し通すのがいいと思う。あとは聖議会の判断に任せればいい」大司教はかすかな笑みを浮かべた。「どういう判断が出るにせよ、アニアスが公衆の面前で阿呆《あほう》をさらしたという事実は動かない。少なくとも中立的な大司教たちは、新しい総大司教を選ぶに当たってその点を考慮することになるだろう」

「それだけでもかなり違ってきますね。アリッサのいわゆる結婚のことも、その時に暴露しますか」

「それはやめておこう。聖議会の議題になるほど重要な問題ではないからな。アリッサの独身の宣明については、ヴァーデナイスの大司教から出してもらおうと思う。結婚式を挙げたとされている地区の管轄者だし、理性的な人物だから、式が挙げられたことを否定してくれるはずだ」大司教の禁欲的な顔に笑みが浮かんだ。「それに、あの男はわたしの友人だからな」

「賢明ですね」スパーホークが称讃《しょうさん》の声で答える。

「そうありたいとは思っているよ」ドルマントは謙遜《けんそん》した。

「聖議会にはいつ？」

「明日の朝だ。早いほうがいい。時間をかければ、大聖堂にいる協力者にアニアスから警告が行ってしまうだろう」

「ここへ迎えにきて、いっしょに大聖堂へ馬を走らせることにしますか」

「いや、別々に行ったほうがいい。手の内を見せるのはできる限り避けたい」

「権謀術数に長《た》けておられますな、猊下」スパーホークがにっと笑う。

「もちろんだとも。どうやって大司教になったと思っているんだね。日の出から三時間したら大聖堂へ来てくれ。それまでにわたしは報告書を読み上げて、アニアスの支持者が出してくる疑問や反論に答えておこう」

「了解しました、猊下」スパーホークは立ち上がった。

「明日は気をつけてくれよ。向こうはきっときみを引っかけようとしてくる。くれぐれも短気を起こさないようにな」

「肝に銘じておきます」

その翌朝、スパークホークは注意深く装束を整えた。黒い甲冑は磨き上げて、ケープと銀の外衣《サーコート》には火熨斗《のし》が当ててある。ファランは毛並みがつやつやと輝くまでに手入れされ、蹄鉄《ていてつ》にも油を塗って艶《つや》を出してあった。

「隅に追いこまれるんじゃないぞ。教会の連中は汚い手を使うからな」クリクと二人がかりで大男を鞍に押し上げながら、カルテンが忠告した。

「気をつけるよ」スパークホークは手綱を握り、踵《かかと》でファランを前進させた。大きな葦毛《あしげ》は騎士館の門を抜け、聖都の混みあった街路へと出ていった。

ドーム屋根を持つカレロスの大聖堂はこの街全体を支配していた。建物は低い丘の上にあり、冬の陽射しに輝きながら天に向かってそびえ立っている。青銅製の正門の前に立つ衛士たちはうやうやしくスパークホークを迎え、騎士は巨大な門に通じる大理石の階段の手前で馬を下りた。ファランの手綱を修道僧に託し、盾の止め紐《ひも》を調節して、階段を上る。拍車が大理石に当たって音を立てた。階段を上りきったところで、黒い僧衣を着たでしゃばりの若い修道僧に道をさえぎられた。

「武器を帯びての入堂は許されておりません、騎士殿」

「失礼だが、それは間違いだ。その規則は教会騎士団には適用されないことになっている」

「そんな例外は聞いたことがありませんね」

「では今聞いたわけだ。友よ、あなたと悶着《もんちゃく》を起こしたくはない。ドルマント大司教に呼ばれているので、入らせてもらう」

「ですが――」

「ここには大きな図書館がある。もう一度規則を確かめてみてはどうかな。あなたが見逃していた規則がいくつか見つかると思うが。さあ、どいていただこう」

スパーホークは黒い僧服をかすめるようにして、香のにおいの漂う冷たい大聖堂の中へと足を進めた。宝石を嵌《は》めこんだ祭壇に向かって儀式的に一礼し、丈高いステンド・グラスの窓から射しこむ色とりどりの光を浴びながら、中央通路をまっすぐ祭壇に向かう。祭壇のそばでは聖具係が一人、銀の聖餐杯《せいさんはい》を磨いていた。

「おはよう、友よ」スパーホークは聖具係に静かに声をかけた。男は杯を取り落としそうになった。

「おどかさないでくださいよ」と神経質な笑いを見せ、「近づいてくる音が聞こえませんでした」

「厚い絨毯《じゅうたん》が敷いてあるからな。足音を消してしまう。聖議会が開かれているはずだが」

聖具係の男はうなずいた。

「ドルマント大司教から、今朝報告することについての証言を求められている。会議の開かれている部屋を教えてくれないか」

「総大司教猊下の謁見室だと思います。ご案内いたしましょうか」

「場所は知っている。ありがとう、ネイバー」スパーホークは聖堂の前を通って、脇のドアから足音の響く大理石の廊下に出た。脱いだ兜《かぶと》を小脇に抱えて廊下を進んでいくと、十数人の修道僧がテーブルに座って書類の束を並べている大きな部屋に出た。黒いローブを着た僧の一人が顔を上げ、戸口に立っているスパーホークを見て立ち上がった。

「何かご用でしょうか、騎士殿」その男の頭頂部は禿《は》げ上がって、側頭部の灰色の髪が両耳の上に翼のように広がっていた。

「スパーホークと申します。ドルマント大司教に呼ばれて参りました」

「ああ、はい。大司教からお話はうかがっています。お見えになったことをお知らせしてきましょう。座ってお待ちになりますか」

「いえ、よろしければ立ったまま待たせていただきます。剣を帯びていると、座るのも骨でしてね」

修道僧はちょっと羨《うらや》むような笑みを見せた。

「わたしには縁のない悩みですな。どんな感じです？」

「大したものではありませんよ。大司教にわたしが来たとお伝え願います」

「今すぐに、サー・スパーホーク」修道僧は踵《きびす》を返すと、大理石の床にぱたぱたとサンダルの音をさせながら部屋を横切り、反対側のドアに向かった。しばらくして戻ってくると、男はこう告げた。「ドルマント大司教が、すぐお入りいただきたいとのことです。総大司教猊下もごいっしょです」

「驚いたな。ご病気だとうかがっていたが」

「今日は具合がおよろしいのでしょう」修道僧は先に立って部屋を横切り、スパーホークのためにドアを開けた。

謁見室のドアが開くと、左右にずらりと並んだ背の高い椅子の列が見えた。どの椅子にも地味な黒い僧服を着た年配の聖職者が腰をおろしている。エレネ教会聖議会の議員たちだ。部屋の正面の一段高いところに大きな黄金の玉座がしつらえてあり、そこに白いサテンのローブと黄金の冠を身につけた、クラヴォナス総大司教が腰をおろしていた。老総大司教は居眠りをしていた。部屋の中央に豪華な演台が置かれている。ドルマントが斜めにした書見台に羊皮紙の束を載せて、その演台の前に立っていた。

「ああ、サー・スパーホーク。よく来てくれた」

「光栄に存じます、猊下」

「みなさん」ドルマントは聖議会の同僚に呼びかけた。「パンディオン騎士団のサー・スパーホークをご紹介いたします」

「サー・スパーホークの名前なら聞いたことがある」左の最前列に座っていた細い顔の大司教が冷たい声を上げた。「何のために呼んだのかね、ドルマント」

「今ここで討議している問題の証人としてですよ、マコーヴァ」ドルマントがそっけなく答える。

「もう話はじゅうぶんに聞いたと思うが」

「わたしはそうでもないと思うがね、マコーヴァ」陽気な表情の太った男が右側の席から声を上げた。「騎士団は教会の軍団だ。その一員はわれわれの討議においてつねに歓迎されるべきではないかな」

二人の男は睨《にら》み合った。ドルマントが穏やかに話しはじめる。

「サー・スパーホークはこの陰謀をはっきりさせる助けになってくれるはずだ。証言は役に立つと思う」

「手早くやってくれよ、ドルマント」左側の席の、顔の細い男が苛立《いらだ》たしげに言った。

「今朝はもっと重要な案件が目白押しなんだ」

「コムベの大司教殿のおっしゃるとおりに」ドルマントは一礼した。「それではサー・スパーホーク、貴殿は教会騎士団の一員として、真実のみを証言すると誓いますか」

「誓います、猊下」スパーホークははっきりと答えた。

「ではこの陰謀をいかにして暴いたかを述べてください」

「わかりました、猊下」スパーホークはハーパリンとクレイガーの話していた内容を、二人の名前とアニアス司教の名前、それにエラナに関する部分だけは伏せて、おおまかに話して聞かせた。

「きみはいつも他人の話を立ち聞きするのかね、サー・スパーホーク」マコーヴァが悪意に満ちた口調で尋ねた。

「それが教会と国家の安全に関わるときは、そのとおりです、猊下。わたしは教会と国家を守るという誓いを立てていますから」

「そうそう、きみがエレニアの女王の擁護者だということを忘れていた。忠誠心が教会と国家のあいだで板挟みになるということはないのかね」

「今までのところはありません、猊下。教会の利益と国家の利益が衝突するということは、エレニアではめったにないことですから」

「よくぞ申した、スパーホーク」右側の席の太った大司教が喝采《かっさい》した。

コムベの大司教は隣の席の血色の悪い男のほうに身を寄せて、何事かささやいた。

「その陰謀のことを知って、どういう行動に出たのかね、サー・スパーホーク」ドルマントが尋ねた。

「仲間を集めてアーシウムに赴き、攻撃を行なおうとしている者たちを待ち伏せました」

「なぜシミュラの司教に、そのいわゆる〝陰謀〟のことを知らせなかったのだ」とマコーヴァ。

「敵が襲おうとしていたのはアーシウムの城館だったのです、猊下。シミュラの司教は、アーシウムでは何の権限もありません。無関係です」

「それはパンディオン騎士団も同じことではないか。なぜシリニック騎士団に知らせて、処理を任せなかったのだ」マコーヴァは近くに座っている者たちに気取った顔を向け、どうだ一本取ったろうとでも言いたげな表情を見せた。

「陰謀はパンディオン騎士団をおとしめるためのものだったのですよ、猊下。それだけで自ら処理を行なうじゅうぶんな理由になると考えました。それにシリニック騎士団は別のことで手いっぱいでしたから、このようなつまらない事件でわずらわせたくはなかったのです」

マコーヴァは悔しそうなうめき声を上げた。

「それからどうしたのかね、サー・スパーホーク」ドルマントが先を促す。

「事はほぼ思惑どおりに進みました。われわれはラドゥン伯爵に警告を与え、傭兵たちがやってくると、背後からこれを攻撃しました。逃れた者はほとんどいませんでした」

「それが警告もせずに背後から襲ったのか」マコーヴァ大司教は怒りの声を上げた。「それがパンディオン騎士団の名誉ある行動というわけかね」

「つまらんあら探しはやめろ、マコーヴァ」陽気な表情の太った大司教が通路の反対側から声を上げた。「おまえの大事なアニアス司教は、この件で阿呆をさらした。その騎士を論難したり、証言を非難してみたりしたところで、事実が消えてなくなるわけではないぞ」鋭い視線をスパーホークに向け、「その陰謀の首謀者は誰だと思うかね、サー・スパーホーク」

「そんなことを聞いてどうするつもりだ、エンバン」マコーヴァの厳しい声が飛んだ。

「証人は知っていることを述べるだけで、推測を述べることはできんのだぞ」

「コムベの大司教のおっしゃるとおりです、猊下」とスパーホーク。「わたしは真実のみを証言すると宣誓しました。推測を口にするのは、この宣誓を大きく踏みはずすことになるでしょう。パンディオン騎士団は過去数世紀にわたって多くの敵と対峙《たいじ》しました。時には厳しく、情け容赦のない集団となることもありました。それを快く思わない者たちも多かったでしょうし、古い憎しみは簡単に消えるものではありません」

「そうだな」エンバンはうなずいた。「とはいえ、信義を守るということでは、厳しく情け容赦のないパンディオン騎士団のほうが、ある種のほかの者たちよりも信頼が置けるように思える。たしかに古い憎しみは簡単に消えるものではないが、新しい憎しみもまた同じだ。エレニアの様子は耳にしているし、パンディオン騎士団の名誉が失墜することで利益を得る者を名指しするのは、簡単なことだ」

「アニアス司教を告発するつもりか」マコーヴァが目を剝《む》いて椅子から飛び上がった。

「座りたまえ、マコーヴァ。おまえと同席するだけで穢《けが》れてしまいそうだ。この部屋にいる者は、みんな誰がおまえの主人か承知している」

「わたしを告発する気か」

「新しい館を買う金はどこから出たのかね、マコーヴァ。六か月前、おまえはわしに金を借りにきたな。だが今は金回りがいいようだ。妙な話ではないか。誰の援助を受けているのだ、マコーヴァ」

「これはいったい何の騒ぎじゃ」弱々しい声が聞こえた。

スパーホークは部屋の正面に位置する黄金の玉座に鋭い目を向けた。クラヴォナス総大司教が目を覚まし、戸惑った顔で目をしばたたきながら、あたりを見まわしている。老僧の頭は細い首の上でぐらぐらし、目つきはぼんやりしていた。

「議論が白熱しているのです、至聖の方」ドルマントが穏やかに答えた。

「それでわしを起こしてしまったのか。いい夢を見ておったところじゃったのに」総大司教は頭から冠をはずして床に放り出し、ふくれ面で玉座に沈みこんだ。

「総大司教猊下には、討論をお聞きになるおつもりはございませんか」ドルマントが尋ねる。

「その気はない」クラヴォナスは言下に答えた。それから子供っぽい怒りがすべて冗談だったとでも言うように笑いだしたが、その笑い声はすぐに小さくなり、総大司教は一同を睨みつけた。「わしはもう部屋に引き取る。退出するがいい。全員じゃ」

聖議会議員たちは立ち上がり、部屋から出ていった。

「おまえもじゃ、ドルマント」総大司教は甲高い声で続けた。「シスター・クレンティスを呼べ。わしのことを案じてくれるのはあれだけじゃ」

「お望みのままに、至聖の方」ドルマントは頭を下げた。

全員が外に出ると、スパーホークはデモスの大司教に近づいた。

「いつからあのようなご様子に？」

ドルマントはため息を洩らした。

「もう一年以上になるかな。以前から徐々に心が弱ってきてはいたのだが、老衰があそこまで進んだのは昨年あたりからだ」

「シスター・クレンティスというのは」

「お側仕え――と言うより、看護婦だな」

「世間には知られているのですか」

「噂はもちろん広まっているが、実際のところはどうにかまだ秘密のままだ」ドルマントはふたたびため息をついた。「今の状態を見てあの方を判断しないようにな、スパーホーク。以前はまさに総大司教の座にふさわしい方だったのだ」

スパーホークはうなずいた。

「わかっています。それ以外の健康状態はどうなのですか」

「あまりよくない。とにかく衰弱していらっしゃる。もう長くはあるまい」

「それでアニアスが急に動きはじめたのでしょうね」スパーホークは銀の縁取りのある盾を動かした。「時がアニアスに味方しています」

ドルマントは渋い表情になった。

「そのとおり。それだけにきみの使命は重要だ」

そのとき別の大司教がドルマントに近づいてきた。

「ああ、ドルマント、実に興味深い朝だったたな。アニアスはどの程度まで陰謀に荷担していたのだろう」

「わたしはシミュラの司教のことなど何も言っていないよ、ヤリス」ドルマントは相手をからかうように無邪気を装って答えた。

「言う必要などあるものか。何もかも、ぴったりしすぎているくらいだ。議員たちはみんなわかっているさ」

「ヴァーデナイスの大司教を知っているかね、スパーホーク」ドルマントが尋ねた。

「何度かお会いしたことがあります」スパーホークは軽く頭を下げた。甲冑が小さく音を立てる。「猊下」

「また会えて嬉しいよ、サー・スパーホーク。シミュラはどんな様子かね」

「緊迫しています」

ヤリス大司教はドルマントに顔を向けた。

「マコーヴァが今朝の出来事を細大漏らさずアニアスに報告することはわかっているだろうね」

「別に秘密にするつもりはない。アニアスは愚かな失態を演じた。あの男の大望を考えれば、ああいった性格は実に重要な要素だ」

「それはそうだが、あなたは今朝また敵を一人増やした」

「マコーヴァはもともとわたしをあまり好いてはいなかったよ。ところでヤリス、スパーホークとわたしから、あなたに頼みたいことがあるのだが」

「ほう？」

「シミュラの司教の、別の陰謀に関わることなのだ」

「それはぜひとも邪魔してやりたいな」

「そう考えてくれるだろうと思っていた」

「あの男、今度は何を企《たくら》んでいるんだ」

「シミュラの王国評議会で、偽造した結婚証明書を持ち出してきた」

「誰の結婚の？」

「アリッサ王女とオステン公爵」

「それは妙だな」

「アリッサ王女も同じようなことを言っていたよ」

「誓えるのか」

ドルマントはうなずいた。「スパーホークもだ」

「つまりその話の眼目は、リチアスを世継ぎにすることか」

ドルマントはもう一度うなずいた。

「ならば粉砕できるかどうか、やってみようではないか。秘書に言って、必要な書類を作らせよう」ヴァーデナイスの大司教は小さな笑い声を上げた。「今月のアニアスはつきがないようだな。これでやつの陰謀は二連敗だ。そのどちらにもスパーホークが噛んでいる」大柄なパンディオン騎士に目を向けて、「いつも甲冑を着けていたほうがいいぞ。アニアスはおまえの肩胛骨のあいだに短剣の柄《つか》を飾りたいと思うだろうからな」

アリッサ王女の陳述に関する宣誓証書を作成し終わると、ドルマントとスパーホークはヴァーデナイスの大司教と別れ、さらに大聖堂の通廊を進んでいった。

「このカレロスに大量のスティリクム人が流れこんでいるという話なのですが、何かお考えはありますか」

「その話なら聞いている。われわれの教えを求めてきているとか」

「セフレーニアはばかげていると言っています」

ドルマントは渋い顔になった。

「たぶんそのとおりだろうな。生涯かけてスティリクム人の教化に努めてきたが、今まで誰一人改宗した者はいなかった」

「スティリクム人は自分たちの神と強く結びついていますからね。非難しているわけではありませんよ、ドルマント。ただどうもスティリクム人と神々のあいだには、とても密接なつながりがあるように感じられます。われわれの神はその点、少しばかり遠い存在ですね」

「今度また主に語りかける機会があったら、そう伝えておこう」ドルマントは笑みを浮かべた。「たぶんおまえの意見を評価してくださるだろう」

スパーホークは爆笑した。

「そういうのは不作法なんじゃなかったんですか」

「そう、実を言うとな。いつごろボラッタに向けて出発できると思うね」

「あと七日はかかるでしょう。時間を無駄にするのは惜しいが、ほかの騎士団の者たちはカレロスまで長旅をしてくるわけですから。いささか責任を感じますよ。いらいらしながら待つことになりそうですね。どうすることもできませんが」スパーホークは唇をぬぐった。「それまで少し嗅《か》ぎまわってみるつもりです。何かやることが見つかるかもしれない。スティリクム人のことも気になりますし」

「カレロスの街路では気をつけるのだぞ」ドルマントは真顔で忠告した。「場合によってはひどく危険なことになる」

「近ごろは世界中どこも危険がいっぱいですよ。わかったことはお知らせするようにします」スパーホークはそう言うと踵を返し、拍車を大理石の床に鳴らしながら通廊を歩み去っていった。

訳者あとがき

ファンのみなさま、お待たせしました。デイヴィッド・エディングスの人気ファンタジイ《エレニア記》、いよいよハヤカワ文庫FTに登場です。

これまで〝月刊エディングス〟のペースで刊行されてきた《ベルガリアード物語》《マロリオン物語》《魔術師ベルガラス》《女魔術師ポルガラ》のあとを受け、別の世界で別の主人公たちが繰り広げる新たな冒険譚が、この《エレニア記》と、続篇の《タムール記》です。とはいってもあの絶妙の〝エディングス節〟はこちらでも健在ですので、どうかご安心を。

おっと、もしかして、エディングスなんて作家は知らないよ、という方もいらっしゃるかな。あるいは中世ヨーロッパ風の世界を舞台にした剣と魔法の話なんて、もう読み飽きたというあなた。悪いことは言わないから、この作品は読んでおいたほうがいいですよ。《エレニア記》が六冊、《タムール記》が六冊、全部を読み終えたら、きっと次は《ベルガリアード物語》に手が伸びていることでしょう。
また、翻訳小説はどうも長すぎて……と二の足を踏んでいる方――ほんとうに面白い作品は長さなんて感じさせないものだということが、実感できること請け合いです。

何はともあれ、まずはシリーズ構成のご案内を。《エレニア記》は死の病に冒された女王エラナを救うため、スパーホークら聖騎士団の面々が治療法を求めて冒険する物語。《タムール記》はスパーホーク一行がダレシア大陸で古き神と対決する話になります。

《エレニア記》
1 眠れる女王（本書）
2 水晶の秘術
3 四つの騎士団
4 永遠の怪物
5 聖都への旅路
6 神々の約束

《タムール記》

1　聖騎士スパーホーク
2　炎の天蓋
3　青き薔薇の魔石
4　暗黒の魔術師
5　冥界の魔戦士
6　天と地の戦い

以上の順番で毎月刊行の予定です。《エレニア記》《タムール記》ともに原典は三巻構成ですが、邦訳はその各巻を二分冊にしています。

さて、以下は嶋田が翻訳を担当した《エレニア記》のみの話となりますが……

このシリーズは以前に『ダイアモンドの玉座』『ルビーの騎士』『サファイアの薔薇』の邦題で、角川スニーカー文庫から発売されていました。そのあたりの事情を少し説明しておきましょう。

思い返せば十一年前、角川書店の編集者からの、一本の電話が発端でした。

「デイヴィッド・エディングスって知ってます？」というのが、挨拶を終えたあとの第一声だったと記憶しています。

当時エディングスの作品は《ベルガリアード物語》と《マロリオン物語》のみが早川書房から刊行されていましたが、わたしはまだ読んでおらず、著者の名前は聞いた覚えがあるなあ、という程度でした。

その著書の別シリーズに《エレニア記》と《タムール記》というのがあるのだが、とりあえずその《エレニア記》を大至急翻訳してもらいたい、というのが電話の趣旨でした。

何をそんなに急いでいるのかと思ったら、こういう話でした。

角川書店では《エレニア記》の版権(翻訳権)を取得し、《タムール記》についても「エレニアが売れたら出版する」という条件で、権利を押さえてもらっている(いわゆる〝唾をつけた〟状態ですね)。ところが依頼した翻訳者がちっとも原稿を上げてこず、もうすぐ版権の期限が切れてしまう。そこでその翻訳者との契約は破棄して、あらためてわたしに翻訳を依頼したい、というわけです。

とはいってもけっこうな厚さのハードカバーが三冊、急げと言われても限度があります。

その旨を伝えると、版権の期間は追加料金を払って少し延長するから、とにかくできるだけ急いでやってくれとの返事。というわけで、通常なら九ヵ月かかるところを八ヵ月で仕上げた、という程度の〝大至急〟でしたが、何とか無事に訳稿を渡すことができました。

ところが、第一巻の最後のあたりを訳しているときだったと思いますが、《タムール記》が早川書房から出版されるという話が耳に入ってきました。驚いて角川書店に確認すると、電話の向こうの編集者も絶句。どうも版権エージェントとのあいだでいろいろと情報の行き違いがあったらしく、結果的に《エレニア記》と《タムール記》の版権が別々の出版社に行ってしまっていたのでした。

聞けば《タムール記》のほうももう第一巻の翻訳は終わりかけているとのこと。かろうじて固有名詞の読み方の統一はできましたが、それも完全ではなく、熱心な読者の方からいくつかご指摘を受けることにもなりました。

結局この件では読者の方々にご不便とご迷惑をおかけすることになってしまったわけで、その意味で今回、早川書房から《エレニア記》と《タムール記》がまとめて刊行されることになったのは、喜ばしい限りです。

念のため、本書ではじめてエディングス作品を読む方のために、ここで著者のデイヴィッド・エディングスについても簡単に紹介しておきましょう。

デイヴィッド・エディングスは一九三一年にワシントン州スポケインで生まれ、シアトルで育ちました。ワシントン大学を卒業後、アメリカ陸軍に勤務したのち、ボーイング社で資材購入の仕事をしたり、国語（つまり英語）の教師をしたりしています。作家デビューは比較的遅くて一九七三年、四十二歳のときです。最初の作品は *High Hunt* という冒険小説でしたが、これはあまり売れなかったようです。大化けしたのはファンタジイに手を染めてからで、《ベルガリアード物語》で一躍人気作家となりました。これはリー夫人の協力によるところも大きかったらしく、のちに《魔術師ベルガラス》のまえがきで〝事実上の共著〟だったと語っており、《ベルガラス》以後は著者名が〝デイヴィッド&リー・エディングス〟となっています。ネバダ州カースン・シティ在住。

最新作としては《Dreamers》四部作（1. *The Elder Gods*, 2. *The Treasured One*, 3. *The Crystal Gorge*, 4. *The Younger Gods*）があって、これもリー・エディングスとの共著です。ほかに（処女作の *High Hunt* も含めて）四作の単発作品があります。

それでは、笑いと涙、戦闘と魔法、陰謀と駆け引き、シリアスとギャグ、何でもそろったデイヴィッド・エディングス・ワールドを心ゆくまでお楽しみください。

二〇〇六年七月

本書は、一九九六年三月に角川スニーカー文庫より刊行された
『ダイアモンドの玉座』（上）を改題した新装版です。

訳者略歴　1956年生，1979年静岡大学人文学部卒，英米文学翻訳家　訳書『ダーウィンの剃刀』シモンズ，『4000億の星の群れ』マコーリイ，『コラプシウム』マッカーシイ（以上早川書房刊）他多数

HM=Hayakawa Mystery
SF=Science Fiction
JA=Japanese Author
NV=Novel
NF=Nonfiction
FT=Fantasy

エレニア記①

眠《ねむ》れる女王《じょおう》

〈FT418〉

二〇〇六年七月　十　日　印刷
二〇〇六年七月十五日　発行

（定価はカバーに表示してあります）

著　者　デイヴィッド・エディングス
訳　者　嶋《しま》田《だ》洋《よう》一《いち》
発行者　早川　浩
発行所　株式会社　早川書房

郵便番号　一〇一 - 〇〇四六
東京都千代田区神田多町二ノ二
電話　〇三 - 三二五二 - 三一一一（大代表）
振替　〇〇一六〇 - 三 - 四七七九九
http://www.hayakawa-online.co.jp

乱丁・落丁本は小社制作部宛お送り下さい。
送料小社負担にてお取りかえいたします。

印刷・信毎書籍印刷株式会社　製本・株式会社明光社
Printed and bound in Japan
ISBN4-15-020418-7 C0197